公元787年，唐封疆大吏马总集诸子精华，编著成《意林》一书6卷，流传至今

意林：始于公元787年，距今1200余年

意林轻文库

青春最美，梦想出发

中国式好看轻小说优鲜品牌

世子妃

芙蓉篇：攻略①

萧小船 著

十二花信·竞袅风华录

FURONG PIAN
SHIZIFEI GONGLÜE

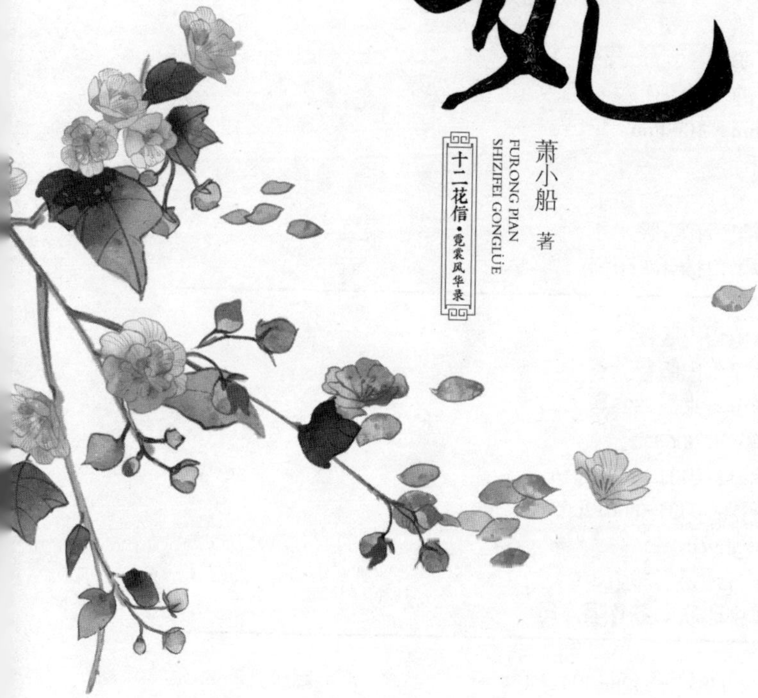

吉林摄影出版社
·长春·

图书在版编目（CIP）数据

十二花信·霓裳风华录.芙蓉篇：世子妃攻略.①/萧小船著.－－长春：吉林摄影出版社，2019.1
（意林·轻文库.绘梦古风系列）
ISBN 978-7-5498-3942-1

Ⅰ.①十… Ⅱ.①萧… Ⅲ.①长篇小说－中国－当代 Ⅳ.①I247.5

中国版本图书馆CIP数据核字(2018)第290389号

十二花信·霓裳风华录 芙蓉篇：世子妃攻略①
SHI'ER HUAXIN·NICHANG FENGHUA LU　FURONG PIAN：SHIZIFEI GONGLÜE ①

著　　者	萧小船
出 版 人	孙洪军
总 策 划	安　雅　张　星
责任编辑	吴　晶
图书统筹	夏耳耳
特约编辑	张玉玲
绘　　图	随　随
书籍装帧	袁　萌
图书设计	刘　静
开　　本	700mm×1000mm　1/16
字　　数	330千字
印　　张	13
版　　次	2019年1月第1版
印　　次	2019年1月第1次印刷

出　　版	吉林摄影出版社
发　　行	吉林摄影出版社
地　　址	长春市泰来街1825号
	邮编：130062
电　　话	总编办：0431-86012616
	发行科：0431-86012602
网　　址	www.jlsycbs.net
经　　销	全国各地新华书店
印　　刷	天津中印联印务有限公司

书　　号　ISBN 978-7-5498-3942-1　　　　　定价：28.80元

版权所有　侵权必究
如发现印装质量问题，请与印务部联系退换，电话：010-51908584

目录

001
◆ 楔 子 ◆

003
◆ 引 子 ◆

005
◆ 第一章 ◆
望城初相逢

021
◆ 第二章 ◆
辗转王府留

037
◆ 第三章 ◆
喜得小世子

057
◆ 第四章 ◆
夜幽散谜案

075
◆ 第五章 ◆
意气少年时

目录

093 第六章 芳魂守青山

109 第七章 桂花满庆安

133 第八章 芦苇荡春波

155 第九章 攻心为上计

169 第十章 郎骑竹马来

183 第十一章 如意复如意

199 尾声

楔子

花之主：林声声

花之信：芙蓉花

花之语：平凡中的高洁

花之质：不畏风寒，傲霜盛开

花之引：林声声是隐阁制药一门的炼药师，能够制作各种药效奇奇怪怪的药，比如吃了能让骨骼变大变小的药，吃了能暂通心意的药等。

她从隐阁离开，按照隐阁的规矩到皇家子嗣身边进行保护或帮助，她落脚淮王封地望城，希望能混入淮王府，却被淮王府的人当作骗子一次又一次地赶出去。

为了打入淮王府，林声声在望城摆了个地摊，一边卖补药赚钱，一边找机会接近淮王世子宋青屿。恰巧宋青屿误吃了她的补药，身体发生变化，林声声借机混入淮王府，却阴差阳错地成了望城人人敬仰的"世子妃"。

望城看似平静，实则暗流涌动，多方势力会聚望城，只为藏在淮王府的半枚"如意符"。

传闻"如意符"能号令天下奇兵，林声声也是如意符找寻者的其中一员。她顺水推舟，借由"世子妃"的身份探查如意符的下落，却在渐渐接近事情真相的过程中，窥见了背后的惊天阴谋……

引 子

  江湖之上，但凡能并列在一起有个合称的门派之间的关系大致可以分为两种。第一种，是门派之间合作，目的是把名声炒起来，以达到一加一大于二的效果，比如说多年前的"鬼顾仙盏"，一开始大家以为他们一正一邪，势不两立。直到后来两个人成了婚、生了娃，武林中人才恍然大悟：我们被套路了。

  而第二种，就是门派之间对立，用拉踩、造谣等方式不遗余力地抹黑对方，抬升自己，处处找碴，天天打架，如今江湖之中，隐阁和畅音门就是这样的存在。

  两派合称"南隐北音"，从实力、财力、影响力几大要素考虑，两个帮派不相上下，在江湖上都是赫赫有名的。不同于畅音门那样，弟子以"吹拉弹唱"白手起家养起一大派，隐阁从出道以来，门下弟子就只有三件事：练功、吃饭、玩。

  "我们如此辛辛苦苦地赚钱养家，隐阁就只顾着吃吃喝喝，貌美如花，我们不服！"

  畅音门的弟子发自肺腑地一声吼，随后，江湖中就流传着畅音门雇人新编的八卦消息，说隐阁弟子之所以不赚钱，是因为还过着原始人茹毛饮血的生活，一帮人整天躲在大山里，荤菜是生肉，素菜是树皮，穿的是兽皮，睡的是草地。曾有人想去拜师学艺，一进隐阁地界，就看见一群人形兽号叫着，拿着树枝互相戳来戳去，那个人顿时吓得晕厥倒地。

  这么扯的消息还真有人信，且在江湖上传得沸沸扬扬，一路传到地势偏僻的望城。

  彼时，雕梁画栋的淮王府大门前石狮子的旁边，一个娇俏的小姑娘在地上画了张人脸,拿脚往上踩,边踩还边嘟嘟囔囔的:"要是真的躲在大山里打猎倒好了,本姑娘就不用在这里受苦受累又受罪。说得有鼻子有眼的,如果我不是刚从隐阁出来,还真的就信了这个邪。"

隐阁是高祖皇帝建立的,用来保护皇家子弟。所以隐阁根本不用为钱发愁,但造谣一张嘴,辟谣跑断腿,如今隐阁是跳进东海也洗不清了。

正想着,淮王府的大门"吱嘎"应声而开,林声声眼睛一亮,"噌"地一下就蹿了出去,也不管见到的是谁,直接抱住他的大腿就开始声嘶力竭地喊着:"我娘临过世的时候让我带着信物来望城,说冥冥之中自有天定,我第一个扑过去抱着大腿的人就是我要找的人。"

察觉到手下抱着的腿有些僵硬,她哭得凄惨无比:"爹!我可算找到你了!"

林声声在离开隐阁前突击看了许多民间的话本子,其中这种找爹的戏码最能引起围观群众的八卦之心。她已经因为企图混进淮王府被丢出来八次了,她可不想再有下一次了!

所以只要能和淮王府搭上线,什么节操脸皮皆可抛!

可出乎她意料的是,围观群众并没有捏着拳头替她讨说法,而是齐齐发出爆笑声,笑得林声声有些莫名其妙。

"啧,女人!"被她抱住的人冷冷一笑,虽是嘲讽语气,声音却若莹筷般低沉好听。

林声声心神微震,刚想抬头看看有这样声音的人长什么样,旁边的护卫就冲过来掰开她的手,随便架着她的胳膊把她扔到一边。

"眼见着冒充本世子隐婚的娘子不能吸引我的注意,就开始冒充本世子私生的孩子了,花样儿还挺多。"

那人看都没看她一眼,被簇拥着走远。林声声望着他好看的后脑勺,恨不得找块儿冻豆腐一头撞死。

淮王世子宋青屿,今年不过十九,如果能生出她这个女儿,那可真是大楚奇观。

林声声感受到了这个世界对她的深深恶意,她又被丢出来一次了。

不过九九归一,大吉大利,这是好兆头。

她摸了摸三日未曾吃饱,饿得瘪下去的肚子,决定不再冒进,一切从长计议,眼神坚定地看向远方摊子上刚出锅的热包子。

"智慧创造奇迹,我行我可以!"

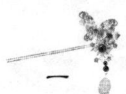

一

春逢四月，万物生机勃勃。望城地处大楚偏北，这个时节还有些凉。

城东的春生街一大早就挤满了人，没挤进去的人只能站在街口一边喘着粗气，一边擦着额上的热汗："这竞争也太激烈了，看来明日天不亮就要过来排队了！"

半个月前，望城来了个神医小姑娘，在春生街支了个摊子，专门卖补药。

一开始谁都没把她当回事儿，毕竟这年头骗子太多，所谓的补药不过就是找几味没什么毒性的草药混合在一起制成的药丸，吃了也白吃，还费钱，脑子的坑得多大才会去买？

可这么想的人后来齐齐被打脸了。

那小姑娘找来城中几个年老无力，整日瘫在墙根要饭的乞丐，一人给了一颗药丸。乞丐们吃了一个时辰之后混沌的双眼便清明，两个时辰之后就浑身有劲儿，可以站起来，三个时辰后健步如飞，可以一口气从城东跑到城北。

望城中几乎人手一份的《望城月报》特地对此神奇现象进行了报道，自此春生街的补药就火了。

卖药的小姑娘每日天亮出摊，正午收摊，许多人早早地过来排队，可谓是"一药难求"。

此时此刻，林声声一边包着药丸，一边看了看排得看不见尽头的队伍，她是想到她的补药可以卖得出去，却没想到会卖得这么火爆。这些日子，她体会到了数钱数到手抽筋的感觉，真是痛并快乐着。

隐阁虽然有钱，但并不养闲人，门下每个弟子都有着自己独特的生存技能。在隐阁里，林声声是一名制药师，专门研制有各种功效的药。

在很长一段时间里，林声声都对自己的这个鸡肋技能十分窝火，因为按照隐阁的规矩，每一代学成的弟子都要自行离开，到皇家子弟身边对他们加以保护和帮助。帮助的对象不是挑的，而是用抢的。这一代弟子和林声声一同离开隐阁的有三位师兄，个个武艺超群，计谋过人，林声声实在是抢不过人家，这才长途跋涉，最后落脚在淮王宋起的封地望城。

望城这个地方非常偏远，宋起又不得宠，林声声觉得自己的未来一片黑暗。

不过眼下，她倒是觉得这技能还不错，最起码能让她不至于因进不去淮王府而饿死在大街上。

林声声来到望城的时候，淮王宋起携着夫人离开望城去游山玩水，已经走了一段时日，如今，这淮王府掌事的是世子宋青屿。

宋青屿此人，有财有权有貌，无节操无大脑，堪称是望城中纨绔子弟的翘楚，姑娘们的春闺梦中人。

不过林声声觉得，从她几次找借口都没能踏进淮王府一步足可以看出，这个淮王世子也不像传说中的那么草包。

一提起宋青屿，林声声就想起之前丢脸丢到天边的"认爹"场面，尴尬得一张俏丽的脸通红通红的。

恰是此时，排队的人群中传来一阵骚动。林声声发红的眼皮轻抬，四下一扫，视线撞进一双细长的眸子里。她心里"咯噔"一声，以迅雷不及掩耳之势将铺着的毡子胡乱一卷，扛在肩头撒腿就跑。

"别跑！给我站住！"

夏锦灯见状，立即挤开人群追了上去，随后从四面八方蹿出十来个捕快模样的人跟着一道去追。

夏锦灯是望城府衙的捕头，望城中有规定，凡是商贩要在城中摆摊的，都要到府衙先行报备，经知府批准之后才能在城中摆摊，否则便是违规。但是许多商贩不想向官府交那笔报备金，就私下摆摊，看见捕快过来就跑，跑了之后继续摆，然后再跑，周而复始，滚刀肉一般实在让人头疼。

一些小打小闹的，衙门睁一只眼闭一只眼就算了，但像林声声影响这么大，还这么猖狂的，夏锦灯是一定不能放过的。

她施展轻功，一路飞檐走壁，在三条街开外的巷子口稳稳落地，抬头一看，吓得林声声一个急停，差点儿把鞋底磨破了。

"夏捕头，咱们远日无怨近日无仇的，您干吗总揪着我一个不放啊？"林声声圆圆的脸因剧烈的跑动绯红一片，委屈巴巴地看着夏锦灯。

她不是第一次和夏锦灯生死时速地比试谁腿脚好了，摆摊的第二日，她就撞上夏锦灯带着手下来查。

之后就是她跑，夏锦灯追，她们在望城的蓝天之下你追我跑。

夏锦灯的手扶在腰间的佩刀上，靛蓝色的捕头服衬得她身量修长，英气十足："本官这是秉公执法，你若是不反抗，或许还能少受点儿罪。"

"那我……那我不反抗了……不反抗了……"林声声轻声说着，突然将肩上扛着的毡子往夏锦灯的方向砸过去。一时间，扬开的毡子里无数药丸"噼里啪啦"地滚在

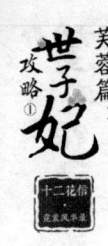

地上,林声声趁着混乱转身要跑,耳畔听见"嗖"的一声响,那是急速飞出的兵器利刃与空气相擦的声音。

再然后,林声声脚下的地面插进一把刀,刀把上拴着一条纤细的铁链,另一端在夏锦灯的手中,如果林声声再乱动,这刀就会被抽出,往她身上砍去。

夏锦灯这次为了抓她可谓是做足了准备,林声声僵着脊背一动也不敢动,仰头看着头上的天、天上的云,眼角有泪流下。

等到满脸的泪被吹干,她水润的脸蛋都被吹得起皱了,后面的人还是没有动静。这种脖颈上悬着一把刀,要落不落的处境真的让人崩溃,林声声颤抖着嗓音道:"我不跑了,我真的不跑了,夏捕头,夏姐姐,夏大娘……你放过我吧!"

她都这么低三下四了,夏锦灯还是没什么动静。林声声思索着要不要忍住肉疼拿银子贿赂一下,就听到一声极其痛苦的呻吟。

是夏锦灯发出来的。

她梗着脖子回头看了一眼,顿时怔住。

方才还气势十足的夏锦灯如今倒在地上,春日里,她却仿若身在寒冬腊月间,浑身抖个不停,清秀的脸上颜色青白,眼睫眉毛都像是挂了一层白霜。

这个时候跑路是最好的选择,可她毕竟是半个大夫,实在硬不下心肠扔下夏锦灯一个人在这里。

深呼了口气,林声声几步跑到夏锦灯的身边,手指探向她的脉搏。

这脉象非常诡异,她一时也断不出个所以然,可看着夏锦灯这身体越来越冷的模样,再拖下去怕是要被冻死。

林声声从怀中摸出一个青瓷小瓶,一颗红色的药丸滚在掌心。

"冷的话,吃点儿让五脏发热的药应该可以……"她咬着下唇,几番挣扎后掰开夏锦灯毫无血色的嘴,将药丸塞了下去。

事后,林声声还是很庆幸自己良善了一次,夏锦灯吞下药丸后,药力立刻发作。她脸上一阵红一阵青,捂着心口,痛苦地在地上打着滚,滚了几十圈之后,脸上的红和青都慢慢地消褪,缓了缓,清醒过来。

夏锦灯身患顽疾,每逢发作就像被扔进冰窖里一样浑身寒冷,只能靠药物化解。但这一次她出来时并没有带药,若不是林声声帮了她,她今日恐怕就没了性命。

夏锦灯是个知恩的人,更何况又是救命之恩。

"不过就算我不去抓你,衙门其他的捕头也会。你还是往衙门走一趟去报备,我看你也不缺那点儿报备金。"

林声声摇摇头:"我不大好往衙门去……"隐阁行事一贯隐秘,门人对外都要隐藏身份,如果她去报备的话,衙门的人一定会查她的户籍。

那去衙门,和赶着去投胎也没什么区别。

夏锦灯见她面色有难,背在身后的右手紧握成拳,眼睫轻轻敛下,遮住眼底的情绪:"那这样吧,对上边就说是我与你合伙摆摊卖东西,我出名,你出报备金,如何?"

林声声忙不迭地点头:"那就麻烦夏捕头了。"

她在心里不由得感叹:果然好人有好报啊!

二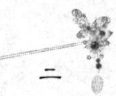

夏锦灯不仅为林声声解决了报备问题,还在闲聊时无意中给她提供了一个得以靠近淮王府中人的机会。

望城城南有一座有名的茶楼,名曰"望月",这个茶楼之所以这么有名,不是因为茶好喝,也不是因为点心好吃,而是因为建茶楼的合伙人之一,是淮王世子宋青屿。

望城中不管什么东西,只要沾上宋青屿的名字,那就是城中人纷纷争抢的所在。所以这茶楼自开张伊始,每日都是座无虚席。

为了回馈大家的厚爱,宋青屿经常会亲临茶楼,为大家说一段书来体现自己的亲民和接地气。

"世子每日都会去望月茶楼吗?"

夏锦灯摇头,笑容带着自己都未察觉到的温柔,回道:"世子日理万机,只是偶尔过去。"

就是为了这"偶尔"两个字,林声声专门花钱雇了十个乞丐,从春生街到望月茶楼的这一路,每隔一段距离由一个乞丐把守。若是宋青屿出现在茶楼,乞丐们就会立刻一个接着一个地传话,以确保林声声能在最短的时间内得到消息赶过去。

林声声没打算在除了淮王府的其他地方常住,就临时找了家悦来客栈住下。

一连五日,林声声每天回到客栈后做的第一件事就是将放在床下的两口大箱子搬出来,打开来仔细检查自己的宝贝。

一口大箱子里放着她卖的补药,一口大箱子里放着她自己研制的效果奇怪的药丸。

一口让她暴富,一口让她心灵满足。

林声声蹲在地上,鼓着嘴、托着腮看了半天,从第二口大箱子里摸出一个描金的小盒,里面只放着一颗药丸,这是她最新研制出来的,为的就是不让那天她管宋青屿叫爹被丢出去的悲剧重演。

"林姑娘,今日师傅做了你最爱吃的笋三丝,快下来吃热的!"房门外响起店小二那破锣般的大嗓门,林声声吓得手一抖,那药丸直接掉进第一口大箱子里。她馋笋三丝馋到口水都要流出来,随手将药丸捡起来放回小盒里,急急地开门往楼下跑:"我来了,给我留一点儿!"

翌日,又是一个艳阳天。

林声声照常在春生街摆摊子，自从她有夏锦灯罩着之后，这日子过得可是无比舒心，再也不用东躲西藏的了。

　　今日排队来买补药的人也很多，林声声轻轻地哼着歌忙活着，快近午时，人群中突然传来一阵骚动，随后大部队掉头就往街口跑。

　　差不多同一时间，林声声花钱雇的乞丐连跑带颠儿地赶来报信："姑娘，世子……世子去茶楼了。姑娘放心，兄弟已经帮你占了座了。"

　　林声声满面喜色，从案几下面抽出小盒子往怀里揣，眼前跟着压下一片黑影。

　　"姑娘我要买补药。"

　　"不卖了不卖了，收摊了。"

　　"爷我等了半天了，你说不卖就不卖？"

　　林声声抬眼，面前站着一个相貌俊朗的公子，一身布衣也掩不住偾张的肌肉，一看就是练家子，不好惹的。

　　她着急去望月茶楼，就随手从箱子里抓出三五颗补药往那公子的怀里塞，忍着少赚钱的痛苦咬着牙道："小女子有事儿不能包装了，这补药便不要钱白送吧，公子别过！"

　　眼见着娇娇俏俏的小姑娘身若蝴蝶，欢快地跑离视野之外往望月茶楼跑去，尹留行摸着下巴若有所思："看她急成这样子，估计又是世子的狂热倾慕者，啧，这是有多瞎？"

三

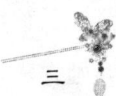

林声声一路飞奔着往城南去,到了望月茶楼的时候,两层的茶楼座无虚席,那雇来的小乞丐给她占的座位在一楼大堂靠门的位置,虽然偏,但好歹能坐着,林声声觉得这钱花得非常值。

在众人翘首盼望之下,宋青屿闪亮登场,缓缓地走到大堂正中央搭的台子上。

上一次,林声声只看见宋青屿的背影,却觉得他的后脑勺是自己见过的最好看的。

如今看见他的正面长相,林声声有些发怔,随后点头,果然什么样的后脑勺就要配什么样的脸。

隐阁挑人的时候,相貌也是一个考量的条件,是以,从小到大,林声声见过种类繁多的帅哥,但还没有一个像宋青屿这样,让她看上一眼,再看窗外的天,觉得连太阳都黯然无光了。

他一双桃花眼眼角微挑,眸似泼墨,唇似点朱,鼻梁高挺,线条温润,这些绝好的五官凑在一起,就是绝世的相貌。

林声声觉得,凭他这张脸,就算不是世子,而是街头要饭的,也会是城中姑娘的梦中人。

宋青屿落了座,抬手虚虚地抱了抱拳:"众位今日到望月茶楼来捧场,宋某感激不尽。那今日咱们不讲那些被人讲过八千遍的旧书了,来讲一段宋某闭关半个月写的一卷新本子吧!"

林声声摸出小盒子里的药丸吞下去,那是一枚她不久前研制的能改变骨骼和肌理的药,只要吃了这药,她的骨骼便会在短时间内缩小,变成七八岁孩童的模样,她估了一下时间,打算一旦药效发作就随时扑上去。

这次是改良版的"认爹"戏码,不过,不再是"十九岁世子生十七岁女儿"这种奇闻了。

因为只要等上一炷香,她的外貌就可以回到七岁。

宋青屿清了清嗓子,惊堂木一拍,开口道:"话说有一日,树林里,一只兔子蹦着蹦着突然看见了一只耗子正在草地上四仰八叉地躺着。兔子问:'你这么躺着,不怕猫来抓你吃肉呀?'耗子回答:'你仿佛是个傻的,树林里有猫吗?'"

"哈哈哈哈……"

台下狂笑声伴随着极为捧场的鼓掌声,吓得林声声差点儿从座位上跌下去。

他们在笑什么？

兔子和耗子有什么好笑的？是她方才耳聋听漏了什么吗？

林声声一脸蒙，台上的宋青屿又继续道："兔子摇摇头，语重心长地道：'可是你忘了，老虎是猫的亲戚，咱们树林里没猫，但是有老虎呀！'耗子一听，立时吓得浑身抽搐，口吐白沫。"

"哈哈哈……太好笑了，这是我听过的最好笑的笑话，哈哈哈……"

"世子真是学贯古今，才通天地，在下佩服。"

"佩服佩服，世子实在厉害。"

林声声无语，她又错过什么了吗？

宋青屿对堂下这些人的反应很是满意，薄唇勾着若有似无的笑，抬抬手，示意大家可以安静了："我也只是凡尘里的一个俗人，能有今日的造诣，不过是比寻常人多了几分运气而已。"

"可是老虎也不吃耗子的啊！"

声若黄莺的女声中带着一丝诧异，在安静的大堂响起，一时间，堂中许多人恭维拍马屁的笑容都凝在脸上。

宋青屿循声望去，眸色陡然冷厉，仿若寒刃飞刀，看得林声声一哆嗦。

他见说话的是一个眼生的姑娘，心下顿时了然。

啨，又是一个企图用另类方式引起本世子注意的女人。

他唇边笑意冷然："这位姑娘所言何意？"

眼看着快到一炷香的时间，林声声强撑着回道："没何意，只是指出世子所说话中的错误罢了。"

宋青屿声线更冷："你说本世子错了？"

林声声吞了吞口水，心里倒数十个数，面色沉重地点了点头。

宋青屿眯了眯眼，旁边守着的王府护卫已经在往那个敢拆世子台的狂徒方向移了。

三、二、一："爹！"

宋青屿惊呆了。

众人也惊呆了。

林声声掐着时间喊完这一嗓子，绝望地发现自己的精力虽然充沛了不少，但身量还是正常大小。

更令人绝望的是，宋青屿见这熟悉的场景，赫然记起来这一声"爹"，和之前在王府外缠着他的那个声音一模一样。

好啊，还玩上瘾了，那本世子让你进知府大牢慢慢地玩！

"来啊，给我抓住她！"

林声声眼睛倏地睁大，脚底抹油立刻开溜。

若是平时，她肯定跑不过这群训练有素的王府护卫，可今日，她浑身有着仿佛使不完的劲儿，再加上有轻功的底子在，左拐右拐几下，就把那群护卫甩在身后。

飞奔的过程里，林声声反应过来："我这吃的是……补药？那我那丸缩身变小药去了哪儿？"

再一次失败，林声声很绝望，绝望到想去跳个江。

可放弃是不可能的，这辈子都不可能的！

淮王府内，宋青屿面色铁青地回来，面色铁青地坐着，等到管家引尹留行到书房去见世子时，尹留行见到的就是这样一个宋青屿。

方才在来王府的路上，他已经听说今日在望月茶楼发生的种种，当下再见宋青屿这样，没忍住"扑哧"一声笑出来。宋青屿一个冷厉的眼刀飞过来，他捂着心口装模作样地躲了躲，才坐到他旁边，明知故问道："世子今日火气可真大，谁那般嫌命长居然敢来气您？"

宋青屿的眼前晃过一张脸，生得倒是娇娇俏俏的，却偏偏不走正路，几次三番地想接近他就算了，居然还敢质疑他说的故事不对！

这他就不能忍了！

尹留行见他眼底闪过一阵阴狠，更是乐不可支。

这时，派出去的护卫匆匆跑了进来，面色衰败地跪在地上："回世子，没……没抓到……"

尹留行早有准备，在宋青屿撑着桌案站起来甩腿要踢人时，一把扣住他的腰，护卫胆战心惊地看自家世子在那儿不住地扑腾着，像只小鸡崽儿一样。

尹留行回头对他使了个眼色，护卫千恩万谢地磕了个头，连忙溜出去了。

"废物，我王府养你们有何用！"尹留行松开手时，宋青屿还是忍不住心中翻涌上来的怒气，一拳捶在墙上，那种指骨几近骨折的痛让他面上有一瞬间的扭曲，心里就更气了。

"你也消消气,毕竟这世上的人很多,总有那么三两个没有审美的来质疑你。"相识多年,尹留行早就练出了一套独门"哄世子大法",其要领就是抛下节操与良知,面不改色心不跳地扯淡。

宋青屿听他这么说,面色果然有所缓和,尹留行再接再厉道:"我今日还碰上一个极崇拜你的姑娘,她还托我送了一丸补药给你。这补药在望城可是一药难求,可见你在她心中的地位,比银子还重。"

尹留行取出一个金丝楠木制成的精致小盒,推到宋青屿面前。

宋青屿心下极是熨帖,薄唇勾出个笑,哼了一声道:"果然这世上还是有品位的人多。"

经尹留行这般哄了半晌,又亲自下厨给他做了道糖醋河鱼之后,宋青屿便将管他叫爹的那个姑娘抛在了脑后。送走尹留行,他再折回书房时,桌案上的那个小盒还在,他取出药丸夹在指尖,在灯下左右看了看。

"一药难求?我倒要看看究竟有没有这么神。"

他将药丸掰成两半,就着茶水送到口中。折腾了一日,他有些乏,回到卧房便把自己摔在了榻上。

这一觉睡得极不安稳,梦里,似是有人拿着厚重的毡子将他的双手双脚全都折起来裹住,越裹越紧,紧得他额角青筋狂跳,呼吸越来越急促。

"啊……"

宋青屿自梦中惊醒,猛地坐起来。

外面守着的贴身小厮常焕立刻在门外问道:"世子怎么了?"

宋青屿长长地呼了一口气,才道:"我没……"话溜到舌尖,还未说完便被咽下。宋青屿目光呆滞地坐了一会儿,抬手摸了摸自己的嘴。

他是聋了,还是嗓子坏了?

怎么方才说话的声音一点儿也不像他平日那般低沉悦耳,而是软糯稚嫩,像孩童一般?

他无意识地垂下手,视线往下一瞄,更是惊得他要跳起来。

那双手白白胖胖,小小两只,长度还不及他的枕头宽。

宋青屿一颗心狂跳不止,迈着小短腿从榻上艰难地蹦下去,又艰难地爬上窗棂旁的那张高高的案几,上面摆着一面从西边进来的水银琉璃镜。

镜中清晰地映出他如今的一张脸,圆圆白白的像是中元节吃的团子,眼仍是那双

桃花眼，但比从前圆上许多，黑葡萄一般水汪汪的。他一张开微微嘟着的粉唇，就见里面还没长齐的小小贝齿，说话还有些漏风。

宋青屿彻底傻了。

"世子，世子？"门外，常焕还在锲而不舍地叫他，宋青屿掐着嗓子，憋出沙哑的声音，简单利落一个字："滚！"

常焕立马就滚了。

窗外天边皎皎一弯月，窗前地上痴呆一个人。

宋青屿用脑袋去撞柱子，撞墙，撞桌案……可撞得迷糊了片刻再去看，琉璃镜中还是那样一张脸。

他不得不接受这个诡异的现实——十九岁的他，变成了七岁。

一梦年轻十二岁，令他绝望。

他仔细地回想着之前的种种，小拳头往掌心一捶："肯定是那个补药把我弄成这样的！尹留行你个天杀的！"

如今淮王不在，淮王府乃至望城都知他是老大，若是让旁人知道自己变成了这个样子，恐怕会笑掉大牙。

宋青屿心如死灰，两条小胖腿交叠着坐着，耷拉着脑袋思考对策。

月影渐渐西移，窗前已经开到最盛的桃花被清风吹得满地花瓣。

宋青屿打了个哈欠，迷蒙里觉得自己的四肢也随着外面的桃枝一样抽长，摇摇头，清醒过来一些，他惊奇地发现自己的双手又恢复到正常的模样，手指纤细修长，如竹如玉。宋青屿霍地一下站起来望进琉璃镜中，男子貌胜潘安，气度不凡。

"今夜的本世子，依旧帅气……那方才一定是做梦，做梦。"只不过这梦做得有点儿太逼真，他得再做个好梦平衡一下才行。

宋青屿放下心来，将自己又摔在榻上，扯着锦被合上眼。

戌时刚过，又是一夜。

四

这几日，林声声都胆战心惊地窝在悦来客栈里，生怕一出门，就有无数淮王府的护卫蹿出来要抓她。

落到这般田地，林声声不怨天不怨地，只怨她自己，谁让她那么耿直拆了世子大人的台？

这下宋青屿已经记下仇，她再想进淮王府可就艰难了。

林声声这两日没睡好，这日醒来时眼上红肿，眼下发青，眼里还有血丝，冷不丁一照铜镜，还以为见了鬼。

"林姑娘，有人找！"外头小二的声音从大堂一路飘到了二楼客房，林声声这几日都没有去摆摊，有不少想买补药的客人便追到了悦来客栈。

林声声拽出那口大箱子，刚拿出一枚丸药，就听见"砰"的一声巨响，那扇结实的房门应声被人踹断，变成几截柴火。

林声声吓得心跳一滞，门外膀大腰圆的黑面汉子往旁边一闪，一张熟悉的脸赫然出现。

"啪嗒"一声，林声声手一滑，黑褐色的药丸掉在地上，"骨碌骨碌"地滚到宋青屿的脚下。

宋青屿看着撞到脚尖的药丸冷冷一笑，再抬起眼，高贵冷艳的表情顿时僵住了，半响从牙缝中挤出一句话："怎么又是你？"

林声声呵呵笑着："大概是……有缘？"

有缘。

宋青屿怒极反笑，确实是有缘，天大的孽缘，你死我活的孽缘！

本来，他以为那诡异的变身只是自己做的一个噩梦，谁知道翌日到了酉时三刻，他又变成了七岁孩童的模样，戌时一过，又自动恢复原样。

再一再二都是巧合，但当第三日还是这样，宋青屿顿时就坐不住了。

他冲上门去找尹留行问出了补药的卖家，查到住址之后，立马带着几个府中武艺最高强的护卫赶过来。

没想到，居然又是那个几次三番在他面前刷存在感的女人！

这不是孽缘是什么？

想到这里，宋青屿笑意更冷，挥一挥手，护卫立马将门口围住，闲人勿扰。

"见怎么也不能引起本世子的注意，就恶从胆边生，企图用下药来控制住我？本世子告诉你，做你的春秋大梦！"

他的每一个字都咬得极重，尾音下压，更是压得人心颤。林声声瑟缩了一下，却是不明所以："我给世子下了什么药？"

"还装！不就是那每日变小两个多时辰的药丸！你不要以为下了药让我身体有异样，本世子就会向你低头……怎么不说话了？在望月茶楼你一张嘴不是挺能说的？如今怎么没话说了？"

林声声支支吾吾："我……"

"得了不用说了，本世子早已看透你的狼子野心……嚱，还不说话，那就是默认了。"

林声声无语，行吧，怎么样随你吧！

隐阁人的身份需要保密，就算对被保护和帮助的皇家子弟也一样。林声声没法解释自己想混进淮王府的真实目的，便只能闭嘴，任宋青屿自己脑补。

不过她是真的没想到那枚缩身变小丸居然会辗转到了宋青屿的手中，那日在望月茶楼，她本来是想自己吃，随后变小成七岁的孩子，假装宋青屿的私生女去碰瓷……然而万万没想到，事情居然会变成这样！

估摸着就是那日，缩小丸掉进箱子里和补药混在一起，她也没仔细看，抓出一颗就放回盒子里，没想到拿错了。

这样的结果就是她吃了补药再一次在宋青屿面前丢人，宋青屿吃了缩小药变成七岁时的模样。

宋青屿竭力压着心中翻涌的怒气，大马金刀地坐在桌子边上，浓眉紧蹙，眼刀一遍一遍地往林声声身上刮："你到底看上本世子哪一点了？是俊朗帅气，潇洒多金，风趣幽默，体贴入微……"一连说了七八个词，他吐出一口浊气，"我改还不成？"

林声声说："那个……世子这样就挺好的，不用改什么的。"

"嚱，还算你有眼光。"宋青屿面色缓和一点儿，立刻再次阴下来，"不管你对本世子多么迷恋，但使如此下作的手段实在是不应该。你一个姑娘家，有光明大道你不走，偏偏往臭水沟里走，臭水沟里有金子？"

林声声摇摇头，如实回答道："但是有世子。"

宋青屿的心狂跳了一下，随后反应过来，猛地一拍桌子，拍得茶杯都跳了起来："好啊，你敢说本世子人在臭水沟？"

"不不不，草民只是打个比方，打个比方。世子人不管身在何方，都浑身泛光，是草民渴望的阳光，寻找的方向。"

好家伙，说话还一套一套的。

他望进林声声黑白分明的眼底，那里散着细碎的光，无比真诚，无比认真。

宋青屿发现自己居然分了神，轻咳一声拉回场子："少废话！快把解药交出来，否则本世子让你把牢底坐穿你信不信？"

"信。"林声声答得很乖，顿了顿又道，"可那缩身变小丸……没解药。"

宋青屿的神经像两端被人抓住的绳子一般，在林声声两句话里一松一紧，被拉得快要崩溃。

眼看着他面色狰狞，双臂不自觉地抬高，大有下一刻便掐着她的脖子和她同归于尽的征兆，求生欲让林声声忙道："不过这药是我制的，也只有我能研制出解药，世子要是掐死我，你这辈子都好不了了。"

宋青屿快要挪到她脖颈的手硬生生地顿住，电光石火间，林声声想起此行来望城的目的，急吼吼地又补充了一句："为了避人耳目，不让人怀疑，我要住到淮王府去，十二个时辰观察世子的发病症状……不过分吧？

"草民如此也是为了治好世子，好让世子能尽快恢复正常。"

"难道世子不想早些好吗？"

女子声音娇柔，黑白分明的眼睛像是蕴了一汪泉水，盯着他眨啊眨的，离得距离有些近，他可以闻到一股幽幽的兰花香，像是从她发间飘出来的，清清淡淡，令人极是舒心。

宋青屿觉得有些不自在，退开几步别开脸，鼻子哼了一哼："住进淮王府是不可能的，想观察本世子的发病症状就酉时之前过来，敢磨磨蹭蹭的，本世子就送你去天牢和耗子做邻居！"

宋青屿一甩袖子，转身便走，潇洒得不带走一片云彩。只留下一地碎木头，和笑得傻分分，嘴巴快要咧到耳根子的林声声。

从进不去，到能进淮王府两个时辰，可以说是取得了阶段性的胜利。

林声声欢快地哼着小曲，笑眯眯地拿出一锭银子赔给掌柜的，麻烦他再安一扇新门。

"林姑娘今日怎么这么……大方？"要知道，平日里她可是连菜饭钱都要赊一日的。

林声声歪着头笑得更灿烂，比春花还要明丽三分："有好事，天上掉金条的好事！"

因为她想方设法地进淮王府不只是单纯地遵从隐阁的规矩，更重要的，是奉命去找一样东西。

　　林声声在离开隐阁前夕，新上任不过半年的阁主柳漾给了她另外一个神秘的任务。只要能顺利地完成，隐阁便会给她一大笔奖励金。

　　"多少？"

　　当时柳漾比寻常人纤瘦的身子歪在软榻上，本就是病弱的美男，在说出下面一句话之后，美貌程度又上了一个新高峰。

　　"十万两，黄金。"

　　林声声浑身激动到颤抖。

　　而柳漾让她找的东西，便是传说中一直藏在淮王府的半枚如意符。

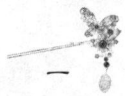

一

翌日,是一个艳阳天,惠风和畅,白云万里。

因着黄昏之后就要进淮王府去给宋青屿看病,迈出走向成功的第一步,是以,从晨起醒来,林声声就处于一种亢奋状态。亢奋到连卖药都心不在焉的,随便收点儿银子,随便抓几颗补药过去,时不时地抿着樱桃红唇笑,露出左颊边深深的小酒窝,一副美滋滋的模样。

尹留行从城门一路晃悠着到春生街,便看见了这样的林声声。

他与淮王世子宋青屿"狼狈为奸"多年,自认找遍整个望城都找不到一个人比他还要了解宋青屿那个狗脾气。昨日,他听说宋青屿气势汹汹地去悦来客栈找一个小姑娘的麻烦,一番辗转,才知道那个姑娘叫林声声,是卖药给自己的人,也是连着两次在宋青屿面前刷存在感的人。

往常对于这样扑过来的人,宋青屿早就让他的手下把她赶出望城。可这一次,不仅他自己亲自上阵,而且最令人震惊的是,林声声居然安然无恙地在望城活着。

"难道世子有什么把柄攥在这姑娘手里?不然怎么没有赶走她?"尹留行昨日去淮王府看热闹,结果被常焕轰了出来。

常焕说他家世子最近闭关看书,不见人,这让尹留行更加好奇了,今日特意将巡视的差事早早办完,赶过来一解心中疑惑。

"老板……"

林声声闻声头也没抬,机械地应道:"补药二两一枚,三两两枚,带包装,不退换。这位客官要多少?"

尹留行清了清嗓子,道:"那得看老板你手里有多少。"

貌似是个大客户,林声声这才来了点儿精神,敛了敛心神抬起头,却见是一张有点儿眼熟的脸,貌似是她急着去望月茶楼那日来买药的人。

"我这里还剩七十三枚……"

"我都要了。"尹留行笑眯眯地道,那声音落在林声声的耳朵里犹如天籁。她愣了愣,眉开眼笑道:"好嘞,我这就给您装起来。"

"先不着急,我有些事情想问问老板,若是老板能解开我心中的疑惑,除了买药的银子外,我额外给你一百两,如何?"

林声声本来笑得圆鼓鼓的脸顿时有点儿垮,她不动声色地打量着面前的人,坚定地摇了摇头:"君子爱财,取之有道,不该是我赚的银子我是不会拿的,请客官自重!"

其实她也有自己的考量,天上不会白白地掉馅饼,要么这人的钱来路不干净,急于找人脱手,要么就是他问的问题令人窒息。

不管是哪一条,她若是应下来都是给自己找麻烦,还是要不得。

尹留行"扑哧"一声笑了,这姑娘还挺有意思。

"输给你了。"他摆摆手,让林声声帮他把补药装上,自己则坐在一旁,状似不经意地开口问,"听姑娘的口音不是本地人吧?"

林声声淡淡地"嗯"了一声,尹留行叹了口气:"年纪这么小就出来闯荡可真不容易,想当年我也是走南闯北,吃了无数苦,走了无数路,最后才一路晃荡到了望城。若不是淮王看我骨骼清奇,许我到盖州军营中去,可能我现如今还在要饭呢!"

尹留行平时话没这么多,但一提起自己的辛酸往事,就可以连着说三天三夜。

林声声尴尬又不失礼貌地"嗯""哦""啊"地附和着,半晌装补药的手一顿,猛地转过头看向尹留行:"这位客官貌似和淮王府很熟的样子,那也一定和淮王世子很熟吧?"

尹留行对她打断自己回忆过往的行为有一丝丝的不满,但理解林声声也是世子的狂热倾慕者,便好脾气地点头道:"确实很熟,上一次从你这儿买的补药,还是我送给世子的呢!"

好了,破案了。

林声声有一瞬间想跳起来打眼前人的头,但也只是想想而已。一来看对方这壮硕的身形她打不过,二来他也算是间接帮她一只脚踏进淮王府大门的功臣。

林声声僵硬的脸重新绽开笑颜,往尹留行的方向凑了凑:"那世子有没有什么特别的喜好?"

"他昨日不是去客栈找你了吗?特别的喜好你也应该知道的。"尹留行笑眯眯地把话往歪路上拐。

林声声眨眨眼,道:"若是一般人我就不大嘴巴了,但客官是世子的朋友,也是关心他的人,我就和客官说一说。"

尹留行继续笑眯眯。

"世子得了一种怪病,前来找我帮他看看。这种病发作起来性情大变,摔盆砸碗都是轻的,严重时会发狂打人咬人,那要是被咬一口,二两肉就没了。"

尹留行笑不出来了,怪不得昨日他去淮王府都被拦了出来。

林声声继续鬼扯道："所以我奉劝客官，最近有事没事不要去淮王府，特别是天刚黑的时候，那个时候日月交替，是最容易发狂的时辰。好了我说完了，客官和我说说世子的喜好吧，我身为大夫，知道他的喜好也好对症下药。"

　　尹留行艰难地回过神，林声声已经不知道从哪儿拿了纸笔过来，望着他的眼睛亮晶晶的，准备认真做记录。

　　"世子喜欢人无条件地吹捧他，最好是不带脑子的那种。"

　　林声声无语。

　　从春生街离开，尹留行拐进了两条街开外的一家门脸不大的铺子，里面坐着几个伏在案上奋笔疾书的书生。

　　"老大。"一个人掀开帘子从里面走了出来，恭敬地叫了一声，"老大这个时辰亲自过来，是不是有什么劲爆的第一手消息？"

　　尹留行的生活经历非常坎坷。三岁没了爹娘，为了生活加入丐帮，风里来雨里去多年碰上了淮王宋起，进了军营，打了几场仗得了个功名回来，成了望城的守将。因天南海北的兄弟到处都是，消息十分灵通，所以尹留行在做守将之余还搞了个副业，不暴露身份地办了个《望城月报》，专门刊登城中的小道消息。

　　因着消息一手，行文诙谐幽默又不失犀利，短短两年间，《望城月报》就成了城中百姓人手一份的必备读物。

　　而这一次，是出卖自家兄弟为产业添砖加瓦，还是守护兄弟秘密，做一对亲密朋友？这是个问题。

　　思考了没一会儿，尹留行就点头道："确实有个消息，且附耳过来。"

　　反正也不是第一次出卖兄弟了，不碍事的。

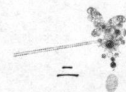

二

黄昏时分，怀揣着"知道了和不知道并没有区别"的世子喜好的林声声从客栈出发到了淮王府的后门。

因为宋青屿说了，他的事情她不能对外泄露一丝一毫，所以为了保密，她只能像做贼一样从后门进去。

林声声敲了敲门，三长两短一停顿，片刻后，门被打开了一条缝隙，一只修长的手探出来，一把抓住林声声的衣襟，将她扯进门。

林声声一个趔趄，鼻子正好撞在那人的胸前。

已经焦虑了一日一夜，却不能找尹留行分享秘密的世子顿时找到了一个情绪宣泄口，推开她抱臂冷笑道："你不要以为本世子让你进淮王府的门就可以得意了，收起你那些乱七八糟的心思，不然有你好看！"

他鼻子不是鼻子，眼睛不是眼睛的，一张俊脸要挤成个包子。林声声回想起白日那位客官私下授课的内容，点点头道："有世子如此闪闪发光的人物在眼前，我哪里还有心思再去想别的？治好世子，让世子光彩加倍，这是我唯一的心愿。"

宋青屿被她这番话噎得不行，上上下下打量了林声声好几遍，瞥见她额间有一块拳头大小的地方微微泛起了绿色，像中毒了一样，方才他没注意，现下觉得怎么看怎么不祥。

赶紧治好病，然后让她在望城消失！

宋青屿冷哼一声，转身就走："还戳着做什么？赶紧跟上来！"

林声声叹了口气，暗道生活不易，小跑着追了过去。

宋青屿早就让常焕将他住的西苑清空，不许任何人打扰。万一有谁撞破他变身，那可就坏了。

常焕虽然不知晓其中原因，但见最近几日自家世子这张人畜勿近的黑脸，还是忙不迭地就去办了。是以，当林声声随着宋青屿进来时，偌大的院子里空无一人。

这淮王府没有林声声想象中的金碧辉煌，古朴雅致得很，但看每个摆件都小巧精妙，就知道这是低调的奢华，比金灿灿的更贵。

两个人进了平日宋青屿读书用的书房，这时他倒是很配合，林声声无论是让他伸手还是伸舌头，他都会乖乖照做。

"世子，'啊'一声。"

"啊——"

　　林声声单手捧着宋青屿左脸，摇摇头："声音再高一点儿。"

　　"啊——"

　　"再高点儿。"

　　宋青屿不干了："你耍我玩儿呢？"

　　林声声讪笑道："哪能啊？这缩身变小丸不仅会改变骨骼和肌理，还会改变声带嗓音，我只是例行检查，世子不要想太多。"

　　宋青屿凉凉地瞟了她一眼，林声声收了手，在一旁的宣纸上记下他发声的症状。

　　林声声自己做药的时候只考虑药效，从没想过做解药，因为她那些药根本就不会致命。再加上制药时的药量都是靠手感，连她自己都不知道宋青屿吃的那丸缩身变小药精准的药量。所以要想让宋青屿恢复原样，只能从他的症状下手，研制出能化解缩身变小丸的药。

　　记了个大概，林声声揉了揉发酸的脖子，问："除了外在的这些变化，世子可还觉得有其他的不适感？"

　　等了半晌没等到回答，林声声疑惑地抬头，随即，手中的笔"啪嗒"一声掉落在地，笔尖的墨迹化开一小片。

　　只见方才身量颀长，潇洒地倚在靠椅上的人如今成了小小一团，肉嘟嘟的背靠在椅子上，两条小短腿耷拉在半空，一起耷拉的，还有那身对于现在的他来说过于宽大的衣裳。

　　她这一低头一抬头的工夫就到了酉时三刻，宋青屿从十九岁变成了七岁大小。

　　吓得她以后都不敢随随便便低头了。

　　七岁的宋青屿面色粉白，一张肉嘟嘟的脸，嫩嫩的唇，活脱脱一颗圆子，可爱得不行，如果他不是在狠狠地瞪着自己，林声声真的很想将他搂在怀里揉一揉。

　　林声声清了清嗓子，踟蹰了一会儿还是开了口："要不要我帮着世子，把袖子挽一挽？"

　　宋青屿冷冷一哼，却哼出了小奶音，听得林声声心都软软的。

　　"这点儿小事本世子还做不了了？你当我是什么？"宋青屿一边奶声奶气地撂狠话，一边直起腰身，两只短胳膊费劲儿地扯着一只衣袖，像拔河一样往自己这边拉，只倒腾了一会儿，就累得有点儿喘气。他有些圆的桃花眼一眯，就见林声声一副看热闹的表情，气得他喘得更厉害了。

　　他变成如今这副样子都是拜这个女人所赐，凭什么他自己挨累，让她在一旁把自己当笑话看？

想到这里，宋青屿一甩袖子，自认高贵冷艳，实则变相卖萌地指着她命令道："过来帮我。"

唉……如今的孩子哦，不听大人言，吃亏在眼前。

林声声走过去将袖子挽好，又帮他把衣摆叠了叠，系了个扣掖在腰带上："世子该找人做些适合您现在大小的衣裳，行动起来也方便。"

"若是找人做，岂不是大张旗鼓地告诉别人淮王府里有猫腻？"

"那世子可以去翻翻你小时候穿的衣裳出来，对付着穿一下。"

也不知道为何，林声声明显地感觉到她说完这句话后宋青屿整个人僵了一下，那种与生俱来的气焰一下子灭了，孩童的眼中透出浓重的哀伤。他紧咬着牙根，拍开她的手跳下椅子，攀上高几看着窗外发呆。

桃花开到最灿烂时，往往就是开始凋谢的时候。

最高处的桃花粉白的花瓣边缘已经泛起了黄，最多三日，满树的花就会掉得一朵不剩。

林声声张张口想说什么，却终究没好意思说出口。

宋青屿就这样一直发呆到戌时过，恢复了成人的身量，才叹了一口气，动了动发僵泛酸的身子，回头一看，发现无聊到啃着笔杆的林声声脑袋一点一点的，昏昏欲睡。他几步走近，想要推醒她的手伸到一半就顿住了，犹疑了一下，改为拍了拍她的肩膀："喂，到时辰了，你该走了。"

林声声本也没有睡实，被他这么一叫，立刻就醒了，揉了揉眼睛站起身，将宣纸收好。

"再观察三日，总结世子药效发作时所有的反应之后，我就会着手尝试研制解药。"

"最好是这样，倘若被本世子发现你言不符实，另有企图的话……"

另有企图的林声声心里"咯噔"一声，面上还是无比真诚地发誓保平安："那就让我孤独终老。"

"哼！"

出去时还是宋青屿送，他一走出西苑就觉得哪里不太对劲儿。

虽说他让常焕赶了人，但也仅限于西苑而已，这外面……貌似太过安静了些。

宋青屿百思不得其解，领着林声声往后门走，走一步，心"突突"地跳一下，跳

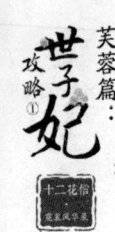

得都快要从嗓子眼儿里蹦出来了。

　　林声声见方才还一脸深沉的人，一步三回头，像是后面跟着什么人一样，心道男人果然是善变的。

　　就这样心惊胆战地一路走到后院，宋青屿的手刚触到门闩的那一刻，从墙边树后"呼啦"冲出几十号人，将他们团团围住。

　　林声声虽然在隐阁的时候没怎么练过刀剑，却也跟着学过几日鞭子。情急之下，她眼睛四下快速扫着，一把将宋青屿方才松了一圈的腰带拽了下来，缠在手臂上，做出一副进攻的势态。

　　外衣和中衣像是绽开的花儿一样散开，人群中传来压抑的闷笑声。

　　宋青屿瞄了一圈，声音顿时狠厉起来："这大晚上的，你们该睡觉的不去睡，该守夜的不去守，都在这儿做什么？"

　　"世子真是好大的架子，是我让他们过来的，怎么着，你有意见？"

　　这声音柔柔的，从人群深处传来，就算没见到人，林声声也能猜到主人是何等风采。而张牙舞爪的宋青屿一听这声音，就不自觉地后退两步，紧蹙着眉，脸一阵红一阵白。

　　林声声额间有一块地方有些发烫，想来应该是变红了。

　　那说明和她离得近的宋青屿心情很好才对……

　　可为何心情好，他还这么紧张？

　　林声声思忖间，人群自动让开一条路，只见一个丫鬟打扮的人提着一盏灯在前方引路，随后一阵清幽的香风袭来，所有人的目光都被后面跟随之人那明艳的一张脸吸引过去。

　　来人看着顶多三十岁，白瓷面，琉璃目，朱红唇，梳着妇人的发髻，斜插着几支金簪，流苏缀在耳畔，随着动作一摇一摆，她径直走到宋青屿面前停下。

　　宋青屿紧张地吞了吞口水，脚尖刚往后退了半寸，那妇人便一把揪住他的一只耳朵，眉眼都飞扬起来："你再往后退一步试试看！我才走了三个月你就这么不待见我了？"

　　宋青屿的表情称得上"低眉顺眼"四个字，说话也磕磕巴巴的："我不是，我没有，我……我只是不知道您回来了……"

　　"这就是借口！赤裸裸的借口！想我膝下就你这么一个娃，你还这么狠心，多看我一眼都不乐意，等到我满头白发、牙齿掉光的时候，就只能可怜巴巴地缩在柴房

里,盖破被,啃窝窝头,我真是命苦哇……"

林声声惊得下巴都要掉下来,这看着如此年轻的妇人居然是淮王妃,也就是宋青屿的娘?

不过有如此绝色的娘,也难怪宋青屿会长成这样一副祸国殃民的样子。

林声声默默地将缠着宋青屿腰带的那只手背到身后,思考从哪里走才不会引人注目。毕竟当着人家娘的面抽走儿子腰带这种事……还是很尴尬的。

淮王妃大抵是属猫的,敏锐到了极点,林声声刚想往一旁挪,淮王妃就猛地一转头,精准地看着她,柳眉微蹙问:"这位姑娘是?"

"我叫林声声,是替世子……"

宋青屿也猛地转过头,眼刀飞也似的丢过来,将她剩下的"看病"二字硬生生地砍断。

林声声抿了抿唇,挑了个最保险的说法:"我是世子的朋友。"

"朋友?"淮王妃大发善心地松开宋青屿的耳朵,走到林声声身边,"朋友会大半夜地到府上来?还让常焕赶走所有人,留你们孤男寡女单独相对两个多时辰?我怎么这么不信呢?"

林声声在离开隐阁前,为了让自己很快融入到外面的世界里,临时突击看了许多流行的话本。

其中影响最为深远的戏码除了"认爹"之外,那就是"高贵且恶毒的夫人疯狂针对每一个接近自家儿子的清贫女孩"。

眼下这场面,符合得有点儿过分。

她的片刻愣神让淮王妃看在眼底,王妃走近一步,问:"你认识青儿多久了?"

"二十二天。"

"哟,记得这么清楚。"淮王妃笑得高深莫测,"才认识二十二天,你就能随随便便地进王府?"

林声声的喉咙有些发紧,点了点头,她已经自动脑补接下来淮王妃的话:"像你这种轻浮的女孩我见得多了,给你一千两,离开我儿子。"

可她有任务在身,别说一千两,给她一万两她也不能走。

淮王妃眯着眼又看了她良久,回身一巴掌拍在宋青屿的肩膀上,声音很是激动:"你行啊,才二十二天就拐了个姑娘回家,非常有出息了,有你娘我当年的风采。"

再回头看林声声,脸上漾出一抹慈爱的笑,手亲亲热热地挽上她的手臂,"瞧这姑娘长得多乖，鼻子是鼻子，眼睛是眼睛的。"

林声声无语。

"不瞒你说，我这浑蛋儿子可愁人，一大把年纪也不知道往家里领个姑娘，把我和他父王急得火上房，我本来以为他无药可救了，没想到……"淮王妃掩唇笑得乐不可支，宋青屿硬着头皮出来反驳道："母妃你想多了，我和她没什么关系。"

"声声啊，我听你这口音不是本地人吧？如今做什么的？住在哪儿啊？"

林声声被这急转直下的剧情震得脑子发麻，强撑着应道："住在悦来客栈，平日里制些补药在春生街上卖。"

"住在客栈可怎么行？环境脏乱差不说，还三教九流什么人都有，实在是不安全，不如搬到王府来。"

被直接无视的宋青屿急忙道："不行！不能让她住进来！"

"在春生街上卖补药，整日风吹日晒的太辛苦，还损伤皮肤，女儿家的皮肤最是要好好地养护。这样，你住进王府之后我帮你找一家门店，开个药庐好了。"

林声声之前也想过盘个店面下来，钱她不缺，只是望城往来人不多，店铺基本固定，若是没有点儿门路，很难盘个店面。

可现在，她不仅能顺理成章地在淮王府长住，还能有一家店，林声声被天上这接二连三掉下来的大饼砸得晕头转向，不好意思地道："这不太好吧？"

"岂止是不好！但凡要点儿脸的都不能答应！"宋青屿已经气得在跳脚了，淮王妃一把按住自家蹦跶的儿子，挽着林声声往回走："这有什么不好的？大不了你赚了钱给我分点儿红利好了……"

宋青屿看着两人的背影，一口白牙都要咬碎，恶狠狠地道："我一定不是她亲生的！"

常焕绕出来，轻声地提醒道："本来就不是……"

"就你话多，你那么厉害，怎么不想办法告诉我母妃回来了？"

宋青屿的胸膛剧烈起伏，一只手还捂着大开的衣襟，另一只手撑在墙上，问："父王呢？也一起回来了？"

"是，酉时左右回来的。一进门，王妃就要来见世子，然后就……"

召集府中家丁，准备围攻他。

以自家母妃那唯恐天下不乱的性格，真像是能干出这种事的人。若说在这世间宋青屿还有个怕的人，那便是这位淮王妃安陵了。

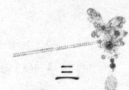

三

安陵的指挥力和行动力都是一流的，一个时辰之后，西苑的一间厢房就被打扫出来，让林声声连夜住进去。

"缺什么少什么就和我说，若是我那浑蛋儿子欺负你也告诉我，我有得是办法对付他！"

安陵临走之前扔下这句话，林声声不由得感叹道："真是一物降一物。"

不过既然有这个机会，她就一定要好好把握。

林声声脱了鞋袜上床，长长地舒了一口气，刚闭上眼准备好好歇一歇，就听见有人敲门，声音"砰砰砰"的，显示来人的不耐烦。

她揉了揉额角，翻身下床去开门，宋青屿一阵风一样地进来，将门掩住，面色不善地看着她："你还真就在这儿住下来了？你知不知道'脸大'这两个字怎么写？"

一天和好几个不好好说话的人说话，林声声感到十分心累，也懒得再费脑子应付他，随口怼了回去："不就是世子的写照？"

"本世子这么标准的脸型你敢说我脸大？"

"世子，你跑题了。"

"我不管，你明日就搬出去！"

"淮王妃让我住进来的，世子若是想让我走，直接去找淮王妃就是。"

他要是能说动他母妃就是见了鬼了！

眼见宋青屿又想伸手掐自己，林声声往旁边一闪，真诚道："我这并不是推诿，淮王妃是什么身份？我又是什么身份？她若是执意让我住下，我能有什么办法？这个道理，世子应该不会不明白。"

宋青屿不甘心地咬着牙，在屋里烦闷地转了几圈后停下："你可以住进来，不过我们要约法三章。第一，关于我会变小的这件事你要无条件地帮我隐瞒，不能泄露给任何人。第二，你不能在王府里吃白食，每个月都要向我交伙食费和住宿费。第三，你给我安分一点儿。不然的话，我就算是被母妃拧耳朵疼死，也不会让你有好日子过的！"

林声声微微一笑，点了点头，说："是。"

顺利达成此行目的，宋青屿的脸色总算是好看了那么一丁点儿，离开的步子也轻快了不少。

第二天，林声声一早起来，淮王妃就叫人陪着她去悦来客栈把行李搬进淮王府。

整个过程中，宋青屿的面色虽然看上去不怎么好，倒也没有像昨晚那样时时刻刻准备爆炸，想来是一夜过后逐渐地接受了现实。

这日，林声声没有去春生街卖补药，而是四下转悠着，看有没有比较适合的店面，她的身后跟着淮王府的账房先生陈征。

"王妃说了，姑娘不必考虑太多，只要你看得上眼的，剩下的都交给在下便好。"陈征见她左右徘徊，对她道。

林声声点点头，一偏头就看见了一个熟悉的人，不由得眼睛一亮："夏捕头！"

夏锦灯正在巡逻，看到她笑着颔首："我方才还想你今日怎么没在街口卖药，原是在这儿。"她错开眼看了看陈征，眸色有些凝滞，旋即恢复原样，"这位是淮王府的先生吧？"

"在下陈征，见过夏捕头。"

"我想在这儿盘个门店，夏捕头有没有什么建议？"

有淮王府的账房先生陪同，那一定是世子吩咐的。夏锦灯无意识地紧了紧腰间的佩刀，扬唇道："春生街一向热闹，在哪里都好，你卖的补药本就在望城风靡，也不愁没有客来。街口太繁闹，街尾又太远，街中我知道有一家叫'风客来'的茶楼，大小合适，最重要的是有望月茶楼在，他家的生意一般。"

她话没说透，但林声声听得明白。虽然有淮王府给她撑腰，但强行盘人门店这种事儿还是很招人恨的，风客来生意一般，再出稍微高一点儿的价格，老板很容易就脱手了。

林声声侧眼对陈征道："那就按照夏捕头说的办吧，麻烦先生了。"

"姑娘不必客气。"

最近一直忙着进淮王府的事情，林声声有些时日没有见到夏锦灯了，便提议道："快午时了，不如夏捕头和我一起去吃午饭吧，我请客。"

夏锦灯答应得很痛快："那今日定是要吃够本才好。"

林声声打小就羡慕夏锦灯这种身手好又英姿飒爽的女子，有机缘得以结识之后，飞快地心生好感。在这无亲无故的望城里，夏锦灯算是唯一一个和她有所关联的人。

其实细算起来，宋青屿应该也算一个，但是……林声声摇摇头，还是算了吧！

陈征行事妥帖，午后就把风客来的房契和地契送了过来，价钱也很合理。林声声忍着一时的肉痛，多给了一百两，算是重新粉装门店的费用。

陈征见她凡事都自己出银子，不依仗淮王府，顿时心生几分好感，找人做事时也就格外用心。药庐的名字是淮王妃取的，叫"林清坊"。

林清坊的一切事宜不用她管，林声声便将大部分精力放在宋青屿身上。

淮王妃是一个就算她不说都会自动想歪的人，所以林声声就欲言又止，眼神闪烁地和她说，每日黄昏日落之后景色最好，想和宋青屿好好地说说话、吃吃饭什么的。边说还边羞涩地垂着头，手指揪着衣角。

淮王妃一看她这样，立马笑呵呵地吩咐人，黄昏时送过来好酒好菜，不许人打扰，让他们两个好好地单独相处。

林声声满目感激，总算解决了外部影响，剩下的就是内部问题，也就是宋青屿的病情了。

一连五日的变身时刻，林声声都和宋青屿单独待在西苑，她眼睛一眨不眨地盯着宋青屿的变化，将他所有的表现记录在案。

宋青屿每日酉时二刻开始身形寸寸缩小，到酉时三刻为止，缩成七岁孩童大小的身量。在初次缩小时，有异样的灼热紧裹全身的感觉，之后就再也没有了，缩小之后也没有异常症状，一直维持到戌时之后自动变回正常身量。

这五日倒是一切和谐，若是非要说有什么不大和谐的，就是在第二日晚上林声声过去时，见宋青屿狠狠地将一份最新出炉的《望城月报》撕得稀碎。

"这是谁造谣和编纂人说我身患顽疾会咬人的？要是让本世子知道，非活撕了他不可！"

林声声想起她之前瞎编的话……不由得打了个寒战。

《望城月报》讲究信息真实，每一条消息不是编纂人实际看到的，就是有人爆料卖出去的。

林声声瞎编的那日，只对尹留行一个人说了，她没去爆料，那爆料的就是尹留行。

这表面的兄弟情啊，真是不堪一击。

林声声有些心疼被蒙在鼓里的宋青屿，看病时难得地给了他格外的温暖："世子若是突然有什么别的症状，要及时告诉我。"

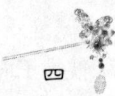

四

结束了这一日的"单独相处",林声声回到厢房小憩了一会儿。

待到月上中梢,她睁开眼坐起,从枕头下摸出前两日托人做的一条鞭子绑在腰际,然后翻身下床。

她轻轻地将窗推开一条缝儿,偌大的院落里一片寂静,她动作矫健地顺着窗缝滚了出去,身形融入暗夜里。

宋青屿总怀疑她别有用心,她初来乍到要是搞事情就是往枪口上撞,再加上这些日子实在忙碌,今日稍微安定下来,她才想着出来寻找半枚如意符的踪迹。

这半枚如意符在淮王手中,但按照阁主所说,淮王心思缜密,东西不一定会藏在王府里,她也只能碰碰运气了。

但今日她的运气实在不算好。

她刚施展轻功落在淮王平日处理事宜的书房房顶,就和一片漆黑中不知道从哪儿蹿出来的蒙面人撞上了。

真是冤家路窄。

两个人大眼瞪小眼,面面相觑。

林声声无语。

来人说是蒙面,但不像寻常蒙面人那样以遮脸布盖住下半张脸,而是以半张面具遮住了上半张脸,露出的一张嘴微微启着,仿佛也很惊讶的样子。

林声声看看他红色的面具,再看看他身上穿着的那件大红的衣裳,试探着问:"你是王玉生?"

那人抿着唇,脊背无意识地挺直,淡淡地应了声:"正是在下。"

"百媚千娇王玉生"只在夜间活动,专门和望城中遇到情感问题的女子谈心,他也因此得了个名号——妇女之友。

传闻王玉生为人神秘,出行时脸戴面具,赤橙黄绿青蓝紫,什么颜色的都有,身上的衣裳也跟着面具的颜色配套着来,让人即使在暗夜里也能一眼看出他是谁。

王玉生望了望下面,问:"这深更半夜的,姑娘怎么跑出来了?"

林声声咬了咬下唇,再抬眼,杏眸中已经滚了一团泪:"我正是来寻王公子开解开解我的,公子不知道,我这些日子过得……那叫一个苦啊!"

她找如意符这种事当然不能说出去,但为保王玉生不坏事,装成来找他谈心的多情少女,是她大半夜出现在这里的最合理的解释。

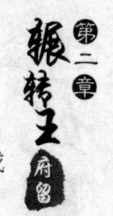

王玉生果然来了兴趣："能听姑娘说说心里话是在下的荣幸，只是姑娘既然来找我，也该知道我行事的规矩。"

但凡来找王玉生谈心的女子，都要跳一支舞给他看，权当是开解心结的回报。

林声声视死如归地点点头。

两个人一前一后地从书房的房顶跳下去，拐到一个僻静的深巷里。

王玉生引她进了最里面的一户没人住的院落，平日里，他多在这里和姑娘们谈心。

林声声的身体很僵硬，老阁主还在的时候看她筋骨不够柔软，这才让她去学制药。练武不是块材料，跳舞就更是要她的命一样。

在王玉生的灼灼注视下，林声声像是木头人一样地动着，这跳的哪能称得上是"舞蹈"？说是"打拳"更精确一些。

他看得很难受，摆了摆手示意她停下："心意到了就行了，这位姑娘有何烦忧？不妨同在下说说。"随后，打开随身携带的水囊喝了口水压压惊。

林声声停下来，缓了缓呼吸，坐在王玉生对面的石凳上。

"我最近和青梅竹马但是变身贵族之后又把我抛弃的男子重新走到一起了。"

王玉生一口水"噗"的一声喷了满地，呛得他直咳嗽。

"王公子你没事吧？"

"无……无事，只是我有些年没听过这么狗血的故事了。"林声声精通话本子中抓人眼球的桥段，将其融会贯通，给王玉生声情并茂地讲起了故事。

"唉……我和竹马相识在微末，我们无父无母，被人卖到大山里，好不容易一起逃出生天，却又过上了饥一顿饱一顿的生活。竹马小的时候长得瘦小枯干，常常抢不到吃的，每次都是我冲到最前面帮他夺一口吃的，留一口水喝。竹马承诺，等日后有能力，一定会让我过上好日子。我就盼啊盼，终于有一日，一队士兵到我们落脚的破庙将竹马带走。他们说竹马是落难的王爷独子，将来要继承爵位。竹马这一走，就再也没有回来。"说到动情处，她的眼角渗出了晶莹的泪珠。

王玉生露出来的下半张脸能窥见半分山雨欲来风满楼之势，嘴角一抽一抽的，只是天黑，再加上林声声演得入迷，压根儿没发现，只听他问："之后呢？"

"之后我等了很多年，也没等来竹马兑现承诺，他独自过着荣华富贵的生活，将我一个人抛下，我不甘心，也放不下他，便辗转来到了望城。淮王妃感念我一片赤诚，让我暂居在王府。可竹马，可他……可他不愿意再多看我一眼。王公子，事已至此，我该何去何从？"

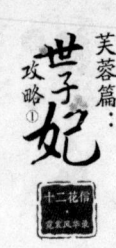

　　王玉生面具下的额角青筋跳得都快要爆开，又往嘴里灌了一口水才稍稍平静下来，低低地道："没想到这淮王府还藏着这么多恩怨情仇。"

　　"可不是？"林声声抹了抹眼角的泪，幽幽地叹了口气，"这皇亲贵胄大多都有些见不得人的阴暗心理，王公子和他们没有太深的接触也是好事。"

　　明日便是十五，这夜的月很圆，月光照在庭下如积水通明。

　　王玉生凝着眼看向林声声的额间，突然发现眼前这个嘴一直没有停的人有什么不对劲儿的地方。

　　"姑娘的额头中间怎么有一块变绿了？可是中了什么毒？"

　　"你说这个啊？"林声声摸了摸额间，微微有些凉，"竹马走了之后，为了生计，我进了一家药庐跟着师父学制药，年少时不懂事误吃了许多药，导致我的身体比普通人要敏感许多，尤其是额间这里，能感受到离得比较近的人的剧烈情绪——大悲大喜或者大怒。感受到了之后血气上涌，额间就会浮现对应的颜色，大喜对应红色，额间会有灼烧的感觉。大悲对应橙色，大怒对应绿色，这个时候额上就像是敷了块冰一样凉凉的。"

　　林声声解释完，手心的凉意往身上蹿，她摸了摸手臂上起的鸡皮疙瘩，甚是不解："王公子怎么生气了？"还是生的大气，不然她也不会冷成这样。

　　王玉生一怔，随即不动声色地道："还不是姑娘说的故事让人愤怒？那个……男子在是太过分，任谁听了都会气得想将他拉出来打一顿。只是这位姑娘，我免不了要劝你一句，虽说你和你的……"顿了顿，他又继续说，"竹马，情深似海，但这么多年过去了，时移世易，很多事情都淡忘了，勉强在一起是不会有好结果的。姑娘何不趁着如今的大好年华，离开这个男子，在望城中努力寻找下一个让自己活得好的理由呢？"

　　他声线柔和，循循善诱，听得林声声真的有几分动容。也难怪望城中女子都以和王玉生谈过心为骄傲。望城有二宝，王玉生的嘴、《望城月报》的笔。今日体验过，果然名不虚传。

　　林声声重重地点头："跟你聊完，我这心里舒服多了。多谢王公子，我一定会听你的话好好地考虑的。"

　　考虑下一次再出门时看一眼皇历，千万不要再碰上你了，不然又要浪费一夜的打探时间。

　　林声声在心里默默地补充道。

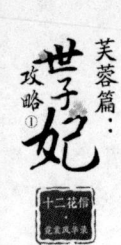

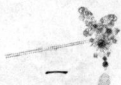

一

这夜回去，林声声睡得很不安稳，梦里都是表情不甚舒展的宋青屿，跺着脚，颤抖着手质问她："你为何要瞎编我的坏话，还接二连三地造谣？"

林声声无言以对。

宋青屿不知道从哪儿拎出来两块冻豆腐，高喊着："我要和你同归于尽！"随后挥舞着，往她脑袋上砸……

"别打我！"林声声倏地睁开眼睛，一下子坐起，大口大口地喘着气。

"哟，做噩梦了？"熟悉的男声带着熟悉的嘲讽，就在身边不远处惊雷般炸开。

林声声怔怔地扭过脸，果然对上了宋青屿那张脸，正立在床边俯视着她，不管是梦里还是现实里，他都给她阴魂不散的感觉。

她对自己的睡相很没信心，不用看都知道寝衣定是在梦中被自己拉扯得七扭八歪的。她在宋青屿的目光中红了脸，连忙拉高被子将自己裹得严严实实的："你你你……世子你怎么一大早就进来了？"

"我敲过门的，是你自己没听见而已。"宋青屿似笑非笑地看着她，"你梦里有人要打你？不得不说这梦做得可真够有预见性的，刚好，我有个架想和你打一下。"

"世子开什么玩笑？"

"你看本世子像是跟人开玩笑的样子吗？你自己做过什么你心里没点儿数？"

林声声的脑子蒙了蒙，她做过的事情太多，一时还真确定不了是哪件。

"世子可否给一点儿提示？"

"你同尹留行说我发病时喜欢咬人，一口咬下二两肉的事情，忘了？"眼见着林声声一张圆鼓鼓的脸上写满了"心如死灰"四个大字，宋青屿冷哼一声，坐在床边。林声声默默地又往后挪了挪，直挪到后背靠上墙，一脸戒备地看着他。

她这模样看着还挺好笑的，像一只受惊的小鹿，可宋青屿完全没笑，反而脸色愈发阴沉："你大抵不知道这《望城月报》背后的老板正是尹留行？我今儿起了个大早去城门堵他，他告诉我这消息是春生街卖补药的那姑娘亲口跟他说的。"

林声声攥紧了锦被一角，不得不低头："这消息确实是我传出去的，但我也是为了世子好。"

"为我好就造谣说我喜欢咬人？你怎么不说我喜欢啃人手指甲呢？"

"那不是不卫生嘛……不对，跑题了。"林声声说，"尹将军是世子的好友，交情颇深。他若是在酉时三刻到戌时这段时间来找世子，世子不见他一次两次情有可

原，次数多了他就该起疑心了。我这个说法虽然很扯，但也间接中断了尹将军发现世子变小秘密的可能啊！"

宋青屿沉默良久，道："这么说来，倒是有几分道理。只是本世子的清誉都被你给毁了，你要怎么补偿本世子？"

"你还有清誉……"

"你说什么？"

宋青屿一嗓子震得林声声一阵瑟缩："没说什么，世子想让我如何补偿？"

"我想……"他瞄到她额间浅淡的一点儿绿色，眸光微闪，"你额上这个绿色是怎么回事？我见到好几次了，你不会是身上有什么传染病吧？怪不得整日脑子不清不楚的，我……"

"不是不是。"赶在宋青屿进一步脑补抨击她之前，林声声赶紧将实情招了。

宋青屿定定地盯着她的额间，摸了摸下巴："你这个技能刚好可以帮我做点儿事，答不答应？"

"答应答应，世子说什么是什么。"

宋青屿满意地笑了。

也不枉费他兜了这么一个圈子，辛苦得很呢！

宋青屿在某些方面，是一个知错会试着改的人。

当然，因为他的身份使然，能直面指正他不好之处的人很有限，能触及他灵魂，进而让他深刻思考的人更是有限，林声声算是这有限中最显眼的那一个。

望城中谁人都知道淮王世子宋青屿最爱热闹，他喜欢在他开的那家酒楼里说书，想巴结宋青屿的，有事想求淮王但是没有门路的，还有没事在宋青屿面前刷个脸熟的，这三类人几乎构成了望月茶楼的全部喝茶群众。

别说宋青屿还编故事给大家听，就算他不张嘴坐在那儿，底下人照样能真情实感地笑上一下午。

所以上一次林声声义正词严，字字清晰地指出他说的故事有错误，当时宋青屿是很奓毛，之后却像是被一根棍子击中，回过味儿来。

"本世子才不是那种只要掌声，禁不起批评的浮夸人士，我需要的是别人真诚地鼓掌，真实地认同我讲的故事和我说的书。"

又过了一日，清高无畏的世子大人，带着欠了他人情债的跟班林声声一起去了望月茶楼。

天气越来越热，午后更是闷得人两颊流汗，但这也浇灭不了望城中人瞻仰世子大人风采的如火热情。

整个望月茶楼如往常一般座无虚席，若不是宋青屿还有点儿良心给林声声提前安排了个座位，她今日可能就要站一下午，站到腿抽筋儿了。

林声声的座位在最中央，这个位置能让她感受到四面八方的人听宋青屿说书时的内心感受。

她落座后四下打量了一圈，发现除了宋青屿说的那三类人外，其实这茶楼里还有第四类人——打扮得花枝招展，满面含羞带怯，笑着给世子暗送秋波，争取一眼定情嫁去王府的宋青屿的倾慕者。

这个环境可以说是很恶劣了。

宋青屿在后面准备妥当，在大堂中人如海潮般的掌声中隆重登场。

他看似镇定，实际心里也有些忐忑，视线在整个大堂中扫过后，定在林声声身上，后者则冲他轻轻地点了点头，他没来由地更加紧张，吐了一口浊气之后才落了座。

"宋某感谢各位的捧场，今日……"

林声声抓了一把瓜子嗑着，听宋青屿讲自己又呕心沥血多少天写出来的本子，故事依旧是漏洞百出，无聊到极点，但现场仍然一片火热，赞美宋青屿才华的诗合起来能出一本诗集了。

"在世子这里，最好的故事永远都是下一个。"

"是啊是啊，上一场的那个故事笑中带泪，引人深思，我本以为那就是标杆之作了，没想到这一次世子说的故事更胜一筹。"

"世子定能在文坛上留下浓墨重彩的一笔，胜过孟白，压过李杜。"

"……"

林声声看不到自己的额间，但她能感受得到冷和热。宋青屿在一片花式赞美声中看到她额间的一团越扩越大，橙色深得快要逼近血红了，离远看，特别像过年时贴在大门上用来辟邪的门神画像。

橙色，代表着离林声声距离近的人内心的悲伤，照如今这个颜色的深度和大小看来，这个人悲伤得都要撞墙了。

宋青屿只觉得喉咙里气血翻涌，一颗心冰凉冰凉的。

　　这些人表面上激动万分，热情洋溢地赞美他，可实际上呢？听这种辣耳朵的东西还不得不吹捧，他们的内心痛苦不堪。

　　宋青屿已经脑补出当他们离开望月茶楼各回各家之后，一定是躺在床上，泪流满面。

　　他突然觉得很累，耳边他们还在继续赞美的声音"嗡嗡嗡"的，像是扰人的苍蝇。

　　宋青屿半晌没说话，大堂的吹捧人员终于觉得有点儿不太对劲儿，停了下来，面上都是尴尬而又不失礼貌的微笑。

　　林声声本来在专心致志地嗑瓜子，看到这样挫败的宋青屿，突然觉得这嘴里的瓜子仁儿都不香了。

　　"我突然觉得嗓子有点儿疼，众位先回去吧，茶算是我请的。"宋青屿换上一贯自信满满的笑，声音刻意压得有些哑，林声声觉得这声音听着怎么有点儿耳熟……

　　喝茶群众又是一阵激动："世子如今不舒服还来给我们说书，我们真是三生有幸啊！"

　　浓妆艳抹的姑娘们则一步三回头，眼巴巴地望着俊朗非常的世子爷。

　　茶楼中人蜂拥而来，又结伴而出，一时间就只剩下宋青屿和林声声，还有准备拿扫帚扫走瓜子皮的茶楼小二。

　　"你是不是想笑？"宋青屿将小二轰到后院，单手遮眼，语带讥讽地问。

　　林声声摇摇头，又发现他看不见遂开了口："我没有想笑，就算笑也不是笑世子，而是笑走的那些人。"

　　宋青屿心念一动，缓缓将手放下。

　　林声声在笑，笑得眉眼弯弯，语气也轻轻柔柔的："世子有自己喜欢做的事情，并且付出了辛苦，执着地坚持，这可不是谁都能做到的。世子今日让我来，也是想让自己真切地看到问题所在，如果是我，我是没有勇气做到的。世子有直面问题的勇气，我只会钦佩，怎么会笑话你？"

　　"你说真的？"

　　林声声点点头："这世上没有人有权利指责别人的喜好，所以世子既然能直面问题，那就好好改正，从走歪的道路上回到正途，继续向前就好。不过其实也不必这么辛苦，喜欢一件事，它能让你开心，让你在生活满满的苦涩中品味到一丝甜，这就足够了，不是吗？"

她三言两语，像是酷暑中的一缕清凉的风，吹散了宋青屿心底的燥热。他嘴角微微翘起，语气恢复如常："你这张嘴还真是数一数二的厉害，说起来没完没了，你这么能说，怎么不去说书？"

林声声一见他有力气斗嘴，就知道他已经没事了，顿时放下心来。

"所以那只老虎到底有没有张嘴吃那只蝙蝠啊？"从房梁上幽幽传来一道声音，打断二人的对话，接下来一道身影从上飞身而下，落在林声声的旁边，一脸好奇地看向宋青屿，"我追世子的本子很久了，你能不能把这段说完再讨论人生和梦想？"

来人一身玄色衣衫，腰间斜插着一支青色的玉笛。林声声心里"咯噔"一声，伸手摸了摸胸前，触到里面那块木牌，将衣襟往上拉了拉。

宋青屿没有注意到她这细微的动作，而是眼睛发光地看着面前这位看上去很是沉稳的人，激动地问："你很喜欢我说的书？"

"当然了，但因为茶楼人太多，我每次都占不到座位，就只能在房梁上听。"那人挑了个前排的座位坐下，支着下巴催促着，"世子快点儿满足我的好奇心吧，不然听不到大结局，我今夜肯定睡不着觉。"

宋青屿的目光寻到林声声，见她的额间是象征着喜悦的大红色，嘴角顿时翘得更高。

"既然如此，本世子就善良这么一次。话说那只老虎觉得自己是只猫，那既然是只猫就该吃老鼠啊！于是，它把树林里所有的老鼠都抓来，甚至连蝙蝠都不放过。蝙蝠大哭说自己冤枉，老虎一爪子按住它：'你以为你长出翅膀就不是老鼠吗？飞着的老鼠肉肯定紧实好吃，做烤肉吃正好。'"

"哈哈哈哈哈！逻辑完美！哈哈哈……"

"谁说不是呢？哈哈哈哈！"

林声声的额间热得能自燃，她目瞪口呆地看着那个捶着桌子笑得飙泪的人，觉得这世界越来越令她难懂了。

一群人假意吹捧宋青屿并不可怕，可怕的是真的有人发自内心地吹捧他。

宋青屿在认清残酷的事实后，收获真爱的追捧者一枚，这让他十分满意。

"古有伯牙子期，今有青屿……对了，还不知道这位兄台怎么称呼？"

"顾决明。"

"今有青屿决明，也是个佳话。"宋青屿豪情满志，"这个时候没酒怎么行？走走走，我请顾兄喝酒。"

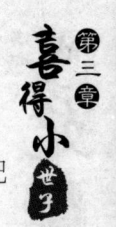

　　两个人勾肩搭背就要走,林声声不由得出言提醒道:"世子,酉时之前要记得回府。"

　　宋青屿向后招了招手表示知道了,顾决明扭过头,意味不明地对着她笑了笑,笑得她心里毛毛的。

　　待到两个人身影看不见,林声声才启唇喃喃道:"他不会看出什么来了吧?"

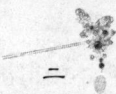

二

　　宋青屿虽然与顾决明相见恨晚,但也不能泄了自己会变小的底,喝得刚有些醉,便大着舌头说:"以后都是自家兄弟,在望城有什么事儿只管找我。"说完,便回王府了。

　　这个时辰,西苑照旧只有林声声一个人,这端茶倒水煮醒酒汤的活儿自然就都归她一个人了。

　　林声声还在为顾决明而发愁,醒酒汤煮得有点儿煳,手忙脚乱地盛了一碗就给宋青屿送过去了。

　　火烧云映红了半边天,宋青屿就坐在院中的花架子边上,有一下没一下地甩着长长的袖子,两条小短腿晃悠来晃悠去。

　　"坏了!"

　　林声声叫了一声冲了过去,宋青屿又变回了七岁大小,白面团子一样的脸因为醉酒两颊晕出两团醒目的红,水汪汪的眼睛神态十分茫然,咧着一张嘴傻乎乎地笑着,比方才回来时醉得还厉害。

　　那酒对十九岁的宋青屿来说不过是微醺,喝完醒酒汤后就能散得差不多,可对七岁的孩子来说就是一场灾难。

　　林声声将宋青屿胡乱揉着自己脸的手扯开,神志不清的小团子扁扁嘴就要哭,到时候哭声再把别人引过来……

　　她暗自吸了口气,将他的小手又移回自己的脸上,宋青屿顿时眉开眼笑,动手蹂躏起她的脸来。

　　等宋青屿迷迷糊糊地睡过去,林声的脸上多了好几道通红的手指印。

　　她叹了口气站起身,将宋青屿抱回他的卧房里,放在榻上。宋青屿翻了个身,咂咂嘴,嘟囔了一句:"干杯!"

　　林声声脸疼,脑仁儿更疼。

　　她坐在门口的台阶上,将脖子上系着的黑木牌子掏出来,摩挲着上面的两个字:三声。

　　隐阁中每个弟子都会有一个这样的木牌,前面是数字,后面是名字。数字代表着在各门中的排行,林声声是负责制药的,便归于医毒一门,排第三,和她名字连起来就是三声。

　　这个牌子要日日佩戴,在隐阁里,这是辨别身份避免叫错对方名字伤害师门情意

的法宝,在外,这就是个催命符。

尤其是在顾决明那儿。

在江湖上,畅音门和隐阁对立,两派明争暗斗多年,以坑害对方门下弟子为己任。

畅音门以音律为武,因此得名。其门下有五位大弟子,合称"神阵五音",笛、筝、琵琶、箫、瑟。

而这位顾决明,就是以一支青玉笛行走江湖的畅音门大弟子。

如今顾决明也到了望城,还和宋青屿成了好朋友,就算他不知道她是隐阁中人,日后抬头不见低头见的,总会发现点儿端倪。到时候他一定会不顾一切地找她麻烦,真是想想就心累。

"看来我应该找个时间到城郊的庙里拜一拜,求求好运。"林声声将木牌子小心地揣回去,见宋青屿不再闹腾便回去睡了。

人间不值得!

夜幕刚临,春生街的临安酒楼中,顾决明将喝空了的第三个酒壶扔到一旁,扬声喊道:"小二,再来一壶酒!"

店小二看他脸生得很,再看他这架势,满面堆笑地劝道:"这位大爷,醉酒伤身啊!"

顾决明眼神清亮,毫无醉意,一只脚支起,吊儿郎当地踩在长凳上:"怕我喝多了闹事啊?"

"岂敢岂敢……"

"既如此,便不喝了。"顾决明扔了碎银子在案上,想到什么一般问道:"我向你打听个人,这条街上马上要开的那家药庐林清坊,老板是何时到望城来的?"

淮王妃接了林声声住进淮王府,这是整个望城公开的秘密,这不知道哪儿来的人打听淮王府的事……

顾决明眼见小二的眼珠转来转去,又道:"这位小哥有所不知,这位姑娘是我一个故交,这次我来望城就是来寻她的,只是多年不见实在生疏,就想着打听打听她的近况之后再和她见面。这不,方才你也瞧见淮王世子和我一起喝酒,这次我找他就是为着这件事,只是世子酒量不好,也没多说什么,我只好再问问你。"

"原来是这样,那位林姑娘到望城不到两个月,因着卖的补药功效好,生意火爆一时呢！之前就在街口摆摊，后来进了淮王府才盘了个铺子。"

"不到两个月，那时间刚好对得上……"顾决明喃喃，拍了拍小二的肩，"多谢了。"

畅音门和隐阁的纠葛起源已经无从查证，但如今水火不相容是真的。

隐阁一直行踪成谜，总坛只有隐阁弟子才找得到，畅音门除了散播谣言外，想要抓个隐阁的弟子来针对都很难。直到一个月前，有人透出消息，说隐阁这一批弟子有几人已经离开总坛下山去了。

这样大好的机会，畅音门是绝对不会放过的，五大弟子倾巢出动，东南西北中五个方向沿路查探。顾决明一路北上，走了这么些时日，终于让他发现了可疑的林声声。

光凭猜测不能判定她就是隐阁的人，但好歹有了方向，又有了宋青屿这个能让他和林声声有所接触的桥梁，日后多加试探，是狐狸，终究会露出尾巴的。

畅音门并不富裕，这一路，顾决明又是长途跋涉的，眼下囊中羞涩，就找了家破陋的小客栈暂住。

这家客栈陈设老旧，饭菜难吃不说，隔音还不好。夜里，顾决明躺在床上，都能听见隔壁打呼噜的声音。他一翻身，床便"吱嘎吱嘎"地唱着难听的歌。

他烦躁地坐起身，将窗户支开透透气，外面的声音更精彩。

这福客来客栈对面都是商铺，声音来源是那家清流书斋，男人在凄惨地号叫着，像是被虐待了一样。

顾决明耳力太好，都能听到那男声停顿时轻微的啜泣声。

他摇了摇头，坐到窗上。一阵风拂开他玄色的衣摆，他背靠在一边，屈着一只腿，将玉笛取下，对着朗朗明月，吹了一曲《凤求凰》。

希望这对夫妻因此能回忆起过往的美好，别再对打了，让他安静地睡个觉吧！

陈征做事稳妥，没几日，林清坊里外就都收拾好了，就等着选个好日子开张了。

淮王妃要去城郊天南寺求个日子，林声声不好拒绝她的好意，便任由她去了。

"去一次不容易，要沐浴焚香，吃素三日再去，方显得有诚意。既然这么麻烦，我就干脆多求几个日子，把你和青儿大婚的日子也算一算。"

林声声被淮王妃的突发奇想呛得脸一阵红一阵白，默默地看了一眼宋青屿的卧房方向。如果他不是因为醉酒还没醒，估计听到淮王妃这句话，会分分钟拿把刀砍死自己吧！"

"那个，王妃，我和世子并不是……"

"我知道你们小年轻的心思，不想没感情硬凑在一起，所以我这不是一直在给你们创造更多的机会吗？光晚上单独吃饭还不够？要不日后早饭和午饭也让你们单独吃。"

"不用，其实王妃，我们的关系……"

"我理解，你们的关系水到渠成，所以不用我刻意再做什么，那太好了，我这就和王爷说一声，一道去天南寺住几天。"

林声声无语，她总算知道宋青屿平日那个"叨叨叨"的样子是随了谁了。

"砰"的一声，门被人推开，宋青屿揉着发疼的太阳穴走了出来，撇了撇嘴："一大早就在门口叽叽喳喳说个不停，吵死人了，方才是我母妃？"

"是，是王妃。"

宋青屿缓了口气，坐在石桌前："你们说什么说得这么开心？还有……你的脸怎么了？"

本来白皙无瑕的脸上轻轻浅浅挂着好几道红印子，看着触目惊心。

这两个问题答起来都有点儿艰难，三十六计走为上，林声声轻咳一声，站起身来："林清坊快要开张了，需要多备一些药丸才行。我先去制药了，世子回见。"

说完，她飞也似的跑了，活像身后有一条狼追着。

宋青屿甩了甩头，伸手拿了块石桌上摆着的桂花糕，喃喃道："大清早的发什么疯？"

林声声并不全是为了跑路，林清坊里确实该多做些药丸以备需要。

陈征事先已经按照她的吩咐将所需的药材原料都买回来了，并在林清坊的后院单独辟出一块地方搭了个棚子，方便林声声在里面制药。

这补药林声声做起来轻车熟路，一上午就将所需要的药丸做好，剩下的时间，她随便配了几个方子。觉得有些疲累时，她伸了伸腰一抬头，眼见着日渐西沉，赶快收拾收拾往淮工府赶。

刚走到街口，她的脚步便顿住了。

福客来客栈门口有个茶棚，顾决明依旧一身玄色衣衫正坐着喝茶。林声声伸手挡住脸，念叨着"看不见我看不见我"，脚下匆匆地往前走。

顾决明丝毫没有察觉，继续喝茶。林声声提起的心刚落回原处，却又立刻被高高吊起。

"这不是林姑娘吗？可真是巧，居然能在这儿遇见你。"

顾决明身形一晃，就绕到她的面前，一只手拿着玉笛，往另一只手的掌心敲了敲。

嘀，巧个鬼啊！

林声声腹诽道，将手撤下去，应和着："是啊，可真巧。"

"林姑娘这是要回王府吧？刚好我也要去找世子，咱们同路过去吧！昨夜光顾着喝酒，没有听他说书可真遗憾，今日我可得抓住机会。"

"不行！"林声声反应极大，头发都要竖起来了。

先不说这一路上就他们两个，顾决明要是对她下手会有多容易，光是快到宋青屿变身的时辰，她也不能让顾决明过去。

她编瞎话挡住了宋青屿的头号朋友尹留行，万万没想到又杀出来个顾决明，真是防不胜防。

"为何不行？"她越这样，顾决明就越有兴致，玉笛一端抵在额角，"林姑娘为何不让我过去？难道是世子有什么不方便？还是……林姑娘不想让我过去？"

林声声面对顾决明的时候总会心慌，再加上被这两句话一逼，她平日里随随便便编个故事的能耐完全施展不开，焦头烂额之际只能在嘴上坚持："王府是不许外人随随便便进去的，世子……世子每当这个时候都在用饭，你这么过去不大好。还有淮王，淮王很凶……"

顾决明让开一步："照这么说，我还真是不大好过去了，那林姑娘请吧！"

他这么轻易地放行倒是让林声声始料未及，怔了怔才道："哦……哦，那我先走了，顾公子留步。"

顾决明微笑着点头，又走回茶棚里喝了半壶茶。

金光破阴云，日落月升，又是一夜始。

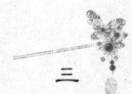

三

因为路上碰到顾决明这个绊脚石，林声声赶回王府西苑的时候，宋青屿已经缩成七岁孩童了。

他还是翻出了自己小时候的一套衣服放在床上备用，眼下，一颗圆圆的肉团子正负着手站在廊下，小脸上阴云密布，一见到林声声，袖子一甩，奶声奶气地哼了一声："你还知道回来？说好了每日酉时之前就要在王府守着我，可今日酉时的时候你干吗去啦？去哪里野啦？不守诺言，不遵规则，那我是不是也可以今日让你在淮王府住，明日就能把你连人带箱子扔大街上啦？"

尊贵的淮王世子七岁还在换牙期，说话漏风，一说快就有些口齿不清，林声声憋住不笑场真是用尽了全身力气。

"我告诉你……"宋青屿短粗的手指头伸出来，对着她点啊点，黑葡萄一样的眼睛忽闪忽闪的，剩下的话顿时都止于舌尖。

林声声见他这副呆愣的样子，突然觉得后背一股凉气缓缓往上爬。

"我这是错过了什么戏？"

把上房当成人生第二大乐趣的顾决明突然从墙边蹿出来，掸了掸衣摆上蹭到的灰，边走边说："世子还真是有安全意识，连西苑的门都上了锁，我也只能翻墙进来了，我……"

他在林声声身边站定，一双细长的眼瞪得老大，仔仔细细地盯着面前的小娃娃，这眼睛，这眉毛，这鼻子，活脱脱就是小号的宋青屿。

"你……你是怎么进来的？怎么……怎么没人通报？"林声声上下牙都在发抖，她都不敢去看宋青屿的脸色。

"林姑娘说在世子用饭时过来不好，我就等了一会儿才过来的。至于怎么进来的……"顾决明摊开手，掌心是一块成色极好的玉佩，"那晚喝酒的时候世子送了这个给我，说日后何时想来王府，只要出示这枚玉佩就可以畅通无阻，守门的侍卫一见到玉佩就立马迎我进来了。他们让我等一会儿，说这个时辰西苑只有林姑娘在……咯咯，我有些忍不住想听世子讲故事，就先过来了。只是……这个孩子是谁？我怎么没听说世子有个亲生弟弟？"

不光没有亲生弟弟，就连堂弟表弟都没一个在望城的，林声声扯这是宋青屿的兄弟都没法扯。

宋青屿虽然恼怒事情败露，但露给的是他亲自盖章的好兄弟顾决明，他想想也没

什么，上前一步就要开口坦白："其实我是……"

"他是我给世子生的儿子。"林声声这句话快得差点儿没咬到舌头。

顾决明惊呆："是吗？"

宋青屿惊呆："啥？"

顾决明作为畅音门的大弟子，这些年来也算是走南闯北，见多识广，但在淮王府这一夜的所见所闻，还是让他难以消化。

正在吃素斋戒，准备去天南寺求日子的淮王妃安陵闻风赶来，拉着那个男娃娃的手，像是看当世至宝一样，眼睛都舍不得眨一下。本来，她是不想打扰自家儿子跟未来儿媳单独相处的，但守门侍卫说方才有个眼生的人拿着世子的玉佩上门。她实在放心不下便过来看看，谁知道就撞上了这样的场面。

"这孩子鼻子是鼻子，眼睛是眼睛，和青儿长得真是一模一样。"

宋青屿僵硬地被自家母妃抱在怀里，那张俏生生的小脸被爱怜地摸来摸去。

"宝宝，我是奶奶……虽然我风韵犹存不该做奶奶辈，可奶奶是真的很开心。你爹已经无药可救了，有了你，就可以越过他继承王府了，老天保佑啊！"

宋青屿粉嫩嫩的脸阴沉得像一块砚台，林声声默默地后退一步，安陵擦了擦眼角看不出的泪，精准地反手一把抓住她的手腕："声声啊，你这次到望城来，就是带宝宝一起来找他的浑蛋爹讨说法的吗？"

院中三双眼睛齐齐地盯着她，自己给自己挖了个天坑的林声声只能艰难地点头再点头。

"你都住进王府这么久了，我居然不知道，可真是糊涂……看，他爷爷来了。"

院门口，淮王宋起赫然出现，淮王寡言，平素也很少出来，这还是林声声自到望城之后第一次见到他。

宋起生得高大，即使年过半百也能看得出年轻时的风采。他几步走过来，虎虎生风，锐利的视线在院中一转，避无可避地落在"孙子"身上，停留了片刻抬眼，看向顾决明。

"顾少侠来淮王府，本王有失远迎，还请少侠不要介怀。"

他一句话就点明了顾决明的身份，倒是让顾决明倍感意外："王爷切莫如此，晚辈与世子一见如故，今日过来也是来寻世子的，不想因小辈的事情叨扰王爷，这才没

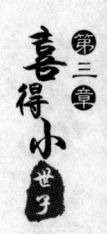

让人通报,是晚辈的不是。"

"王府的琐事让少侠见笑了,只是到底是家事,少侠在此还是多有不便。"

顾决明立时明白,恭敬地抱了抱拳,说:"那晚辈便告辞了,之后再正式登门拜访王爷。"

宋起点头,叫外头守着的常焕送顾决明出去。

那鬼罗刹一般的人一走,林声声总算松了一口气。可眼下这事儿棘手的程度,又岂是少一个顾决明就能圆满解决的?

宋起浓眉微蹙:"有什么进屋去说。"

他默了默,矮下身一把将"孙子"抱在怀里,大步往里走,边走边轻声地哄着:"乖,爷爷抱。"

从七岁起就再也没有听到过父王如此温柔话语的宋青屿整个人都傻掉了。

宋起坐下,怀里仍抱着宋青屿,大手还极尽温柔地拍着他肉乎乎的背。

宋青屿好歹心理年龄已经十九岁了,就这么躺在老父亲的怀里实在是太羞耻了,身子忍不住扭来扭去想要逃开。

宋起略微使了使力气将他按住,不太熟练地晃悠着哄他,看向林声声:"他平时有什么特别爱吃的?"

"吃……吃鱼。"

"来人,去叫厨房烧条鱼!"

安陵捏着"孙子"的小手:"哎呀,也不知道他爱吃什么味道的,还是让厨娘把会做的鱼都做一条,让咱们宝宝自己挑。"

宋起点点头:"也有道理,那就照王妃说的办。"

林声声从没见过这样诡异的场面,一时间也不知道说什么做什么才好,就安静地戳在一边,不发一语。

她见宋青屿也是一脸的不知所措,估计脑子都乱成八宝粥了。一时间,整个屋子就只听见淮王妃不住口地说着话,淮王时不时地应上几声。

"哦对了,青儿呢?我怎么自进来就没看见他人?他出府去了?"

宋青屿无言以对。

林声声无语,心疼世子。

"父王,你先把我松开。"终于被人想起的宋青屿回过神,挣了挣手臂。

安陵立时纠正道:"这是你浑蛋爹的父王,你该叫他爷爷。"

"我就是那个浑蛋爹。"宋青屿说完,觉得像在骂自己,又改口道,"不是,我就是宋青屿,母妃不知道我小时候的长相,父王可是看着我长大的,这张脸,是不是和您儿子七岁时的脸一模一样,分毫不差?您应该看得出来。"

宋起仔细看了半天,坦诚道:"不记得了。"

心口又被插上一刀的宋青屿差点儿吐血,他放弃自己的爹,转而向自己的后娘进攻:"您刚嫁给我父王的时候,我很不乐意,也不管您叫娘。后来您知道我喜欢吃鱼,就钻研八大菜系,做各种各样的鱼给我换着样吃,最后吃得我那个月上吐下泻的。您寸步不离地守着我,直到我身体痊愈。"

这么丢人的事情,宋青屿是不会同任何一个人说的,眼下这孩子能知道得这么详细,也就只有这一个可能了。

"你……你真是青儿?"安陵眼睛睁得滚圆,快要惊掉下巴,"那……那你怎么变成了这样?啊?你还能变回来吗?"

"这就要问她了。"宋青屿用下巴点了点林声声的方向,林声声在这个夜里又一次顶着重压出列,将事情的原本始末娓娓道来。

当然,隐去了她隐阁人身份,也掐去了她管宋青屿叫爹的那一段。

淮王夫妇听完后的反应非常一致,淮王妃甩开宋青屿的手,掏出锦帕擦了擦手。淮王则直接将他从怀里扔到地上,接过自家王妃的锦帕也擦了擦手。

这一碰就碎的母子父子情。

"我拦住了尹留行,但是没防备到还有顾决明。今日是他,明日可能又是别人撞见世子身形变小。所以还不如想个办法一劳永逸,一来能避免每次都和人解释的麻烦,二来也能给世子的病一个合情合理的说法。"

宋青屿接着林声声的话说:"望城虽说天高皇帝远,但父王到底是皇家子嗣。如今京中的局势父王最清楚,一旦我身形变小的事情被有心人利用,到时候人言可畏,我担心会对王府有所不利。所以还请父王和母妃帮我隐瞒,一直到病情痊愈。"

他身形虽小,这几句话却说得掷地有声,宋起倒是没想到这个平日里不着四六的儿子居然有这样的见识。

到底是虎父无犬子,是自己从前小看他了。

宋起心中隐有骄傲,面上却是滴水不漏,他敛着神情,负手走到窗边。

四

当今元庆帝膝下子嗣众多，但出挑的很少。太子宋临修是皇后所生，因系嫡出，满月便被封为东宫。宋临修生性懦弱，这么多年来在朝上也没什么作为，朝臣多有非议，几个皇子的光环加起来还不及他们的淮王叔一个人耀眼。

宋起南征北战数十载，立下汗马功劳，高祖皇帝传下来的半枚如意符也到了他的手里。朝中便有一种声音渐出：若立淮王为太子，兄终弟即，也是名正言顺。

宋起没有那么大的野心，为保一家平安，便遵照皇上圣旨，心甘情愿地到偏僻遥远的望城为王。

可他有心躲是非，是非偏偏总来扰他。几位皇子虽然手段不高，但也明争暗斗多载。其中有人想要拉他入阵营，巩固自己的地位，但都被他拒绝。

宋青屿说得没错，若是此事被外人知晓，只有弊没有利。

他手臂撑在窗棂上，没有回头，声音浑厚地道："对外便说世子早有婚约，虽未上户籍，但多年前已经拜了天地也算是成了亲。婚后生了个儿子，叫宋楠，因为生下来就得了怪病，被世子妃一直带着四处看诊，好了之后，今年才带回王府。"

"有病？我为什么又有病了？"宋青屿怀疑自己简直是被父王从山沟里捡回来的。

宋起一拳捶得窗棂没了一个角，木屑在外头飞啊飞，他转过头瞪着宋青屿："不然呢？你一个十九岁的男人有个七岁的儿子，你十二岁就能生出儿子来，这合理吗？你怎么不动动脑子？"

宋青屿被骂得哑口无言，宋起来回走了几步："就说这孩子实际只有四岁，因着生病到处吃偏方催得发育过快，如此倒没什么不合理之处。日后酉时，西苑依旧不让人往来，避免不必要的麻烦。"

"林姑娘。"

林声声颤巍巍地应了一声，宋起缓和了脸色，郑重其事道："你到底是个未出阁的姑娘，如此让你做青屿名义上的世子妃，当真是无礼至极。但事由你而起，姑娘就多担待一些吧！在王府的这段时间，姑娘缺什么少什么尽管和王妃说。"

林声声的脸微微地红了，讷讷地道："是，多谢王爷。"

"闹了一晚上了，你们各自休息吧！明日本王会差人将此事明告望城内外，阿陵，回吧！"

安陵上前握了握林声声的手："日后这浑蛋就要你多多费心了。"

　　这句话说得林声声的脸更红了，一种她真的要和宋青屿成亲生娃，百年好合的错觉是怎么一回事？

　　这次宋青屿由大变小，身体和心灵都受到了伤害。他那张脸被激动万分的淮王妃摸得一道红一道白，跟林声声的脸很是一致了。

　　"所以你那脸到底是怎么弄的？"

　　林声声含糊地回了句："睡觉时不小心自己掐的。"随后想到什么似的话锋一转，"如今的王妃原来不是世子的亲生母亲，我见世子和王妃感情深厚，比一般的亲母子还要好，还以为……"

　　"嗯。"宋青屿坐在方才淮王坐的地方，面上又露出上次她见到的那种哀伤神色，"我十岁时被父王送到外面游学，去的时候还好好的，回来之后，我就没有了娘。安姨对我很好，待我如亲儿子一样……"

　　可即便如此，他还是总会在梦中梦到温柔的娘亲，梦到他伏在她的膝头。

　　娘亲身上有一股好闻的芙蓉香，总在半睡半醒间萦绕在他的鼻尖。

　　宋青屿鼻翼动了动，突然发现自己竟然和这个害他丢了脸的女人说了这么多不该说的。他皱着眉头又恢复了原样，伸手赶苍蝇一样地赶着她："快出去，折腾了这么大半天，本世子要睡觉了。真是个不祥的女人，自从遇见你……"

　　眼前压下一片黑影，是她纤弱的身体挡住了月光。

　　林声声情不自禁，倾身抱住了他。

　　是安慰，也是愧疚。

　　"对不起，我不该说这个的。"她眼底发潮，声音也有些颤抖，"我自小就没了爹娘，从没有人关心过我。世子很幸福，有淮王和王妃这样待你，我……我很羡慕……"

　　"你对不起我什么？又不是你害死我娘亲的。"宋青屿嘟囔着，气势却比平时不知道弱了多少倍。

　　有温热的眼泪掉在他的手背上，灼得他心头一紧，手僵硬，却是坚定地抬起，绕到她的后背，轻轻地拍了拍。

　　这个深夜里，两个人第一次没有鸡飞狗跳地斗嘴，而是用沉默相陪，疗彼此心上的伤。

　　顾决明一路边想边走，走得极慢，回到福客来客栈，已经过了子时。他大半天都

没吃饭,饿得肚子"咕咕"直叫,招呼小二去弄点儿吃的来。

小二打着哈欠摆了摆手:"小店不负责夜宵,客官去别处吃吧!"

顾决明扭了扭手腕,一掌下去,桌案粉碎,吓得小二一个激灵。

"现在负责夜宵了吗?"

"负责了负责了,小的这就去弄,客官稍等。"

顾决明坐在一楼大堂,平日里他不会如此暴躁,今夜算是破例了。

今夜淮王府的种种虽然令人长见识,但他并不是十分感兴趣,只是这事儿若属实,那就是说,林声声几年前就给宋青屿生了儿子。

隐阁的人在出山之前若是没有经过允许是不能离开总坛的,林声声从成婚到怀孕到再生子,最起码要一年,放在隐阁来说,弟子无故离开一年之久,这根本就不可能。

"难道信息有误?林声声真的不是隐阁的人?"

"啊啊啊,你这婆娘疯了吗?我忍你好几天了,你不要得寸进尺!"

对面的清流书斋又传来熟悉的男子号叫声,打断了顾决明的思绪。只是这一次变本加厉,凄惨得像是万鬼同哭。

"砰"的一声,清流书斋的门被撞开,一个清瘦的男人摔在地上,滑出去老远,身上的衣衫已经被撕成一条一条的。下一刻,门里又跳出来一个女人,手中拎着根手腕粗细的棍子,一声不吭,沉默地直接扑到男人身上,就开始不要命地往他身上抡。

男人挨了几下开始反击,抢过女人的棍子扔到一边。女人没了武器,整个人就欺上去对着男人又抓又咬。

一夜看了两出闹剧的顾决明是真的累了,夜宵他也不打算吃了。他收回视线,顿了顿,再次看了过去。

月影下,女人死死地咬着男人的肩膀,一双眼睛幽绿,像极了树林深处的野狼。

"啊……松开!松开!"

男人越是用力,女人就咬得越紧,像是要生生从他身上咬下一块肉来。

顾决明快步走过去,一个手刀劈在女人的脖颈上,她身子一软,伏在男人胸膛前不再动弹了。

"你……你打我娘子做什么?"

"她被人下了药,再不打晕她,你就没命了。"

"什么,下……下药?"

顾决明双指并拢,贴在女人颈项的脉上,道:"你先把她抱回去吧,明日到官府报官,若是能抓到下药的人,你娘子或许还能有救。"

夜幽散。

夜间控制人心脉,引人发狂的迷药。这药早就绝迹于江湖,如今居然又在望城出现了。

顾决明收了手,遥遥地看着空荡荡的街口。

这次望城,他倒是没白来。

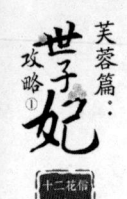

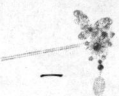

一

翌日，淮王世子宋青屿隐婚并育有一子的消息就在望城中传得沸沸扬扬。

淮王府明出告示，将事情始末悉数告知，一时间击碎了城中多少颗倾慕世子英姿的少女之心。

同时击碎的，还有尹留行这名健壮男子的少男之心。

"宋青屿你算什么朋友？这么独家劲爆的消息你居然不事先透露给我！你还是不是人？"一大早，尹留行就冲到淮王府，大声地质问道。

"我当然不是人，普通人能有本世子这样的英姿？"宋青屿连喝稀粥都是一派光风霁月之姿，帅且很自知，"当然，像你这种长得难看的人是不会懂我的。"

"你……"

"小点儿声，我儿子还在睡觉呢！你去做条鱼，等他醒了吃，楠楠随我，也喜欢吃鱼。"经过一夜，适应力极强的宋青屿已经接受了自己已为人父的设定，支使起尹留行来更是得心应手。

尹留行所有的气都被这一句话给堵了回来，闷得他想骂人。

"我上辈子一定是干了什么丧良心的事情，今生才遇上你。"尹留行轻车熟路地奔向厨房，去给还没见到面的侄子烧鱼去了，宋青屿不厚道地笑出了声。

若不是淮王事先传出话，说小公子身体不好谢绝所有人的会见，今天淮王府的门槛都能被人踏破了。

尹留行虽然豁出去脸皮以世子至交的身份蹭了进来，但免费做了一顿饭后，就被无情地赶了出去，还是没能见到大侄子一眼。

"宋青屿你还是人吗？"

"不，我是仙。"

尹留行无语。

林声声知道这消息传出去后，怕被人围观，天还未亮就起床了，趁着街上行人不多赶到林清坊，闭门继续给宋青屿研制解药。

未到午时，她听见外头有吵闹声，便问："发生什么事儿了？"

林清坊的伙计是陈征从淮王府一个一个挑选出来的，都机灵得很。听她一问，正在翻晒药材的何洗忙回道："街头的那家清流书斋的崔掌柜一早就去报官了，说他娘子被人下了药，导致神志不清，一到晚上就暴打他。这样的事情从前闻所未闻，街头

巷尾的老百姓就都过去看热闹了，方才连衙门也来了人。"

林声声对清流书斋的崔掌柜和其夫人方潋滟印象很深，她初到春生街卖补药时，许多家铺子都嫌她碍事，倒是崔掌柜人好，让她在书斋旁边的空地上卖。

这对夫妻饱读诗书，从头发丝到脚趾尖都像是从墨中泡出来的，书卷气息十足。印象里方潋滟说话声音柔柔的，实在是想不出她暴打崔掌柜是什么场面。

怪事年年有，今年特别多。

林声声感念这对夫妻的恩情，放下手中的活计，擦了擦手，也跟着去清流书斋看看。

彼时，书斋已经被衙门的捕快团团围住，不相干的人都被拦在门外。

林声声身量不高，踮着脚也只能隐约看到书斋里晃过的几道人影，别的也看不见什么。倒是围观群众口中的八卦，引起了她的兴趣。

"我之前可就听说了，这两口子之间生了嫌隙，说是因为品评一位前朝书法家的大作，两个人意见不统一就吵起来了。这一吵不要紧，把过去十来年乱七八糟的事儿全都拎了出来。要不怎么说读书人的世界咱不懂呢？"

"你们可别以为老刘是随口胡诌的，那日吵完架后，这崔掌柜就到我家酒楼喝酒去了，酒后吐真言，我可听得真真儿的。"临安酒楼的掌柜摇摇头道，"真是看不出来，这望城有名的伉俪居然矛盾重重。"

"听说崔夫人为了挽救婚姻，专门去找王玉生谈心。王先生一贯为痴男怨女指点迷津没有失过手，这次怎么还越指点，越闹得不可开交呢？"

冷不丁再听到王玉生的名字，林声声还有些恍惚。

眼前仿佛还能浮现出自己跳舞的"英姿"，耳边仿佛还能听见王玉生润物细无声般的谆谆教诲。

她出了会儿神，肩膀猛地挨了一下，吓了她一大跳，再回头，又吓了一大跳。

顾决明在笑："世子妃用不着每次见到我都是这样的表情吧？我自认我长得还不吓人的。"

他这一开口，有耳尖的立马循声扭过头："世子妃？你就是淮王府的世子妃？"

这一声不高不低，刚好能让附近围观的人都听得到。

一时间，几十双眼睛齐齐地盯在她身上，看得林声声浑身不自在，只能干笑道："是……是啊！"

以林声声为中心，原本堵在清流书斋门口看热闹的人都往她的方向靠拢过来，一时间溢美之词不断。

"哎哟，世子妃可真是国色天香，和世子真是天造地设的一对璧人。"

"世子妃便是之前在街口卖补药的那位姑娘吧？世子妃可真是自立自强啊！"

"世子妃做的补药让我爹体力大增，每日精神奕奕的，世子妃可真是好人啊！"

"……"

顾决明笑着掂着手里的玉笛，眼看着人群将林声声淹没。

这望城有一大特别现象，那就是但凡和淮王府沾边儿的人，都会被望城百姓纳入吹捧的范围之内。

不管这人之前到底是做什么的，只要一起吹捧淮王府，那日后就是朋友了。

"也是有趣得很。"顾决明绕过人群走到书斋门前，刚巧有人大步流星地从门里走出来。她一身绛紫官袍，腰带勒着的纤细腰肢不盈一握，面上不着脂粉，清秀得仿佛出水的芙蓉一般，看得顾决明心中一动。

夏锦灯在门口站定，柳眉微蹙，问手下："那边是怎么回事？"

"回夏捕头，是淮王府的世子妃。"

顾决明见这位夏捕头明眸有一瞬间的黯淡，面色却不见波动，只淡淡地点头："小心守着，别让世子妃受伤。"

"夏捕头。"

赶在夏锦灯转身又要进去前，顾决明开了口。

夏锦灯停下脚步，侧身回望："这位公子可有事？"

"这书斋的老板娘中了毒，若没有解药会令毒性加深，便是华佗再世也难救。夏捕头不要误会，在下是看衙门的人只顾着搜书斋而没去寻下毒人的踪迹，好心提醒罢了。"

"这位公子又怎么知道我没有让人去寻下毒人的踪迹？"夏锦灯面无表情地看着他，眸色冷然，"无聊。"

顾决明的脸上有点儿挂不住，夏锦灯肯定是把他当成没话找话来撩她的登徒子了。

虽然他确实是没话找话，但他不承认自己是登徒子。

"夏捕头！夏捕头！"

眼看着夏锦灯干脆利落地转身，顾决明没忍住又喊了两声，打算给自己找回些脸面，可她压根儿就没打算再理他。

不过这声音落在不远处林声声的耳朵里，无异于天籁。她艰难地在人群里往上跳，高声喊着："夏捕头！夏捕头！！"

夏锦灯面色有些阴郁，脚步未停，一直走到书斋摆着的笔架前，细白的手撑在架子旁边，不自觉地扣紧："为什么是你……"

眼看着夏锦灯救她出水火的希望破灭，林声声浑身瘫软，脑袋耷拉下来。她突然佩服起宋青屿来，在这样的环境里，他到底是怎么做到平安长大的？

她正想着他，耳边就传来那人不耐烦的声音："喂喂喂，让一让，让一让！"

林声声一怔，抬起头来，拨开人群赫然出现的，可不就是宋青屿的那张脸？

宋青屿今日一身月白色锦袍，头上绑了个明珠抹额，衬得整个人贵气十足，和平日里吊儿郎当的纨绔公子哥形象有些不同。一看到林声声委屈得快要皱成一团的脸他就想笑，但他忍住了，走过去，扣着她的肩头往自己身边带了带。

"我这位世子妃面皮薄，可经不起诸位这样大肆夸奖。日后再想夸，直接来夸本世子就好，本世子禁夸，诸位就不要再围着她了。"

他说这话时不像往日那样嬉皮笑脸的，而是肃着表情，声音隐隐透着一丝压迫之感。

林声声突然觉得肩头那里有他掌心的温度渗出来，她浑身有些发僵，心跳如擂鼓一样，"咚咚咚"跳得飞快。

这还是宋青屿第一次为她说话。

还是当着这么多人的面，以这样细究起来有些亲昵的姿态。

围观的百姓逐渐散去，宋青屿收起手，有些不自在地往旁边侧了一步："母妃担心你出来被人围观，就让我到林清坊接你回府用午饭。不承想你果然笨得厉害，大街上就能被人团团围住。"

林声声咬了咬唇，张张嘴什么话也说不出来。

宋青屿见她一脸绯红，又别开眼，轻咳一声道："回去吧，再不回，小心一会儿蹿出匹狼把你叼走。"

"等一下。"林声声想起她出来的目的，叫住宋青屿，"世子能带我进书斋去瞧瞧吗？书斋的掌柜夫妻待我有恩，我也想为他们做点儿什么。"

一贯她想做什么都要反对的宋青屿这一次倒是很痛快地答应了，痛快到林声声总觉得哪里怪怪的。

随行的常焕进去报信，不过须臾，夏锦灯就从书斋里走出来："不知道世子驾

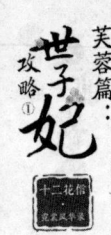

临，属下有失远迎。"

"夏捕头不必多礼，我想进书斋去看看，不知夏捕头可否行个方便？"

"世子请。"夏锦灯错开眼，对着林声声轻轻颔首，算是打过招呼。

一行人踏进书斋，夏锦灯的脚步略微缓了缓，落在最后面。她眯了眯眼，出其不意地拔出腰间的佩刀往斜上方的房梁上一刺，那人一个鹞子翻身落在地上，刀钉入房梁，刀柄还在左右摇摆。

顾决明抱了抱拳，赞叹道："夏捕头真是好功夫。"

"不及公子身形诡谲，这么一会儿工夫就溜了进来。"

宋青屿和林声声听到动静拐回来，一看到这场面都惊住了。但显然，对于宋青屿而言，喜是大过惊的。

"顾兄！"

"青弟！"

二人对望，深情呼唤，像是失散多年的兄弟，喊完随即就凑在一起，小声地嘀嘀咕咕起来。

林声声无语。

夏锦灯也无语。

所以有时候也很是不懂男人之间的友情，惺惺相惜也就短短几日，怎么就能深刻成这样？

"这位是世子的朋友？"夏锦灯问。

林声声忙不迭地点头，随即拉住夏锦灯，低声问："可查到什么线索？崔掌柜对我有恩，我也想尽一份心，若有需要人手的地方你尽管说。"

"方激滟其实并不是第一个受害者，五日之前和三日之前，府衙分别接到类似的报案，只是没有对外言明而已。这三个受害者都是被下了药，家中没有沾染这药的痕迹，初步断定是在外面中的毒。据我们查明，三个受害者最近家中感情失衡，都前后找过王玉生开解心结。所以我们觉得，王玉生是最大的嫌疑人。"

"啊？"

"啊？"

一心二用的宋青屿和林声声齐齐发了声。

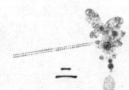

二

夏锦灯将望城中的事上报知府苏元也苏大人，翌日，府衙的告示就张贴出来了。

查"百媚千娇王玉生"疑与近日所发生的三起投毒案有关，特对其下达追捕令。若有知其行踪上报者，赏银百两。

——望城府衙宣

"这是不是有点儿太随意了？如今也没有证据能证明就是王玉生给那三个受害者投的毒，这追捕令就下来了……"

天将暮时，林声声又看了一遍告示，低声道。

淮王妃扣紧怀中的小娃娃，拿着锦帕擦了擦他嘴边的汤汁，道："这个叫作'宁可错杀一千，也不放过一个'。那个什么药我记得是致命的吧，如今除了王玉生外没有别的线索，官府肯定就死咬着这一条不放，万一王玉生真的是罪魁祸首，那受害人也能免去性命之忧。如果不是，就是一场误会嘛！来来来，楠楠，再吃个南瓜饼。"

宋青屿忍了忍，还是忍无可忍，拂开她的手，圆溜溜的眼睛直瞪着她："这里也没有外人，母妃，你演得未免也太起劲儿了吧？"

安陵一双美眸瞪回去，又将他抱在膝头。宋青屿这个时辰身量太小，力气也小，挣扎也挣不开，恼得一张小脸通红。林声声忍不住想笑，被他一记冷厉的眼刀给瞪了回去。

"我打从第一眼看到你，就在想，这孩子如今就是人中龙凤的模样，那小时候该长得多可爱、多讨人喜欢哟！遂无比遗憾我没有参与你的童年生活。如今好了，估计是老天爷看我太虔诚，变相弥补我内心的遗憾。来楠楠，奶奶喂好吃的……"

自从淮王妃意识到这一点之后，再到酉时，她便准点儿过来守着，一旦宋青屿身量变小，就立马把他抱在怀里，宠着哄着，像是恨不得把那些年缺席的母爱一股脑地补给他。喂食、摸头，摸得宋青屿头皮发麻。

不知道她什么时候才会玩够这个游戏。

林声声见宋青屿的嘴巴被塞得鼓鼓囊囊的，虽看着气呼呼的，可她没觉得额间冰凉，看来他对淮王妃就是刀子嘴豆腐心。

这一对没有血缘关系的母子，相处起来也真是很有意思，胜过许多亲生母子。

"声声啊，你也吃，这个莲叶羹是今年第一拢荷叶做的，特别鲜。"安陵笑眯眯地将一碗汤推到她的手边，林声声心头一暖。

"不过，每日只有两个多时辰的时间陪楠楠真是不够，你什么时候给我这浑蛋儿

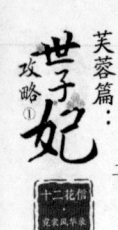

子生一个就好了。"

林声声顿时被呛得直咳嗽。

宋青屿嚼着南瓜饼一个干噎,差点儿没背过气去。

是夜,窗外蝉鸣始。

林声声躺在床上,脑子本来就纠结成一团乱麻,再听那"吱哇吱哇"的声音更是辗转难眠。就好像那蝉声化成了人语,一遍又一遍地冲着她喊:"姑娘睡了吗?吱哇!睡了吗?吱哇!"

喊得她心烦意乱,辗转难眠,最后干脆蓦地一下坐起,下床坐到桌边喝茶冷静冷静。

放凉的茶味苦,苦得她一张包子脸皱得全是褶。她如今之所以这么坐立不安,还是因为官府的人通缉王玉生。

那三个受害者好巧不巧,都是近日和王玉生有过交集的人。这三个受害者唯一的共通点就是王玉生,夏锦灯上报说他是最大的嫌疑人也算合情合理。

但是林声声也和王玉生谈过心,而且就在不久之前。如果说王玉生真的出于某种目的对找他谈心的姑娘下手,那她为何还好端端地活着?莫不是王玉生嫌她长了一张包子脸,不像方潋滟她们有着一张标准的瓜子脸,所以觉得配不上他的独家夜幽散才没下药?

显然,也是说不通的。

林声声的脑海里不由得浮现出那夜与王玉生交谈的种种,耳畔,他的潺潺之声还在,眼前,风拂起他大红色衣摆的场景也在。

不知道为什么,她就是觉得王玉生不会是那种人。

越想脑子越乱,凉茶也无法让她静下心来,林声声干脆出了门,到院子里凉快凉快。刚推开门探出头,就撞上对面的那扇门也跟着打开。

"大半夜的不睡觉出来干吗?"宋青屿从来不知道客气为何物,大摇大摆地坐在树下的石凳上,一只脚踩在另一个凳子上,完全不想给她腾位置。

林声声腹诽着你不是也大半夜的不睡觉?面上却努努嘴,随口道:"想出来赏月。"

宋青屿看着乌漆墨黑的夜空,龇牙礼貌一笑:"月亮在哪儿呢?你告诉我。"

"只要有心看,处处都有月亮。"

宋青屿无语。

他面色不快,不过倒没有像平时那样怼回去,而是身子半侧,两只胳膊抵在石案上,仰着头安静地看着天,仿佛真的能从那一片漆黑里看出一个月亮似的。

每当两个人安静相处时,林声声总会莫名其妙地心境平和。她走到树旁,靠在树干上,也和宋青屿一样仰着脸,共同去看那片天。

连吵闹的蝉鸣声都仿佛变得有了节奏,轻轻鸣和着一首小曲儿。

半晌,宋青屿兀自开了口:"如果你做了一件事,出于隐秘不能同外人道,却因此被人怀疑动机,扭曲真相。你不能去解释,也不能去证明。倘若是你,这个时候你要怎么办?"

"嗯……"林声声想了想,说,"如果那些怀疑你动机的人对你很重要的话,他们会相信你。如果连这点儿信任都没有的话,那也不配做你身边很重要的人。如果那些人对你而言只是个路人,那你管他们怎么想呢!"

她的声音很轻,像是无意拨弦时跳出来的声音,却轻而易举地让人心旷神怡。

等了许久,林声声都没有收到回应,她按了按仰得酸痛的脖子,转过头,发现宋青屿正直直地盯着自己。一撞见她的视线,他又连忙别开脸,以拳抵手轻咳一声:"方才的问题我只是替我一个朋友问的,那什么,时候不早了,本世子去睡了。"

宋青屿的脚从石凳上落了地,稍显慌乱地往回走。

林声声面无表情地看着他走了几步之后,"哎哟"一声,似是撞到了什么,随后嘟囔两声:"这里怎么立了根棍子?"再之后,步履匆匆地沿着原路返回,向相反的方向走,回了他自己的屋子。

所以,方才是走错了路?

自己从小住到大的地方都能走错路,她也是很服气。

林声声的额间有些发热,不算很烫,而且断断续续的,一会儿热,一会儿不热,想来那红色很浅很淡,在喜悦的边缘疯狂试探。

"所以,他究竟有什么高兴的事儿啊?"

她坐到方才宋青屿的位置上,仿着他的姿势仰头看天,发现并不像她想象中那般舒服。

"果然,人都有这样的劣性,看别人时就觉得好,轮到自己时就觉得无聊了。"又或者是,一个人做什么都孤独又无聊,而多一个人在,不管是看黑夜,还是看日出,都是鲜活而又有趣的吧!

　　林声声又无聊地看了一会儿天,直看到两眼抹黑才有了些困意,打了个哈欠往回走。

　　一阵轻暖的风吹落一片桃花叶,落在冰凉空荡荡的石桌上。

　　宋青屿半蹲着身,将扶着门沿的手收回,伸了伸腿,走到床边把自己摔了上去,手按在左胸口处,那里面有什么东西跳得正快。

　　"这缩身变小丸是不是还有什么别的副作用?不然我刚才怎么会……"怎么会觉得那个又圆又矮的黄毛丫头,在烛光掩映下浑身闪闪发光呢?

　　一定是天太黑的原因,不然他怎么会看错?

　　宋青屿长长地吐了一口浊气,将锦被裹在身上,一闭上眼,面前仍旧是暗夜的一片黑。

　　唯一的一点光亮是她的眼眸。

　　他的心又不受控制地乱跳了一阵,随后睁开眼,恶狠狠地将枕头摔在地上:"哼!真是阴魂不散!"

　　在另一间屋子里半睡半醒的林声声,莫名打了个喷嚏。

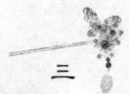

官府的衙差在望城中搜了三日，都没有寻到王玉生的蛛丝马迹。

那个诸多女子都接触过的，在望城中名噪一时的王玉生突然间人间蒸发，像是根本就没有在城中出现过一样。

方潋滟等三个受害者的毒性越来越深，每日发狂的时辰也从晚上逐渐开始向白日蔓延。为保万全，知府苏大人只能派人将三人的手脚捆起来，防止她们对外人造成伤害。

而春生街的街口，一贯与热闹非凡的、与旁处不同的清流书斋，今日更是异常冷清。林声声几次从旁边经过，都只看见一两个书生进去买纸笔，而崔掌柜双目失神，卖东西、收银子都不见任何神采。黄昏之前闭上店门后，他便提着一盏灯，在门口等着。

等他的娘子，能安然无恙地重新回来。

可若是再找不到王玉生，拿不到解药，那他便再也等不回来那个人。

林声声是个亲缘极淡的人，可每次见到这样的场景，都免不了心中一阵酸楚，更遑论是崔掌柜，还有另外两家也在苦苦等着亲人归来的受害者家属。

本该到了回淮王府的时辰，但林声声在书斋对面站了良久之后，毅然决然地又回到了林清坊。

"世子妃，您怎么又回来了？"

林声声圆圆的脸绷得紧紧的，对迎上来的何冼说："我要专心致志地在药棚里制药，你在外面守着，不许任何人进来。"

"那若是王妃或者小公子过来……"

"别说是我儿子，就算是我亲爹也不能放进来！"林声声气势汹汹地吼了一句，拨开何冼就冲到了后院。

何冼还是第一次见世子妃如此暴躁，却一点儿都没被吓到，这可能是他见过的唯一一个，就连发火生气都像是在和人撒娇的主子了。

这么想着，他搬了把马扎守在门前，颇有种沙场纵横的将军保护大帅的豪情壮志，将任意一个企图打扰世子妃的人，斩于马下。

林声声坚信王玉生十有八九不是罪魁祸首，就算官府的人抓到王玉生，也找不到解药。等拖到那一日，方潋滟就真的没救了，她决定奋力一试，就算不能根除毒性，用药压制一下，也能多争取些时间。尤其是上一次夏锦灯发病时她大胆的尝试很成

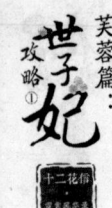

功，也给了她多一份的自信心。

隐阁中每一个制药师的第一堂课，都会学这样一个道理：天下之药，相辅相成，相生相克。若除毒拔毒，法有二则。一则缓缓而治，二则以毒攻毒。

缓缓而治，是用温补的药，一点点地祛除毒素，过程漫长。以毒攻毒，便像上一次用使五脏发热的药给寒症复发的夏锦灯治病一样，起效很快，但过程相对痛苦。

照如今的情况看来，缓缓而治怕是来不及，她只能试试以毒攻毒。

夜幽散入夜发作，会控制病者的心理，使病者入魔发狂……这药是控制人思维的，就如惯性发作一样。若是在方潋滟她们三人的眼里，只有白日，永远没有黑夜，那也就没有入夜发作这么一说了……

林声声仰起头，恰逢日落月升的那一刹。

天边的红意一层一层地被晕得变浅、变淡，刚攀出来的月牙是朦胧的浅白色。

她想起昨天晚上同宋青屿一起看的漆黑夜空，脑海里"噌"地一下冒出一个想法。人对周围事物的第一反应是用眼睛看，若是能在夜间也能和白昼一样看东西，那白天和黑夜就没有区别了。

林声声打定主意，将悦来客栈带出来的那口大箱子里效果奇奇怪怪的药丸都拿了出来。她之前制过一丸用了之后能让视野变得更加开阔的药，是给隐阁后山一只失去眼睛的大狸猫做的。只不过，她刚做好还没来得及拿过去，那狸猫就跟着另一只通体黝黑的大猫结伴潇潇洒洒去了，而这丸药也就留了下来。

林声声做药大多都是一时兴起，药方也找不到了，她只能将药丸放到药杵里面碾碎，一边缓慢地研磨，一边仔细嗅着其中的味道来辨别。

"决明子一钱，金银花一钱……鱼目粉一钱，怪不得这么腥……"

她一边研究，一边记下药材和药量，沉浸在药材的世界里，完全不知道外面危险的逼近。

"何将军"守了一个多时辰，守得眼睛发酸，有气无力地撑着手臂横在门前。只听一阵清脆的"啪啪"的脚步声，一个人影顿在他的面前，何冼一抬脸，就见自己面前站了个看着六七岁模样的男孩，年纪虽小，却是贵气逼人，小下巴高高地抬着，奶声奶气地问："林声声那个女人呢？"

何冼虽是个下人，没见过眼前这一位，但他见过许多次世子，再看看这男孩儿那张和世子同款的脸，霎时明白了他的身份。

"小公子来得可不巧，世子妃正在里面忙要事，吩咐小的把好门，不许任何人进去打扰她。"

"要事？有什么事情比本世……比本小公子的事情还要紧？"宋青屿气得鼓着一张包子脸就要往前冲，何冼眼疾手快，上去就将他轻松地夹在腋下。

这下可把宋青屿给急坏了，前后腿使劲儿地扑腾着，脸憋得通红，见何冼一根筋到底，他扭过头毫不要脸地大吼着："你们俩就见我这么被人欺负？"

跟着宋青屿出门的是淮王妃特地拨给"孙子"的两个护卫，是一母同胞，却长得没有半分相似的双胞胎。又高又瘦的是大哥，叫郭鲜，略矮又胖乎乎的是弟弟，叫郭犇。

宋青屿一直觉得两兄弟的爹娘胃口太好，才会给孩子取名字都以食材为主，还是肉食：鱼、羊还有三头牛。

郭家兄弟眼神交流了两个来回，郭鲜站出去一步说："王妃说了，属下兄弟两个以出门贴身保护小公子为己任。"

"那还等什么？还不快给我上！"

"但是……"郭犇补充道，"王妃说，在保证小公子没有危险的前提下，一切都要为世子妃的事情让路。所以，小公子，抱歉了。何大哥，动作小心点儿，别把小公子摔下去。"

何冼忙应下："好嘞！"

宋青屿无语，感到没亲娘的自己像棵草。

他不再扑腾，而是将所有的怒气都累积着，攒着力气等着一会儿一股脑地发泄给那个不仅时辰到了不回王府，还害他丢人的女人。

所以，又过了半个时辰，将药方整理出来，等着明天增减药量，尝试配出解药的林声声一踏出门，就看见宋青屿那张阴沉得仿佛刷了几十道锅底灰的脸。

仔细一看还有点儿红，仿佛是被夹得时间太长，呼吸不顺所致。

林声声猛然想起，她竟是一不小心把宋青屿给忘了。眼看着宋青屿一副等着找她碴的模样，她心想，这下可算是完了。

"放我下来！"

功成身退的"何将军"从善如流地将宋青屿放下，宋青屿被吊着的时间有点儿长，一落地，小腿肚子发软，连站都站不稳当。

林声声连忙去扶了一把，宋青屿咬着牙拍开她的手，哼了一哼："你管我做什么？你跟你的药棚子一起过去吧！"

林声声问："你确定？"

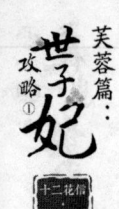

"哼！"

林声声点点头松开手，宋青屿的腿还在打晃。眼看着又要往下栽，他胡乱抓住她的胳膊站稳，小眉毛皱到一起："你就是这么做人家娘亲的吗？一点儿也不关心你宝宝的死活，我怎么会有你这么狠心的娘？你个坏女人！"

宋青屿成心让人围观，可惜深更半夜，来捧场的围观群众除了何冼和郭家兄弟俩就没别人了。他假模假式地抽抽搭搭了一会儿，反手一抹泪，指着林声声说："宝宝累了，坏女人你抱我回王府。"

"坏女人"林声声："行吧……"

其实她是看他真的掉了眼泪才会一时心软，大大的眼睛滚了一眼眶的泪，小鼻子也隐隐泛红。尽管她知道这小孩儿就是宋青屿那个天杀的，但还是抗拒不了小可爱"宋楠"的可怜攻势。

林声声顺势将宋青屿抱在怀里，对何冼道："晚上好好守着林清坊，尤其是药棚，别让人靠近，里面还有我的药。"

"世子妃放心吧！"

宋青屿吊着两只胳膊搂着林声声的脖子，像是挟私报复般勒得紧紧的，他落泪的小脸冰凉凉地贴着她的脖颈，走出去时低声问："你在做什么药？别告诉我你浪费今日陪我的时间，都是在做这个什么鬼药！"

"是给崔夫人做的解药，我是看崔掌柜整日等着太可怜了，想尽力试一试！不一定能成，还要看明日的试药效果才行。"

一说起这个，宋青屿倒是意外地平静下来，就连手臂都松了几分，让她能好好地喘口气。

还算有良心，林声声心道。

拐出春生街，两边阁楼的屋檐只零星地挂着几盏红灯照路。

宋青屿盯着前路，半天才说话："你为什么对这件事这么上心？你又不认识王玉生。"

"就……直觉王玉生不会是那样的人。再加上崔掌柜夫妻二人待我不错，于情于理我都该如此。况且我也算是半个医者，救死扶伤是本分嘛！"她说着说着，音调不自觉地飞扬起来，明媚得像是人间四月天。

宋青屿眼观鼻、鼻观心，没有回头去看，心思却不知道飞到哪里去了，不自觉地又收了收手臂，贴得她更近一些。

四

　　林声声本以为宋青屿怒气冲冲地来到林清坊，是因为她到时辰没回去，找麻烦来了。不承想，他是来如冰霜去如春雨，回到王府就乖乖地去睡觉了。
　　"这个人还真是奇怪得很……算了，不找麻烦我还觉得不对劲儿，我怕不是得了什么病。"
　　林声声回去小歇了一会儿，趁月亮还只是月牙，光没有那么明亮，就赶紧出了门。王玉生已经在望城中消失许久，林声声不再怕半路上会碰见他。如今，解夜幽散的药有了眉目，她稍稍安心，也能喘口气去找那半枚如意符的下落。
　　这一晚如她所想，夜色恰好适合做些见不得人的勾当。她脚尖踩着树干，施展轻功飞身落于屋顶，脚有些没站稳，歪了一下，在瓦片上滑出去一段距离后停下，停在一双翠绿颜色的皂靴前。
　　林声声的大脑有那么一瞬间的空白，她嘴角抽搐着抬起头，来人脸上戴着绿色的面具，身上亦是一身绿油油的，墨绿色的披风还在身后摇摆。
　　确认过眼神，她是即将崩溃的人。
　　"王……王公子……"
　　王玉生眨眨眼，声音古井无波地问："姑娘又有什么心结来找在下开解吗？"
　　林声声心如死灰地点头："是的，没错。"
　　王玉生扯出一抹笑容，意味深长地道："那时不我待，快些走吧！"他先行一步跳下去，林声声看了看下面的淮王书房，内心十分苍凉。
　　她下一次出来，一定要看皇历！
　　看着方向，王玉生去的应该还是上次带她去的那个空院子。林声声跟了一条街后出了声："等一下。"
　　前面的王玉生停下，有些不明所以地望着她。
　　"你……你不知道如今你是被通缉的要犯吗？你常去的地方一定会有官府的人把守，你若是再去，岂不是白投罗网？"
　　王玉生歪着头："那你明知道我是衙门的通缉犯，还敢跟着我出来？"
　　林声声抿了抿唇，道："我相信不是你下的药，不然我也不会好端端地站在这里。"
　　"那你怎么不知道我不是在守株待兔等你出来，准备今夜给你下药？"
　　林声声无语，和他说话，真是仅次于跟宋青屿说话般累人。

王玉生见辩赢了，非常自得，打算继续乘胜追击时，却听见凌空一道脆生生的刀颤声。眼前的林声声反应极快，往前猛地一蹿，扯着他就跑："是夏捕头的刀，官府的人追来了！"

那刀没有击中，上端绑着的铁链一收，紧接着从墙边跳出七八个人，为首的正是夏锦灯。

她微眯着眼，挥挥手："给我追！切记，一定要抓活口！"

夏锦灯的刀已经练到极高的境界，在手腕掌间运转自如，最险的一次已经触到王玉生的发梢，却收势一顿，让林声声逮到机会，扯着王玉生左拐右拐地甩开衙差们一段距离。

"你……你住在哪儿啊？"

王玉生答："人在江湖，处处是家。"

林声声心想这话怎么这么耳熟？

"你不必担心我，我住的地方很安全。况且我没做过这些事情，就算官府将我抓去，我不认，他们又能如何？"王玉生随后道。

"官府如今只有你这一条线索，一旦抓住你，为了对上对下都有交代，一定会想方设法逼你认罪。如今哪里都不见得安全，只是我也是寄人篱下，不方便让你过去。"林声声从怀中摸出一个白瓷小瓶，倒出两颗深褐色的药丸，"这样吧，我这儿有一丸药，咱们两个都吃了以后，只要你先气沉丹田，再以心声说话，不管多远我都能听得到，但是药效只有十日。在这十日里，无论你在哪儿，发生了什么，我都可以第一时间知道，及时赶过去。"

她先一步吞下药丸，但王玉生很明显地犹豫了："我说了我没做过的事情……"

林声声听见衙差们追来的脚步声，也没工夫再跟他废话，趁着王玉生说话，一把将药丸塞进他的嘴里。

"喀喀喀……"王玉生卡了一下，狂咳不止。林声声猫着腰从墙边探出头去，暗中观察。腰身拧成一个不知道怎么做到的弧度，王玉生看了一会儿，也扒着墙往外看，脑袋叠在林声声的上方。

"你们两个去那边找，你们几个去那边！"巷子口传来夏锦灯清脆利落的指挥声，二人"噌"地一下同时缩回头，继续跑。

望城府衙的人手不多，即便再仔细布局，也很难收网。搜捕到下半夜，他们还是没有发现王玉生和其同伙的踪迹。

"夏大人,那个同伙会不会就是给王玉生提供夜幽散的人?"

夏锦灯扶着刀柄,锐利的眼神在周遭环视,闻言"嗯"了一声:"有可能,望城中没有夜幽散,王玉生又常在望城,这夜幽散很可能就是他的同伙传进来的。今夜已经打草惊蛇,日后再想抓王玉生怕是不容易……"

她敛了眉眼,驱散众人。

夜到浓时,哪怕是夏天也有些凉。每到这个时候,就会有一股寒意从骨头缝里探出来,渐渐地爬满她的全身。

夏锦灯咬着牙抗拒着体内越来越汹涌的寒意,快步往家中赶,途中经过春生街的街口,寂静里一阵悠扬的笛音袅袅而出,似与这沉沉夜色相衬,不扰安眠之人的心。

她左手抱着右臂,忍不住驻足聆听。

那笛音像是知道有知音在,到高昂处几个音调回转,像是有一条清澈的小溪,水流一路蜿蜒,来到夏锦灯的面前。

突然,笛音一断,漫延到她脚边的水流跟着停住,她不由得往前走了几步,上方传来一阵轻笑声。

夏锦灯抬起头,见福客来客栈二楼的一扇窗开着,有人倚在上面,手中转着一管青玉笛。

居然是顾决明!

"伯牙遇子期,才有《高山流水》。今夜决明遇锦灯,我这曲子才算有了魂。"顾决明笑着道,"夏姑娘,不如给我这曲子起个名字吧!"

夏锦灯对这个人无甚好感,但这首曲子确实非常动听。她略想了想,说:"叫《临溪赋》吧!"

"临溪,临溪……果然是好名字。"顾决明屈着的腿一放,从二楼飞身而下,"相逢即是有缘,夏姑娘要不要找个地方叙一叙?"

夏锦灯几不可见地瑟缩了一下,后退一步:"我们还没有熟到要叙一叙的程度。"

顾决明摸着鼻子,轻咳一声道:"叙着叙着就熟了,城南有一家酒肆我觉得不错,桃花酒是一绝,味道清甜又不熏人,最适合夏姑娘这样的女孩子喝。"

夏锦灯的眸底闪过一丝不耐烦,冷冷地道:"我明日还有公事,恕不奉陪。"

"夏姑娘……"顾决明闪身堵在她的前头,方才她背着光看不清,此刻一转过来,他才注意到她的脸色青白青白的。

"你怎么了？"

夏锦灯紧咬着牙根，这个状况是马上要发病了。可往常都是每三十日发病一次，这次居然提前了，而她并没有带药出来。

顾决明见她抖得厉害，手一触上她的肩膀像是摸到冰块一样："你身上怎么这么冷？可是有什么隐疾？平日里有吃的药没有？"

他话语里带着关切，又是这样等待一轮痛苦的时候，夏锦灯紧绷的防线不受控制地松懈，低声道："有药，但是在家中，没有带出来。"

"你等我一下。"顾决明飞身回到客栈，再出来时，手上已经多了一件玄色外衫，披到夏锦灯的身上。

夏锦灯下意识地就要推拒，却听他一声低喝："现在不是顾及这些事的时候，你家住哪儿？我送你回去。"

"不必了。"

"我顾决明做不到放任一个身患顽疾的姑娘自己回家，我会良心不安。"

夏锦灯浑身越来越冷，也就不再挣扎。

顾决明没有像平时那样说话烦她，而是认真看路。到了家门前，夏锦灯问他："你送过多少个姑娘回家？"

顾决明好笑地摸了摸下巴："在下看起来有这么风流吗？"

夏锦灯没有说话，眼神有些微妙。

顾决明歪头笑了笑，道："既然如此，在下也不能辜负夏姑娘的期待，这大老远地走回来，夏姑娘不请我进去坐坐，喝杯茶？"

"好啊！"

夏锦灯推了门进去，那玄色衣袍过于宽大，将她整个人裹住，与暗色融为一体，衬得肤色白如冬雪。

顾决明喉头滚了滚，他不过是随口一句笑谈，没想到她真的会答应，他反倒有些不知所措。

夏锦灯站在门里望着他，目光清亮，顾决明被她看得浑身酥酥麻麻的，犹豫再三，迈出一步……

"啪"的一声，门骤然关上，差点儿没砸到他的脸。

顾决明一个激灵，叹了口气："真是最毒妇人心啊！"

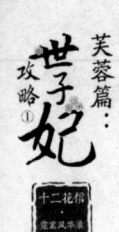

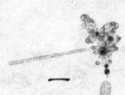

一

林声声这几日都在林清坊的药棚里忙活着，宋青屿自从那夜之后就再也没有阻拦她，在这种大是大非的问题上，他还是很理智的。

白日，宋青屿就像从前那样，找他的狐朋狗友厮混，因为林声声不在，无法辨别他人的情绪，他也就懒得再去望月茶楼说书，况且有顾决明这么一位有审美、有品位的兄弟在，他觉得以前在望月茶楼的时光都浪费了。

不过，宋青屿在跟新兄弟凑在一起一唱一和之余，也没有忘记尹留行这个过气的老朋友。

毕竟，鱼还是他做得好吃。

尹留行一边愤愤不平地做鱼，一边叫手下人在《望城月报》上报道，说世子自从为人夫为人父之后，抠门小气唠叨又烦人。这个故事告诉我们，婚姻是座坟，葬着无数曾躁动不安、策马奔腾人的魂。

翌日，宋青屿看到这则消息后，倒没有生气，而是给尹留行倒了杯酒。

"我知道你嫉妒我有妻有子是人生赢家，留行，我问你，在寂静的深夜里，你曾辗转难眠睡不着觉吗？"

顾决明敲了敲玉笛，接着问："在得风寒的冬日里，你曾出现幻觉，有位姑娘温言体贴，为你熬药煮汤吗？"

"当你失意时，有人安慰你吗？"

"当你开心时，有人在你身边陪你分享喜悦吗？"

"当你……"

"闭嘴！"尹留行一颗心被拷问得碎了一地，额角青筋"突突突"地跳，随手顺了一盘菜，慌不择路地跑了，"这个凉了，我去热一热。"

出了门，还能听见那两个人的爆笑声，尹留行不明白了，从前，他是唯一一个能在宋青屿躁动时吹捧安抚的功臣，自从宋青屿成了人父之后，他的攻势就不起作用了，一代功臣一下子流放到三千里外。

明明是三个人的戏，为何他不能有姓名？

只是经此一遭后，《望城月报》就再也没有出言抹黑过淮王世子的形象。

另一边，林声声在斟酌了无数次的药量之后，总算制出了她所需效果的丸药。

伸了伸酸痛的腰，林声声站起身，思考着该如何把这丸药送到方潋滟三人手里，还能顺利让她们吃下。

这三人如今在衙门里,而她这药究竟有没有效果,除了她自己之外,没有人能保证。到时候万一吃出了事情,谁放她送药过去,谁就要跟着倒霉。

虽说林声声对自己有信心,但一想到要拉人下水,她还是免不了左右为难。

"林姑娘,你现下在哪儿?"

正想着,她耳畔听见王玉生的声音。

这是他气沉丹田后发的声,虽然听着就在耳边,他的人却在远处。

这还是自从那夜分手之后王玉生第一次同她说话,林声声不免心里一惊,忙气沉丹田,以心声问:"在春生街,可是有衙门的人去追捕你了?"

"那倒没有,我就是单纯好奇,你给的这个药到底是不是真的有能传音的效果,就先试试,否则真的出了事,万一不管用可怎么办?"

倒还是挺谨慎的呢!

林声声走了几圈,随意歪在乱七八糟的药材堆里,闻着药香,心下舒缓不少。

"知府苏大人已经向附近府道衙门调来人手,打算将望城掘地三尺将你挖出来,你可要更加注意才行。"

"放心吧,我安全得很。"王玉生说着说着话题一转,"我一直有个问题想问你,这两次我都是撞见你从淮王府出来的,你莫不就是淮王府那个和世子偷偷成亲,还给他生了个儿子的世子妃?"

这句话怎么听起来这么奇怪?

林声声叹了口气,想着自己和王玉生也算是莫名其妙地拴在一起的有缘人,也就不瞒他了:"确实是我。"

对方的声音瞬间变得意味深长起来:"能将世子这么优秀的人收服,世子妃想来也不是一般人。"

这是在夸她?怎么听起来这么奇怪?

林声声含糊地用"还行"两个字应付过去,可王玉生显然是职业病犯了,一开始这个话题,八卦之魂就忍不住熊熊燃烧,问:"那你第一次跟我说的抛弃你的竹马也就是世子本人喽?据我对世子的了解,他人品贵重,又言而有信,不像是会做出抛妻弃子这种事的人,世子妃莫不是起了什么误会?"

林声声再三叹气,她怎么会知道曾经瞎编的一段虐恋狗血故事如今又和现实巧妙地相连了,只能用"就是误会了"一句话敷衍过去。

"既然是误会,解开了就好,如今见世子妃与世子重归于好,真是让人动容。我

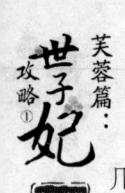

几次见世子都是远远看见的,他近距离看长得帅吗?身材如何?."

"世子身量颀长,生得也是俊朗不凡。"这个她说的倒是实话。

"哦……"对方长长地"哦"了一声,不知为何,听得林声声的脸一阵发热。

这位被官府通缉的嫌疑犯,也未免太八卦了吧,枉她方才还一直担心他。不过提起世子,她倒是想起了一些别的事情。

"我这边马上要回王府了,先不说了,王公子若是有事,再找我。"

王玉生没再说话,林声声匀出丹田的气息,拿着制好的药离开了林清坊。

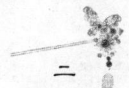

二

听陈征说，世子这几日白天都不怎么在王府，而是跟着尹将军和顾公子一道去了城南一家酒肆。

林声声从春生街到了城南，问了不少人，才在一个犄角旮旯的偏僻处寻到所谓的酒肆——芦苇荡春波。

说偏僻其实也并不偏僻，酒肆依着望城外的青山河分支而建，水上青青芦苇轻轻荡，岸上旌旗飘扬酒醇香。只不过对比城南别处的喧闹繁华，这里确实僻静了太多。

林声声到时，那三个人正围坐在一桌，每人面前都摆着五个酒杯。

芦苇荡春波的老板艳娘人如其名，生得艳丽夺目，身段窈窕多姿，一身大红衣裙，头上却不戴任何珠翠。林声声乍一看，突然想起一个话本子，讲的是深山里狐妖开店骗过往书生上门，随后咬死他们的故事。

她不由得打了个寒战。

艳娘可没能猜到不远处有人如此腹诽，笑着端来一个托盘，挨个往酒杯里斟酒。

"诸位公子，这是我新起出来的几样花酒，都是采去岁的花酿好的。梨花白、莲花笑、黄白菊霜，还有这个……"

最后一样酒是盛在不染任何其他杂色的青瓷杯子里，酒水注入竟是澄澈若山间清泉，没有其他酒的浑浊厚重之感。

"这是取了四季的雨、霜、雪水混在一起，和着刚结出来的青梅酿成的酒。青梅涩口却没有其他杂味，四季水最是纯净。我酿了数次才酿出这酒，公子且尝尝。"

艳娘擅长以花果酿酒，每次酿出来的新品都让人忍不住赞叹她的巧妙心思。她本是望城中一家酒馆老板的女儿，当年的知府曾大人看中她的美貌，可她的爹娘不愿女儿羊入虎口，便百般推诿。曾大人恼羞成怒，叫人随意将城中的一件盗窃案安在了艳娘爹爹的头上。

艳娘家世代都是农家，非常纯朴，人言可畏，她爹不愿自己有罪的名声拖累女儿，便在狱中自尽，她娘亲身体本就不好，急火攻心，没过多久也离开了人世。

艳娘是个柔弱女子，无依无靠，她想为爹爹平反，可无钱无势，对方又是望城的知府大人，她只能遁入风尘，攒些银两寻找机会。

她一双巧手擅酿酒，因此结识了喜好品酒的望城守将尹留行。尹留行知她遭遇，又和淮王世子情同手足，便将此事通过宋青屿辗转告知淮王，淮王行军多年，是个果决刚毅之人，当日便闯进曾大人的家中，一把刀直接横在曾大人的脖颈上。

曾大人仗着自己身为知府，纵使是淮王也不能拿他如何，就镇定下来。随即，从淮王身后绕出个面目偏冷的少年将军："王爷，他毕竟是个知府，这么直接砍下去可不大好交代。这样吧，把他全家召集在此，用迷药迷晕，再一把火烧了一了百了。对外，就说是他们用火不慎所致。反正不过死了一家该死的狗官，就当上天看不过眼吧！"

如此，一家老小谁都活不了。

曾大人绝望地腿一软，直接跪在地上，把什么都招了。

淮王以艳娘家中案为引，查出知府曾大人在望城任职五年间中饱私囊、横行无忌、草菅人命等多条大罪，直接下令当众斩首，平了艳娘爹多年冤屈。

尹留行办《望城月报》，手中积蓄丰厚，就直接给艳娘赎了身，又出钱在城南开了一家酒肆给她。艳娘不是不懂他的心思，可她随了父亲的老实质朴，她已是流落风尘，不能再连累他的名声。

尹留行倒是看得开："你不必心中有负担，我是个见钱就开心的人。你有这手艺之后这酒肆必定会生意红火，到时候我要分七分利。"

这一切都是他出的钱，莫说七分，全给他都是应该。而且这酒肆是他开的，得他庇护，也没人敢来骚扰她。

艳娘心觉不安，尹留行又道："我最喜欢喝酒，你若是觉得受之有愧，平日就多酿些酒给我尝尝鲜。"

倏忽多年，艳娘倒真的守诺，一旦闲时，就酿酒等着他来。

尹留行的目光凝在她的侧脸上，一瞬间竟有些恍惚之感。随后回过神来，第一个举杯饮上一口，不由得眉目舒朗，眼前一亮："这酒一喝下去，竟让人有种置身初春时节的清爽。艳娘，这酒叫什么？"

艳娘娇艳一笑："就叫'芦苇荡春波'。"

"哈哈哈，艳娘可真会偷懒，不过这名字倒也很是契合。"

顾决明一听，也免不了有些心动，见宋青屿已经不声不响地拿起一杯"芦苇荡春波"，不由得皱了皱眉，劝道："青弟，你方才跑去吐了那么久，这艳娘新酿出来的酒，你就别再喝了吧！"

宋青屿咳嗽两声，面色不见酒醉吐过之后的颓态。他随意地摆摆手，说："方才去吐是因为早起吃坏了东西，不耽误喝酒。"

"咦，那个是不是你们家的那位啊。"尹留行侧坐着，瞥见了这边的林声声，戳

了戳宋青屿的肩膀。

宋青屿转回身，看了林声声一眼，还没等她扯出什么表情来又立马将身子转回去。她进也不是，走也不是，尴尬得脸都红了。

宋青屿抬手将杯中的酒一饮而尽，坐了一会儿，突然站起身，若无其事地向林声声走过来，不耐烦地瞪着她："在这儿戳着做什么？还不过去打个招呼！世子妃？"

最后三个字他咬得很重，林声声的脸又是一热，忙垂着首，小媳妇一样地跟着宋青屿进了酒肆。

尹留行虽说已经知道宋青屿藏了许久的妻子就是那个在春生街卖药的小姑娘，饶是如此，在见到本人后，他还是不由得感慨人生玄幻。再看宋青屿那一脸春风得意的模样，真是碍眼得要命。

"世子妃芳驾到来，下官这厢有礼了。"尹留行长长地一揖，荒腔走板地念着唱词，把林声声逗得憋不住笑。可再一看正似笑非笑地看着自己的顾决明，她又笑不出来了。

"'芦苇荡春波'的老板艳娘酿的桃花酒很适合女子喝，世子妃要不要试试看？"顾决明眼睛不眨一下地盯着林声声问。

林声声笑笑道："我酒量实在是不好，喝多了耍酒疯，会扰了你们喝酒的兴致，我来找世子说几句话就走。"

"哟，世子妃管得够严的，嫂夫人放心，有我在，肯定不会让别的女子近世子身的。"

林声声尴尬又不失礼貌地对尹留行的好意表示感激，他可真是想得太多。

两个人走到芦苇荡边，林声声将自己的打算告诉了宋青屿。她想让宋青屿将制好的药送到府衙，给那三个受害者服下。

她还准备了好几套大道理，准备应对宋青屿各种拒绝的理由，没想到才刚起头，宋青屿就"嗯"了一声："你把药给我，我一会儿亲自到府衙走一趟。"

这么干脆利落的回应倒是让林声声始料未及，怔了怔，才讷讷道："多谢世子。"

最怕空气突然安静，一向絮絮叨叨说个没完的宋青屿这时倒是安静得过分。他把视线从林声声微红的脸颊上移开，落在水面上，说："到秋日的时候，这片芦苇结出来的蒲绒会被秋风吹得飞飞扬扬的，极是好看。到那时，我领你来看。"

林声声被他这番话说得脸更热，心跳得更快。

宋青屿抬手按了按额角，转身往酒肆里走，边走边嘟囔："我喝得有点儿多，哎呀，我刚才说什么来着？说完就忘，不记得了不记得了。"

水面荡起波纹，一层层地荡到芦苇深处。

林声声摸了摸额间，发热的，再摸了摸自己的脸颊，滚烫的。她听见自己近乎呢喃般的声音："可我没喝多，我没忘了怎么办？"

记性太好，有时候也不见得是一件多好的事情。

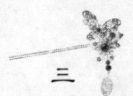

三

宋青屿是一个言出必行的人，他的行动力也随了和他没有任何血缘关系的淮王妃安陵。

世子出马，一切阻碍都算不上是阻碍。

这夜过了戌时，宋青屿一路顺遂地将药送到了府衙，为保万一，他亲眼看着方潋滟三人吃下去，又守在这里等着看效果如何。

望城知府苏元也在一旁陪同，又调了一队身手好的捕快护卫，就怕万一方潋滟再发狂伤到世子。

方潋滟方才发狂时挣扎着撞墙，额角撞破，鲜红的血顺着往下淌，显得整个人异常狰狞。衙差掰开她的嘴，将药塞进去喂给她吃，方潋滟的瞳孔瞬间睁大，发狂的动作却停了下来。

"找个功夫好的，把她身上的绳索解了。"

"夏捕头，按世子说的做。"

"是。"

苏元也招了招手，捕快一字排开，将世子和知府护在身后。夏锦灯拔刀一挥，方潋滟身上的绳索被剑气划开，整个人随即瘫倒在地。因为长时间被捆着，她的手脚已经僵麻了。

夏锦灯蹲下来问了她几句话，随后穿过人墙，拱手道："启禀世子、苏大人，方潋滟用药之后没有再发狂，神志也恢复了。只是在问我，为何今夜天还不黑？"

苏元也探头往前看了看，随后对着宋青屿施了一礼："下官多谢世子相助，只是下官有一事不明，世子这解药从何而来？"

夏锦灯也随之看向宋青屿。

"我家世子妃擅长医理，她自从知道有人中了毒就食不下咽，夜不安寝，熬了好几日才研制出可短暂压制夜幽散的药物。"宋青屿脸上浮现出自己都没注意到的得意之色，眉眼都要飞扬起来，"世子妃说了，这药治标不治本，保她们一命罢了，若想根治，还是要抓到下毒元凶，拿到真正的解药才行。苏大人，你可明白？"

"下官明白，是下官办事不力，下官一定会尽全力抓到真凶王玉生。"

"你倒是敢……"

"世子说什么？"

宋青屿低咳一声，摆摆手："没什么，本世子想儿子了，这就回了，剩下的就是

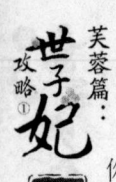

你们的事儿了。"

苏元也连忙称"是",又说:"夏捕头,去送送世子。"

"不必了,苏大人不知道,我家那位脾气可大,这要是让她看见我同一姑娘家一道出衙门,回去又要跟我闹,唉……"宋青屿一脸无奈,摇着头走出去。

苏元也失笑道:"真是一物降一物,竟不知道还有人能把一向无法无天的世子管成这样。夏捕头,夏捕头……"

"嗯?"夏锦灯极快地眨眨眼,吐了口气,"大人有何吩咐?"

"你怎么心不在焉的?"

夏锦灯侧过脸,视线投向门口,宋青屿的身影已经看不见了,只有逶迤一地的月光。

她揉了揉眼睛,笑了笑:"可能是因为这段时间熬神太过,苏大人且放心,属下一定尽力追查,争取早日破案。"

宋青屿从望城知府衙门出来,上了马车,对上一双黑白分明的大眼睛,吓了他一跳。

"你什么时候跑过来的?一声不吭地躲在马车里是准备吓死本世子,好继承本世子的财产吗?所谓'最毒妇人心',古人诚不我欺!"

林声声"嘿嘿"一笑,露出一排贝齿,有些讨好的模样:"怎么样?那药可起效了?"

宋青屿歪在一边,装模作样地哀叹一声:"别提了,你那药究竟是什么鬼药?方潋滟吃下去后非但没有好转,反而发狂得更厉害了,差点儿冲过来咬到我的大腿。"

"啊?不会吧……怎么会没有效果?"林声声双眼滴溜溜地转,眉心拢起,无意识地咬着小指骨节,"没道理啊,这药本无毒,就算退一万步讲没有效果,也不至于会加重夜幽散的效力,怎……"她一转头,就对上宋青屿一脸的奸笑,霎时明白自己是被他耍了,气得一张脸都皱到一起。

"你这人怎么这样啊?我担心这药有没有效果,两日没怎么合眼,你倒好,拿着别人的性命开玩笑!宋青屿,你有良心吗?"

她一句比一句声音高,到最后一句,几乎喊得嗓子都沙哑了。

外面的车夫尴尬得直咳嗽,宋青屿本就是个暴脾气,从小到大还没有人这么明目张胆地骂过他,还让下人听见了,当即就怒了。可见她额间因感受到他的怒气而发

绿,眼眶却是红红的,他心头的怒气莫名其妙地就散了大半。

说到底,还是他的错。

但是宋青屿这个人,没有向人认过错。他用剩余的那点儿不甘愿支撑着嘴上的坚持,说了一句:"行吧,那我以后就有点儿良心。"

"你……"林声声恨得直咬牙,转过身去背对着宋青屿,只盯着时时被吹开一角的车帘。

宋青屿没话找话:"你给我做的解药做好了没?"

"没有。"

"哦……"

他琢磨了片刻,觉得有点儿不对劲,火气又涨上去一点儿:"你才几日就给八竿子打不着的方潋滟做出了解药,还是药效那么剧烈,能要人命的夜幽散,可到现在也没给本世子做出化解缩身变小丸的药,这合理吗?你是不是觉得本世子脾气太好,耍着我玩儿?还是你有什么不可告人的目的,非要拖着不给我治好,好继续赖在王府里不走?你……"

林声声"唰"地一下转过头,眼眶比方才还要红,不仅红,眼底还有泪珠在打着转儿。

宋青屿的心被狠狠地揪了一下,抿了抿唇,轻哼一声:"罢了,好男不跟女斗。"

到了王府门前下车时,宋青屿近乎是飞着跑下去的,活像身后有只大野狼在追着他。

林声声虽然心里还有气,但已经不像方才那样气到跳脚,反而有点儿心虚,有点儿愧疚。

因为宋青屿胡乱鬼扯的那段话里,还真有一条扯对了。

她确实就是故意拖着不给他做缩身变小丸的解药,为的就是留在淮王府。

隐阁让她寻找的那半枚如意符到现在都没有线索,望城之中又出了夜幽散之事,无论如何,她一定要留在淮王府。为今之计,也只好多让宋青屿"变大变小"一段时间了。

不过一想到宋青屿那个劣性,她就觉得不应该有什么愧疚。

"哼!这一定是报应!"

追捕王玉生的队伍已经从望城一处,扩充为东北方七府二十八县,可就是这么大张旗鼓地搜寻,还是没有找到王玉生的半分踪影。好在受害者已经性命无虞,事情才不至于闹到不可收拾的地步。

　　林声声知道抓王玉生也没什么用，便求了淮王妃，将林清坊的生意交给陈征打理，而她整日待在药庐里，将给方潋濉三人吃的解药进一步完善，争取将夜幽散的毒性压到近乎可以忽略不计。

　　林声声制的补药在望城本就名声在外，这次开的铺子又是淮王府大力支持的，所以林清坊甫一开张，便大卖特卖，乐得淮王妃握着林声声的手直夸她有财运，一脸的旺夫相。

　　林声声有些尴尬地瞥了一眼一旁的宋青屿，这回他不光没跳起来反驳，还一脸春风得意……

　　想他一开始还口口声声地要把她轰出去，而现下……这接受身份的速度会不会太快了点儿？

　　除了制药之外，林声声也会时不时地和王玉生对话。其实她给王玉生的那丸药只能维系十日，但到了第十日一早，王府外来了个小乞丐，说有信传给世子妃。

　　林声声接了信，那小乞丐还眼巴巴地看着她，直到她看完信将一盒药丸都给了他，小乞丐才欢天喜地地走了。

　　那信上只有一句话——想吃姑娘的药，和姑娘心连心，如此保平安。

　　能跟她"心连心"对话的只有王玉生，她看了半天这字条，有两个感受，这名声响彻望城的王玉生写字可太难看了，歪歪扭扭像虫子爬的一样。再有……他对她这位"已婚并有一娃"的"妇人"写信，措辞是不是过于放肆了？

　　"一定是平日里和女子接触太多，温言细语惯了，职业病。"

　　时间一过旬月，转眼就到了夏日最热的七月中旬，眼看着对王玉生的抓捕无果，府衙的搜查也收起之前那铺天盖地的气势，只叫夏锦灯带着手下一队捕快专门调查此案，望城恢复了表面的平静。

　　夏锦灯看这段时日手下的弟兄们个个殚精竭虑，就破例给他们放了一天假，捕快们感激涕零，好不容易松缓下来，赶紧回家先睡个昏天黑地再说。

　　她倒是没什么睡觉的心思，在衙门坐了良久，随后差了个人到林清坊去了。

　　"夏捕头说今日下衙好不容易有空，天然居刚好今日开始做桂花鱼，想请世子妃过去一聚。"

　　林声声欣然应下，在衙差离开之后才有些恍惚之感："我好像确实很久没有好好和她见一见了。"

她阴差阳错地做了"世子妃"之后没几日，望城就出了夜幽散一事，夏锦灯作为望城府衙第一捕头，自然是每日忙得脚不沾地地去抓嫌疑犯，偶尔碰到几次，也都只是点过头之后便匆匆告别，这回好不容易夏锦灯散衙之后有时间，林声声自然欢欣雀跃。

然而不过三秒，她就想起来一个人，她那个只在夜间出现，黏人难缠，又事儿多的"儿子"。这些时日，虽然她白日在林清坊，但到了时辰都要回去陪宋青屿。

"吃桂花鱼……"林声声嘟囔一句，提前从林清坊回到淮王府。

宋青屿正在院子里练剑，淮王行武，宋青屿这耍起剑来倒是有模有样的。林声声之前没有见过宋青屿练武，好奇地在旁边看了一会儿，见宋青屿反手一推，长剑脱手，准确地刺入树干。

"没想到世子的剑法这么好。"

"那是，这天下间哪有本世子不擅长之事？"常焕递上来湿帕子，宋青屿擦了擦汗，接过茶喝了两口，出言带刺儿："今日怎么舍得这么早就回来？不守着你那林清坊了？"

林声声提了要入夜和夏锦灯聚一聚的事情，宋青屿没什么反应，只用鼻音哼了哼。她又补了一句："去吃天然居的桂花鱼。"

宋青屿喝茶的动作稍顿，随后若无其事地放下茶杯，"哦"了一声："去吧，只是母妃今夜不在淮王府，倘若有人扑到西苑来可不大好。这样吧，我跟你去，这也是为了你好。"

"为我好？"

宋青屿耐心解释道："人家夏捕头生得漂亮，能力又出众，本世子怕你见到她自卑，去给你撑撑场子，毕竟你是已婚妇女，她还没嫁出去呢！"

林声声无语。

四

夏日的街道上,滚滚热浪扑来,像是能灼伤来往路人的脚。百姓们都尽量不在白日出门,是以夜幕刚来,天地间总算凉爽几分的时候,大街小巷才热闹起来。小贩们支起摊子,卖望城特色的小吃,还有各种清凉解暑的瓜果。

林声声牵着"宋楠"在人群中穿梭,出王府时还是两个人,等到了天然居时就变成了四个人。

天然居最妙的就是一尾桂花鱼,桂花从南边摘来,快马加鞭地运到望城,就能比普通的酒楼早半个月用上鲜桂花。今日是天然居今年第一天做桂花鱼,所以整间酒楼的雅间全没了,只有大堂还剩下一桌。

"不是还要等夏捕头?咱们就坐在大堂好了。"顾决明敲着玉笛落了座,有一眼没一眼地往门口瞧。尹留行平日里有点儿看不上他,就像是他抢了自己小玩具那样的感觉,但也仅仅是宋青屿在的情况下。

如今"小玩具"不在,他待顾决明还挺友好,从善如流地坐到他的旁边,吆喝着小二点菜。

林声声斜睨了一眼立在长条凳前绷着小脸的"宋楠",相处这么久,她也算是能看透他两分意思,单手将他抱起,放在凳子上,自己随后才坐上去。

方才他们出来的时候,恰好碰上来淮王府找宋青屿的顾决明和尹留行。

林声声之前和尹留行鬼扯世子有病,每到酉时就要咬人,这次也不知道是不是顾决明撺掇的原因,尹留行居然忘了这件事,跟着他去淮王府了。可淮王府里没有宋青屿,林声声担心顾决明因此怀疑什么,就直接将他俩也拐带到天然居来,美其名曰"大侄子和两位叔叔的第一次正式会面"。

本来她还担心顾决明不会轻易放弃,谁知他一听说这局是夏锦灯做的,二话不说就答应了。

林声声心思一转下了定论:有猫腻。

小二先上了两盘凉菜,酸甜可口的醋花生和消热爽口的凉拌粉皮,之后,夏锦灯才风尘仆仆地赶了过来。

顾决明的眼睛一下子亮了,站起身迎了过去。谁知夏锦灯连看都不看他一眼,语带愧疚地对林声声说:"苏大人方才跟我说王玉生一案有进展,我要立刻赶回衙门去,这顿饭算我请客,抱歉啊,声声。"

林声声对所谓进展的好奇大过失望,但也不好在这儿问,便摇摇头说:"无事,

你忙你的。"

夏锦灯来得匆匆，走得也匆匆，而且很明显，连带着这桌上某个人的魂也一起带走了。林声声能感觉得到顾决明的身上有很明显的颓丧气息，对夏锦灯的好感不由得又多了几分。

能克制敌人的人，就是自己的朋友。

顾决明兴致缺缺，宋青屿则对鱼无比喜欢，也顾不上其他，埋头就吃。

尹留行是第一次见到大侄子，吃饱了之后就忍不住各种关怀。

"楠楠，之前你尹叔叔做的鱼你吃到了吧？没让你那杀千刀的爹独吞了吧？"

"喀喀喀……"林声声一口鱼汤差点儿没把自己呛死，"宋楠"拿着勺子把鱼肉往嘴里送的手一顿，大眼睛眯了眯。

尹留行惹祸上身而不自知，又挑了块肥嫩的鱼肚肉，一面仔细地剔刺，一面絮叨："你自打生下来就不怎么在淮王府，叔叔真的很担心你。你爹那个人，我可是自小看着他长大的，那个性格，真的，抢你鱼吃这种事情他是做得出来的……来，吃这个。"

"宋楠"拿着勺子戳了戳鱼肉，冷笑一声："可对着我，他一直都疼爱有加……"

"那都是表象。"尹留行老气横秋地叹了口气，将在宋青屿那里受的气全都发泄出来，"楠楠啊，你还是太年轻，不过有你尹叔叔在，日后你那杀千刀的爹要是抢你鱼吃，你就来找叔叔，叔叔为你做主。"

"宋楠"呵呵笑着，定定地盯着他看。

很好，尹留行，我记住你了！

尹留行还美滋滋地觉得自己这招特棒，总算出了口恶气。随后又提议说："我记得这条街上新开了一家店，老板是从西域过来的客商。我听朋友说这店极是好玩，虽然外面看起来只是小小的一个门面，但里面有数条岔路，藏着各种线索，破解机关之后才能出来。反正天色还早，趁着今日咱们人到得全，一起去逛逛如何？本来我们找世子就是去那里玩儿的。"

听尹留行这么一说，林声声很是心动，只不过看时辰，再有一会儿宋青屿就要由小变大了。若是在外面玩着玩着把"宋楠"玩得变大了……这不是密室游戏，这是变戏法吧？

"我先把楠楠送回去，然后把世子叫来一起玩儿吧，人多也热闹。"

尹留行自然同意，胳膊戳了戳灵魂还没有回位的顾决明，问："顾兄一起去玩玩？"

顾决明半垂着的眼抬了抬，看了一眼林声声，轻轻地笑了："行啊，大好月色，不去玩儿真是辜负了。"

林声声怕的就是顾决明一起去，她觉得顾决明还是对她抱有敌意，才一定要拉着宋青屿一起。虽然宋青屿也不见得会向着她，但起码……名义上她还是他的世子妃，他应该不会忍心看她倒霉吧？

戌时刚过，宋青屿换好衣衫从房中走出来，林声声就兴致勃勃地拽着他的胳膊往外走。

宋青屿的脸色有点儿不好看，人也跟着不动："你为何要扯着我去？我不想去。"他一变过身就会觉得疲惫，只想躺着歇息。

林声声支吾了一句，道："他们两个都是男子，我跟他们一起玩儿不大好，你毕竟是我夫君，虽然是名义上的。"

宋青屿选择性地忽略她最后那一句，觉得其他话听在耳朵里真是无比舒坦。他眉头一挑，大步向前，反手握住她的手腕，换成他拖着她往外走："快走吧，他们还等着呢！"

林声声低头看了一眼他捏在自己腕间的手，怔了怔，随后忙跟了上去。

尹留行说的那家店就在天然居不远处，叫"寻踪阁"，确如他说的那样，表面看起来只是个普通的门店，若是平日里路过，还以为是家卖杂货的店。老板是个异域长相的大胡子，说话都操着一口浓重的口音。

这个时辰已经没有什么人过来，四个人交了钱之后就直接进去了。里面有一条长长的通道，四面以灯烛照亮，光影打在两边的槽壁上，倒是显得有几分诡谲。那后面，就是要搜寻线索破解密钥的密室。

不知怎的，林声声的心突然跳得飞快，像是有什么事情要发生一般。她紧跟在宋青屿的身后，四个人前前后后地一起走出通道。

突然，跳动的光影一晃，一道石门滑下，"啪"的一声隔断了密室和通道，也隔断了通道里的光，明亮的世界突然黑了下来。

林声声的心里本来就七上八下的，被这变故吓得尖叫出声。

就在这时，从身前探出来一只手，近乎是下意识地抓住她的手。他的手掌很大，

可以将她的手整个包在掌心,透过肌理的热度无声地给她力量,告诉她不要怕。

奇怪的是,林声声竟然真的镇定下来,心绪也逐渐变得平和。黑暗里,她只能看清他的轮廓,可她觉得,他此刻的表情,一定是温柔的。

此刻月影斑驳的外面,老板将门关好,自暗处转过一道身影,宽大的帽檐扯住大半张脸,问:"都按照我说的做了?"

"放心吧,都安排好了。"

帽檐又被往下压了压,隐约中只能见到一张唇色偏淡的嘴,轻轻地动着:"那就好。"

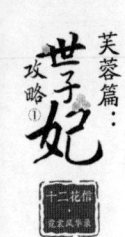

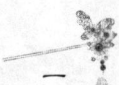

一

"啪"的一声,火折子的光带给黑暗一点儿亮度,四个人分别拿着火折子在密室中寻找线索。

林声声咬了咬唇,往宋青屿身边走,尹留行扭头看到那两个人跟连体婴似的一前一后,顿时不干了:"你们俩到底是来玩儿的,还是来虐我的?"

林声声仗着周遭黑,脸红了个彻底。宋青屿头也没回,捡起一块石头循着尹留行的声音就朝他丢了过去:"要你管!"

这密室还不及宋青屿的卧房大,四周墙壁光滑,除了人扶着墙走过时蹭到的痕迹外,没有别的线索。走到最前方的那一片墙,林声声伸手敲了敲,声音很是兴奋:"这块是空的!"

顾决明也跟着走过去,一番敲敲打打后,在西侧停下:"这块也是空的。"他摸了摸,运气于手,用力去推,墙上出现一道缝隙,后面竟是一扇门。

尹留行让林声声往后站,自己如法炮制地将门推开,这面墙上嵌着的两扇门后面各有一条长长的通道。

"线索一定就在这两条通道后。这样吧,咱们分成两组各自进去寻,后面应该还会有会合的地方。"

尹留行坏心眼儿地两步踏到宋青屿身边,将这对碍眼的"夫妻"隔开:"要是让你们夫妇两个一组进通道,估计你们也没有什么心思找线索,光顾着腻歪了。这样吧,我跟世子一组,世子妃你跟着顾兄走。"

"不行!"林声声的眼睛瞪得圆圆的,急切地开口,"男女授受不亲,不……不方便。"

顾决明其实有夜视的能力,此刻却不动声色地看着林声声满脸担忧的表情。

"不就离开这么一会儿嘛,顾兄又不是大灰狼,不会吃人的。"

的确不是大灰狼,但瞧着比大灰狼还可怕。

林声声蹭到宋青屿的另一边,用手焦急地抓住他的衣袖。这样一个让人心生恐惧的地方,又有虎视眈眈的顾决明在,林声声趋利避害,本能地只想跟宋青屿走在一起。

对外,他们是牢牢绑在一起的"夫妻",对内,他亦是她在这座望城中除了夏锦灯外唯一熟悉的人。

宋青屿拍了拍她的手背,动作很温柔。林声声心下一喜,可下一刻宋青屿的话却

像是兜头浇下来的一桶带着冰碴子的冷水。

"留行说得也有道理，别怕，不过就是一会儿的工夫。"

林声声的心里溢出一丝苦涩的滋味，为宋青屿就这样轻而易举地放弃她而倍感失落。她的手僵了僵，松开他的衣袖，却有一只手比她动作更快，一下子将她抓住。

林声声缓慢地眨了下眼睛，才扭头去看宋青屿的方向。

他没有说话，火折子微弱的光映不出他脸上的表情，她看不真切，可那越收越紧的动作却昭示着他此时此刻内心的挣扎。

片刻之后，林声声听见一道男声，似是贴着她的耳边响起："我们两个分开走，可以用心声联络照应。"

这声音和宋青屿本来的声音完全不一样，这声音……这声音竟然是王玉生！

难道说宋青屿……就是王玉生？

林声声震惊地瞪大眼睛，眼前的宋青屿几不可见地冲她点了点头，嘴微张开，气沉丹田，用心声又道："其他的事情等出去之后再说。"

"喂喂喂，行了啊，又不是什么生离死别，顶多半个时辰就能见到了，你俩这含情脉脉的样子恶心死个人。"尹留行扯着宋青屿的肩从东侧的门进去，往后冲林声声和顾决明摆了摆手，"看咱们谁先破了密钥，输了的可要请客。"

随着那道门合上，宋青屿的身影也跟着消失在林声声的眼中。她心里有太多的问题想问，但此刻明显不是想这些事情的时候。

顾决明已经走到了西侧的门边，双臂环胸，虽然看不清表情，她却直觉他在笑。

"世子妃，请吧！"

这声音落在林声声的耳朵里，跟阎王爷派来的催命小鬼没什么两样。

她深吸一口气，认命地走过去，暗自祈祷这半个时辰不会发生什么事情。

这两条通道比之前的那条要狭窄许多，两个人并排走着，时不时地就要碰到。林声声和顾决明两个人本来也不熟，她一直想避免和他接触，便玩起了"沉默是金"的游戏，一路上一句话也不说。

顾决明也不和她说什么，举着火折子仔仔细细地寻找线索，看着倒真的像今夜只是来玩一玩而已。

林声声稍稍放下心来。

这条通道两边的墙壁被专门打磨过，摸起来很滑，她用指甲略微用力地往里按，

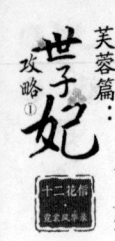

也没有留下半分痕迹,想来用特殊的东西刷过。如此费尽心力地去搭一面这样的墙壁,老板定然不是一个闲得没事儿烧钱的人,肯定有其深意。

林声声见顾决明时不时地停下来,右手食指往左手掌心划拉着什么,不由得心生好奇,却又不想轻易开口,就暗暗地记下顾决明停留的地方,格外仔细地搜寻。

她半仰着头看着墙上刻下的一道痕迹,虽然只是随意的一个点,但看着很新,刻得也很深,肯定就是这一次老板给的线索。

"墙上的痕迹应该是字的笔画,你找到一个就跟我说一个。"宋青屿的声音兀自响起。

林声声心虚地看了顾决明一眼,看他仍在仔细地寻找,方气沉丹田地回道:"我这儿找到了一个'点',还有一个'一'……"

林声声不跟顾决明说话,只用心声和宋青屿交流,她倒是方便自如,可宋青屿就惨了。

他不仅要时时刻刻和林声声对话,还要缓上一口气来应付叽叽喳喳像长舌妇一样的尹留行。

活着的这十九年里,世子大人没有一刻像现在这么累过。

"我从前瞧你那狂妄的样子,完全想不到你这个妖孽今日会被这么一个小姑娘收服。她有什么特长吗?没有个十八般武艺,怎么能降妖除魔?你倒是和我说说。"

"唉……以前当人家是唯一的知心好友,安抚、分忧、共喜,所有事情都依赖着我,如今有了新人忘了旧人,可真是让人家伤心哪!"

宋青屿额角的青筋"突突"地跳着,一脚踹过去,无声地让他闭嘴。

尹留行敏捷地闪过,哀叹一声:"过了气的好友就是一盘沙,一扬手就各自天涯,罢了罢了。"

"这里还有一个'撇',嗯,又找到了一个……"宋青屿听着那边断断续续传过来的娇柔的女声,心头一阵一阵地涌着小波浪。他时不时地应上一句,这是只有两个人才能听见的对话,这让他莫名地心生喜悦。

在这逼仄幽暗的通道里,她一字一字地搔着他的心尖,明明时间和地点都不大像,但他莫名地就想起那日午后,他带人闯进悦来客栈找她算账时的场景。

她伶牙俐齿,一双眼睛黑白分明,里面像是蕴了星子一般明亮。

她身上,似是有淡淡的芙蓉花香……心随意动地,宋青屿问:"你可在身上涂过芙蓉花香粉?"

对面黄莺般的娇娇女声停下，半响才回一句："不曾涂过……不过我很小的时候用木芙蓉的花蕊入药，误吃了之后身上就若有似无地有这个味道，但是很少会有人注意得到。"

宋青屿无声地笑了笑。

他不就注意到了吗？

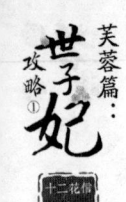

二

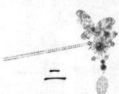

宋青屿很快就走到了通道尽头,他出来时没带佩剑,只是随身带了把小匕首,把手上嵌着一块指甲大小的鸽子血,看得尹留行心痒痒。他虽然做了这么多年的望城守将,但出身丐帮,骨子里对这些宝物的喜欢就比常人多上两分,于是凑过去道:"毕竟曾经好友一场,你把这匕首给我,我们日后两不相欠,我不会再缠着你不放的。"

宋青屿自动忽略他的话,拔出匕首,在地上将已经出现的笔画一一写下来。

"你这是做什么?"尹留行绕着地面上那堆乱七八糟的字符啧啧称奇,"看不出来啊,大兄弟,你还对密码有研究。"

"我走到头了,墙上没有别的痕迹了。"

那厢林声声说完这句话,宋青屿嘱咐她再耐心地等一会儿,然后舒缓一口浊气,抬手指挥尹留行:"把这些笔画拼在一起,拼出来的就是能打开开关的密钥。"

"人才啊!"

这是个极其费心神的活儿,宋青屿又是个在某些方面很没有耐心的人,便把拼字的重担甩给尹留行,自己则站起身来在墙上敲敲打打。

既然是密钥,就肯定要有能插进密钥的锁才行。

只敲了一会儿,他就寻到一块空的地方,用匕首顺着空地往里插,很快就撬开一条缝隙。顺着缝隙往外掀,墙上出现一块一尺见方的凹槽。

"我拼出来了,是'庆安镇'三个字。"林声声再次以心声传音,宋青屿用匕首在凹槽里刻下"庆安镇"三个字,往下一按……

"是'庆安镇'!"尹留行一下子跳起来,刚跳到一半,那扇门"啪"的一声打开了。

宋青屿装模作样地叹了一口气:"你说你划拉了半天,还不及本世子心算来得快。有守将如你,我望城要完。"

尹留行无语。

宋青屿刚想再怼上两句,耳边突然响起一阵尖细的喊声。

"是声声!"

宋青屿连忙冲着门的方向跑去,尹留行紧随其后。刚从东侧门出来跑到西侧门前,迎面一个人直直地撞进他的胸膛。宋青屿扶了她一下,手扣在她的肩膀上,低喝着问:"你怎么了?"

林声声将头抵在他的胸前,无论他怎么问,只摇着头不说话。

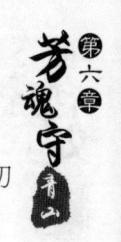

通道里的脚步声由急变缓，顾决明跟了上来，眸底的精光一闪而逝，笑得咬牙切齿："青弟不必担心，刚才里面有一只老鼠，吓到了世子妃而已。"

林声声紧闭的双眼睁开，深深地吐了一口气，挣开宋青屿的手臂。

宋青屿拧着眉头盯着她那张有些苍白的脸，和额间那块明显是有人生气了的墨绿颜色……

他没觉得自己怎么生气。

难道他对她的在意已经到了她被一只老鼠吓到，自己就要气炸的地步了吗？

宋青屿陷入了沉思。

林声声轻松地笑了笑："没想到这个密室的出口和入口是同一个，这也是个反转的设计吧！"

兜兜转转回到原点，密室如此，人生诸多际遇也是如此。

四个人从密室里出来，月上梢头，已是子时，众人别过之后各自归家。

宋青屿方才向林声声泄了自己是王玉生的底，原以为以她的性格，一定会有很多问题问他，便刻意板着脸做深沉状，等她发问。

可林声声一路上只顾着闷头走，直到进了西苑才叫他："世子……"

忍不住了吧？

宋青屿摩拳擦掌，岂料林声声接下来一句话是："我去睡了，世子也早些睡吧！"随即毫无留恋地进门，关门。

宋青屿对着空荡荡的院子沉默良久，有些怀疑人生："本世子的这个秘密，难道不够劲爆？"

宋青屿是王玉生这件事不是不够劲爆，只是在今夜，林声声实在没有多余的力气去琢磨他的事情。

时间倒退到一个时辰之前。

寻踪阁中狭窄的通道里，林声声正气沉丹田，以心声将她在墙壁上发现的痕迹告诉宋青屿。因为找得太过仔细，她不知不觉入了神，等走到通道尽头，前方都没有路了，她依旧浑然不知，猝不及防地撞到墙上，撞得她眼前全是金星。

耳畔响起男子低哑的笑声，这是自两人进入通道以来，顾决明第一次搭理她。只是笑过之后，他就没再说话，自顾自地蹲下，玉笛落手，不知道按在了哪处，底端"啪"地弹出一截一寸来长的刀刃，在地上划拉着。

林声声见那刀刃锋利至极，若是贴在咽喉处，只要轻轻一划就能要人性命。她已

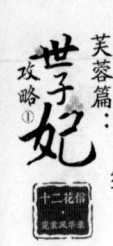

经脑补出自己被它弄死的惨状,脚步不由得往后挪,希望离这个危险人物远一点儿。

顾决明在地上拼成笔画残缺的字,依稀能看清第一个像是一个"大"字,多了一个点,第二个貌似是个"女"字……

林声声用手指在掌心上描绘,再将宋青屿告诉她的笔画往上添,很快就破解了密钥。她有些兴奋地传声给宋青屿:"我拼出来了,是'庆安镇'三个字!"

宋青屿说接下来的交给他便好,林声声便满心期待地等他将机关打开。她脊背放松地靠在后墙上,突然腰间像是撞上了什么凸出来的东西,硌得她腰有些疼。

她一手揉了揉腰身,另一只手往那个地方按了按,也不知道是她力气太大,还是这墙是用豆腐渣堆的,她就这么轻轻一按,竟生生地将此处按塌下去一块,露出一个小洞来。

林声声点燃火折子往洞里照了照,依稀能看见里面有一个黑黢黢的东西。她好奇地往里面一摸,顿时就愣住了……这触感怎么这么熟悉?

没等她多看两眼,自后欺来一道高大的身影,玉笛在腕间轻转,锋刃已经抵在她的脖颈处,凉凉的,只要她一动,就会顷刻间死于非命。

林声声连呼吸都放轻了,强撑着精神笑着问:"顾兄这是手痒了想找人练练手吗?"

顾决明嗤笑一声道:"若是没有记错的话,这好像是世子妃第一次叫我'顾兄',你说这是心灵的突然醒悟,还是嘴上的套近乎?"

"你是世子的兄弟,我是世子妃,叫你一声'顾兄'是应当的,我不知道顾兄为何会这样说,难道在你心里,没有把世子当好兄弟吗?"

顾决明面上的笑容顿时敛得干干净净的,玉笛又贴近一寸,锋刃几乎要划破林声声娇嫩的肌肤:"我是拿世子当好兄弟,你却不是真的世子妃。"

林声声强装镇定道:"顾兄真是说笑了,我确实是宋青屿的世子妃,而且还给他生了一个和他长得非常像的儿子,方才在天然居,你是见到了的。"

"淮王府对外说,小公子今年四岁,当年甫一生下来就身患顽疾,被世子妃带出望城去医治。不过我四下打听过,世子妃是今年三月才在望城出现的,在春生街卖补药维生,住在悦来客栈,身边从未出现过小公子。而在今年三月之前,所有人,包括淮王府的几个年资很久的下人都没见过世子妃,那你和世子是怎么成婚生子的?是在望城之外?"

"没……没错……就是在望城外……"林声声磕磕巴巴的,却觉得大势已去,顾

决明一定是已经猜出了她的身份，不然不会以刀相向，句句相逼。

果然，顾决明冷笑一声，轻蔑地低语道："世子十岁那年被淮王送去游学，回来之后生母魏瑛突然过世，世子没能见到生母最后一面大为懊恼，从此留在望城没有离开过。我请问世子妃，你是如何和世子在'外面'成婚生子的？"

"就算小公子是世子的亲生儿子，可神态、语气、生活习惯不可能会和世子一模一样。别人想不通这其中的关窍，我身为畅音门的大弟子可是一清二楚。隐阁医毒一门是专门负责制药的，其门下弟子所制出来的药效果千奇百怪，能让人在短时间内变小并不难。再加上世子每次酉时左右都会不在，我之所以拉着尹留行在这个时辰内去找世子，就是想一探究竟。"

林声声一颗心沉到谷底，一瞬间的绝望后，连挣扎都懒得挣扎了："你想说什么就直接说，用不着这么拐弯抹角的。"

"我从畅音门一路辗转到了望城，就是来寻你的。畅音门和隐阁斗了这么多年，屡次落下风，若是我能把你抓回畅音门，到时候严刑拷打，问出隐阁总坛所在，将你们一网打尽就是奇功一件。"

顾决明这番话并没有吓到林声声，且不说望城百姓以淮王府马首是瞻，他这番话说出去不会有几个人信。就凭她是唯一能解宋青屿药效的人，淮王府也不会轻而易举地让她被顾决明抓走。

毕竟在望城里，淮王府还是说了算的。

她就是怕……

"不过这一路路途遥远，怕生事端，我在这儿杀了你，拿你的尸体回去复命倒也不错。"

她就是怕这个！

林声声浑身上下的汗毛全都倒竖起来，脑后一阵阵发麻。

恰是此时，远处传来"啪"的一声，那道让他们进来的门复又开启。这声音像是久旱多载的贫瘠土地终于迎来了第一场雨，她知道是宋青屿打开了门。

她知道，宋青屿马上就会出现在门前。

她将绕到腰际的手收回，抓着前面的腰带，"啊"了一声。

出其不意的尖叫让顾决明拿着玉笛的手僵了片刻，林声声趁势蹲下，躲开那道锋刃。

顾决明反应迅速，一把钳住她的胳膊，林声声一脚直接狠狠地踩在他的脚背上。

顾决明吃痛，微张的嘴顺势被推进了什么东西，直接送进他的咽喉。

"喀喀喀……"顾决明知道她制药的本事，扣着喉咙处企图将药吐出来。

"这药入口即化，你若是放了我，我之后就把解药给你，若是你不放，我们就同归于尽好了！"林声声眯着眼，恶狠狠地说。

顾决明是个聪明人，当机立断地将她放开。

林声声脱离桎梏，拼命地往外跑，远远地，她看见那个人的衣摆，想也不想就埋头撞进他的怀里。

他的手按在她的肩膀上，他的声音在她头顶盘旋，他问她："你怎么了？"

一句简单的话，惹得她眼眶一下子就热了。

她好像有很多年没听到有人关切地问她一句"你怎么了"……

而在这个纷乱无章，差点儿丧命的夜里，她听到这句话，犹如听到天籁。

思绪从回忆中抽离，林声声摸着滚烫的胸口，抿着唇无声地笑了良久，才从枕头下取出一样东西，在指尖细细摩挲。

这是一块通体黝黑的木牌，就是从寻踪阁墙上破开的那个洞里寻到的，质地跟她的那块一模一样，只是上面的字区别于她自己的"三声"。

"七巷……"

林声声看不出这块木牌主人所在的门别，只知道那人排行第七，名字里含一个"巷"字。

隐阁有规矩，一个皇家子弟身边只能跟一个隐阁弟子，她之前从没听说过望城中有保护和帮助淮王的师兄师姐们。可如今，这块牌子上明晃晃地昭示着，这望城除她之外，还有其他隐阁的人存在。

林声声想起找到这块牌子时的情景，不由得有些疑惑。倘若是精心藏匿，那堵墙就不应该那么薄弱，让人一撞就能发现。

她越想，柳眉皱得越紧，总觉得此事疑点重重，怎么都想不通。为今之计，只好明日找机会问问寻踪阁的老板了。

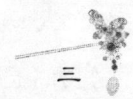

三

翌日晨起，外面淅淅沥沥地下起了雨，总算给这燥热的天带来了一丝凉意。

林声声起了个大早，饭都没吃就急匆匆地出了王府。一路飞奔到寻踪阁，却发觉寻踪阁的大门紧闭，里面空无一人。她猜想可能还没到开门营业的时辰，便撑着伞一直等。

这一等，从雨势细微到云散日出，她饿得几乎前胸贴后背，都没能等来寻踪阁的老板。

"这大好的时候有生意不做，可真稀奇。"林声声到天然居吃了屉虾饺，要了碗莲子羹，填饱肚子才拉来小二问："你知不知道这寻踪阁的老板平日住在哪儿啊？"

"您问的是那个西域客商吧？"

"是啊，就是他。"

"他平日就住在寻踪阁啊！"

林声声凝起眼，重复了一遍："住在寻踪阁……"

"没错，那寻踪阁之前就是个不起眼的卖砚台的铺子，前头卖东西后头住人。上个月西域那客商过来开了寻踪阁，也没道理住到外头不是？"

可如今寻踪阁根本就没有人……也就是说老板连夜就走了，恰好就在他们四人去寻踪阁，她发现"七巷"牌子的这一夜。

"这天下怎么会有这么巧的事情？"林声声百思不得其解，又吃掉一碗莲子羹后，耳畔突然响起一道男声："雨歇之后，风景如画，世子妃可否赏光，陪本世子去走走啊？"

声音从王玉生刻意的压低转回宋青屿一贯的吊儿郎当，但听着懒洋洋的，大概是才睡醒。

林声声左右看了看，气沉丹田，问他："去哪儿？"

"芦苇荡春波，你如今在哪里？站着别动，我已经安排好人去接你了。"

"我在天然居……不是，你都不知道我在哪儿你什么时候安排了？"

那边的男声依旧吊儿郎当："一刻钟之后。"

林声声无语。

上次林声声匆匆地去芦苇荡春波，只记得旁边风景好，那传说中香气扑鼻的桃花酒一点儿也没喝到，今日去，一定要喝个尽兴才行。

一刻钟后，有马车停在天然居，接林声声到了城南。

今日的宋青屿穿了一身素白衣衫，连腰间玉带的颜色也是偏白的，远远看上去白衣胜雪，衬得他眉浓眼黑。好看倒是好看，只是林声声总觉得以宋青屿的性子，更适合繁花锦簇的衣衫。

见她来，宋青屿放下酒杯，负手走过来："走吧！"

"我们不是来喝酒的？"她还想一醉方休呢！

宋青屿没好气地哼了一声："你一个世子妃，却整日想着喝酒，这像话吗？"

"喝酒怎么了？况且我又不是你真的世子妃，只是为了帮你挂名而已……"

"你吃我家的喝我家的，靠着我家的光环在城中开店大赚，怎么着，现在翅膀硬了就想撇清关系？本世子告诉你，做梦！"

他方才死气沉沉的脸，因为跟她斗嘴又鲜活起来。林声声习惯了这样的宋青屿，倒没有被怼的烦闷，反而松了一口气。

世子就该是这样生机勃勃的。

"哼，没话讲了吧？说到你心里去了吧？既然你自觉有愧，以后就给本世子自觉点儿，回头我找人给你送一套《女训》，你好好学学……"

宋青屿一路往前走，一路说个不停。沿着青山河一直向前，走到城郊。因为水绕着青山，这条河因此得名。青山如其名，一眼望去，山势连绵起伏，满山青意。

望城旁边只是青山一角，宋青屿带着林声声走到半山腰停下。崖边半路生出一棵树，上面绑着一条青色的带子，随着清风飘飘荡荡的。

宋青屿撩开衣摆，跪在树前，拉着林声声也跟着跪下。

"喂喂喂，你做什么？"

"你如今也算是我名义上的世子妃，拜一拜我亲生母妃，是应当的吧？"

林声声惊了："你亲生母妃……就葬在这儿？"

宋青屿站起身，小心翼翼地摸了摸树干，面上浮出几分笑意，暗自说了几句什么，才拉着林声声进了旁边一座凉亭。

林声声猜他有话要说，便静静地坐在一边，过了许久宋青屿才开口："我母妃喜欢青色，喜欢高山，所以我才叫了这个名字。"

"母妃是个很温柔的女子，不管我做了什么错事，她都会温柔地笑，从我父王手下把我解救出来，把我抱在怀里。父王觉得母妃会宠坏我，便在我十岁那年把我送到南海去游学。我走之前母妃抱着我哭了两日，我至今还记得那天我离开望城，母妃牵着我的手，一边哭一边追着马车跑。我那时巴不得出去玩儿，也不知道她在哭什么，

毫不留恋地甩开她的手……"

宋青屿一走就是三年，离开的时候母妃魏瑛追出来送行，而回来时，在城门口等他的，只有春来生出的第一枝柳。

就在三个月前，淮王宋起接到圣旨，离开望城进京，淮王妃魏瑛因经不住冬日严寒便没有随行。宋起进京后被皇上派到江北巡视，三个月都没有传回半分音信。魏瑛到城郊天南寺进香为淮王祈祷，不承想天南寺起火，魏瑛一去，就再也没能回来，连尸骨都没能留下。

宋起和宋青屿先后接到消息赶回望城，从未经历过痛苦的少年第一次知道什么叫"痛彻心扉"。

以后再也不会有人温柔地对他笑，将他抱在膝头，小心地擦去他脸上的脏黑，在短暂分离时流着眼泪去追他。

他后悔，后悔当初离开时留给母妃的不是一张笑脸，而是不耐烦地甩开她手的模样。

与宋青屿的悲怆哭喊不同，宋起只是沉默了良久，便吩咐人安排王妃的身后事宜，每日接待来往吊唁的人，举止得体，有礼有节。宋青屿气冲冲地闯进灵堂，像只炸了毛的小老虎，上去抓住宋起的衣襟，瞪着一双通红的眼睛，恶狠狠地嘶吼着："枉娘亲对你死心塌地，不离不弃，她死了你连一滴眼泪也不掉，你的心是石头做的吗？"

宋起一脚踹上他的腹部，将他踹得老远，牙关咬紧又松开，淡然地对周遭人道："犬子无礼，让诸位笑话了。"

宋青屿觉得宋起无情，从此不肯再叫他一声"父王"，直到一年后魏瑛的忌日，他发现宋起夜里独自去了青山。那夜，连月光都寒凉，宋起走到半山腰，靠在那棵崖边横出来的树干上，哭得泪流满面，泣不成声。

魏瑛尸骨无存，她虽然困于王府，却最喜欢自由。陵墓下葬了她的衣物，那捧从天南寺带回来的灰却撒在了这片青山之上。

就好像只要青山依旧，她便会永存于世一般。

他比世上任何一个人都更在意魏瑛，可他是宋起，是大楚的战神，有无数双眼睛盯着他，他背负着淮王府的所有，他不能在这个时候倒下。

宋青屿"扑通"一声跪在地上，少年一夜长大。

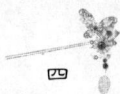

四

大抵是魏瑛死得突然,又不在身边,宋青屿总觉得她死得蹊跷。随着年纪的增长,这个念头像野草一样疯狂生长,可他没法跟宋起说。一则这只是他的直觉猜想,二来……他不想再惹父亲伤心一次。

每年三月十七的那个晚上,就已经足够了。

这件事情他不能让旁人知晓,但他这个人就是高调的存在,为了掩人耳目,他便以"百媚千娇王玉生"的身份出现在望城。

魏瑛温柔贤惠,为人良善,生前人缘极好,望城中许多人都曾受过她的恩惠。他假借王玉生之名找上的,也都是当年魏瑛的好友之女,抑或是有所关联的亲眷,就是想从中知道些内情,查到一丝蛛丝马迹。

"我自己也知道这样挺傻的。"宋青屿苦笑一声,继续道,"这两年我四处奔走,其实什么有用的信息都没查到,可我就是这么坚持着不想放弃。我想,若是她的死有什么不对劲儿的,我查出来,她在下面也会得以安慰……就会原谅我当年的顽劣……你说,我是不是傻透了?"

林声声坐到他的旁边,握住他的手,宋青屿抬起头,便撞进她一双水洗过的眼。

"王妃不会生气的,因为你是她呵护成长、引以为傲的儿子。你不是傻,你只是至纯至孝到了极点,王妃如果知道你为了她如此奔走,一定会很欣慰的。"

宋青屿反手握住她的手,一个用力,她便落在他的怀中,随后肩膀压下一颗沉甸甸的脑袋,耳畔听到他难以抑制的低泣声。林声声一颗心软到极致,抬手拍了拍他的背,力道轻轻的,像极了宋青屿只有小时候才能体会到的温柔。

"声声……"

"嗯?"

"明年三月十七,你陪我来看她吧?"

林声声重重地点头,她自己也不知道这样的许诺意味着什么。

可能是一贯嚣张跋扈的宋青屿难得这么可怜,激得她母爱泛滥。也可能是三月春花开遍青山,风景很好,走一趟看看,也很好。

等回到城中,林声声在回王府的半路上被人截住了。

"我这两日体力不好,想找世子妃要两丸补药。"

林清坊开得红红火火的,顾决明想要补药直接去买就好,何必守在这里?只是宋

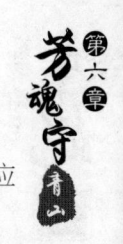

青屿正在伤心中，整个人智商也跟着下降，面对顾决明非常拙劣的借口，一点儿反应也没有。到了王府就自己下车，让林声声跟着顾决明去林清坊。

顾决明除了和宋青屿说了刚才那句话之外，其余时间都是用手死死捂住嘴巴的，生怕泄出一丁点儿的声音。林声声习惯性出门带几丸药防身，但昨夜情急之下喂他吃了什么，她还真不知道。

进了林清坊的门，顾决明这才放开手，一巴掌拍得一张桌案木屑横飞："把解药给我，咕咕咕……"

"哈哈哈哈……"林声声实在控制不住狂笑出声。

顾决明的人生少有这么窘迫的时候，又急又怒，可一张口又是"咕咕咕"的鸡叫，叫得他满心绝望。

林声声想起这药了，叫"鸡鸣"，吃了之后，药效发作时就会控制不住地发出鸡叫的声音。

"哈哈哈哈……"

"别笑了，咕咕……解药交出来，咕咕……你答应过的，咕咕咕！"

林声声揉了揉笑得酸痛的脸，看着顾决明一张脸黑成锅底，这些日子因他产生的恐惧和不安，全都一扫而空，敢问苍天饶过谁？

笑够了，她轻咳两声，眼珠转了转，道："我可以给你解药，但是，你要给我写一份保证书。"

"咕咕咕……什么保证书？"

"你要保证在望城内不能对我下手，不能害我坑我，不能把我隐阁人的身份暴露出去。"

"江湖中人岂能言而无信？你之前并未说我要给你写保证书才给我解药，咕咕咕……"

顾决明一激动，这"咕咕咕"的鸡叫声便扬了出去。

何沈闻声，提着菜刀冲了进来："哪儿飞进了大公鸡？我剁了给世子妃补补身子吧！"

"哈哈哈哈哈……"

顾决明说："滚！"

他踹走了何沈，林声声好不容易收住笑，摊手道："可是，我也没说我给你解药不要你写保证书啊？你若是不想写也行，反正丢脸的又不是我。这要是让夏捕头看见

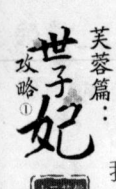

我们顾大侠如今的德行，啧啧啧……"

一提起夏锦灯，顾决明的脸便由黑变红又变白，最终还是向"恶势力"投降了。

一纸保证书，签字，按了手印，换来一丸药。

"鸡鸣药很特别，服了解药，要小半日才能彻底化解。"林声声揣好保命符，十分良善地解释道。

顾决明吞下药丸，满身杀气地转身离开。

不算太久的后来，顾决明从宋青屿那里得知一件事，当即暴跳如雷，差点儿没把芦苇荡春波砸了。

林声声做的所有的药都是没有解药的。

那鸡鸣药的药效只有十二个时辰，他出卖良知写的那份保证书，换来的只是一颗强身健体的补药而已。

所以之前他和宋青屿鬼扯，说只是找世子妃讨两颗补药，当真是一语成谶。

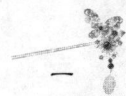

一

解决了顾决明这个潜在的威胁后,林声声心头一直堵着的那块大石总算被粉碎,连走路都蹦蹦跳跳的。

宋青屿不知道这其中的关窍,觉得大抵是他跟林声声交了底,坦诚相待,她才会那般高兴。

于是这段时间,淮王府中但凡长着眼睛的都看出来了,自家世子的心情很好,非常好,好到眉眼飞扬,唇角带笑,恨不得把"我很高兴"四个字刻在额头上。

淮王妃安陵看了看林声声,又看了看自家的傻儿子,笑着去寻宋起:"照这么下去,咱们抱到真正的孙子指日可待!"

宋起淡淡地附和着,负手立在窗前。透过窗棂,远远地能看见一角初开的金黄色桂花,叹道:"又到一年秋了。"

尹留行和顾决明结伴来过一次,见宋青屿那双眼睛几乎要黏在林声声的身上,把他们硌硬得鸡皮疙瘩掉了一地,便发誓再也不主动过来找虐了。

"我就没见过这么腻歪的男人!"出了淮王府的门,尹留行愤愤地说。

往常这类话题都是他一个人的独角戏,谁知道这一次顾决明居然一反常态,甚至比他还要义愤填膺,咬牙切齿道:"我们'望城三杰'的脸都要被他丢没了!"

"咦?这外号是什么时候起的?倒是贴切……不对,跑题了,你说得对,真连我们的脸都丢了。"

"一个妇人家成天抛头露面的成何体统!我要是他,就把林声声吊起来打!女人就是三天不打上房揭瓦,把她治得服服帖帖的,看她整日还动歪心思!"

"夏捕头……"

顾决明对他们拿夏锦灯逗弄他的行为已经习惯了,依旧沉浸在"打林声声出气"的兴奋中无法自拔:"要是再不听话,就把她送到尼姑庵去,断她水粮,看她还硬不硬气!"

"我一直以为,顾大侠人虽轻浮了些,倒也能当得起大侠之名,没想到你居然连女人都要打,如今江湖上的侠义之士还真是让我大开眼界呢!"

女声清清凉凉的,带着不屑之意,在顾决明身后响起。

顾决明怔了怔,旁边的尹留行用食指冲他身后点了点,他疑惑地转过身,便见夏锦灯抱刀而立,只瞥他一眼就错开脸,好像多看他一会儿都会污染视觉一样。

"尹将军可是刚见过世子?"

尹留行点点头："正是。"

"那世子妃可在？我方才去林清坊，不见世子妃人。"

"世子妃也在，不过我好心提醒夏捕头，若是没有重要的事情就不要进去了。"

"这是为何？"

尹留行摸了摸胳膊："会起一身鸡皮疙瘩的。"

夏锦灯瞬间明白他的意思，呼吸微微滞了滞，随后淡淡一笑："既是如此，那我也不方便过去。"她上前叫守门的侍卫传个话给世子妃，回身对尹留行抱拳一礼，便走下台阶。

顾决明像是快渴死的鱼儿一般深呼吸几口气，随后脚尖一点，直接从台阶上一跃而下，去势如风。

初秋的风儿，吹得尹留行一颗心冰凉冰凉的。

"之后不会换成他俩在一起腻歪了吧？我这是什么体质？月老？"

顾决明的轻功极好，没出一条街就追上了夏锦灯。他身形一绕，拦住她的去路，还没开口，腰上就被她的刀柄狠狠一戳。他对夏锦灯一向没有防备，这一戳差点儿害得他吐血。

"顾大侠是不是也觉得我三天不打上房揭瓦，所以跑来想治得我服服帖帖的？"夏锦灯唇边笑意冷然，又一脚踹过去，力道大得差点儿踹废他一条腿。

"顾大侠怎么不动手呢？"她越打越来劲儿，顾决明挨了几下后承受不住过路人对他投来的鄙夷目光，便一把攥住她又挥过来的手。

夏锦灯使劲儿地往外抽，纤细修长的手扯得发红都没能挣脱。

顾决明静静地看着她，见她一贯冷白色的脸蒙上一层红晕，无奈地叹了口气，手上的力道减了三分。

"你好歹也是望城衙门的捕头，也不想跟我这个无业游民在这儿拉拉扯扯，让人围观吧？"

"你既然知道，还不放开我！"

"放开之后任由你打我？"顾决明笑了笑，"我可不傻。"

他说完，便拽着夏锦灯的手拐进巷子的僻静处，甫一松开手，夏锦灯就拔出佩刀立时相向。

顾决明左躲右闪，轻松地避开她的攻势，看准她的招数，脚尖点在墙边，从她上方越过，玉笛同时出手，直直抵在她的眉间。

而她的刀擦过他的左肋,被他的手臂死死夹住。

夏锦灯的身手在望城府衙里是数一数二的,如今却被顾决明单方面碾压,毫无还手之力。她输得心服口服,只是输给这个人就……

她一双细长的眼直直瞪着他,嘴角紧紧地抿着,倔强又清冷。

顾决明觉得自己仿佛中了蛊,不管是平日里的冷嘲热讽,还是方才那一瞬间的娇羞脸红,抑或是现下这般发怒的模样,他都不想让视线在她脸上移开半寸。

"其实你功夫不错,若是平时,我们完全可以大战几十回合。只不过你今日情绪波动太大,出手毫无章法,只是凭着一腔怒气在发泄。我自问方才的话说得是不够妥当,但你也不至于因为这个就生这么大的气。若是夏姑娘想打我,骂我出气,我顾决明就是块石头,任你打任你捶。但首先,你得让我知道,我是为谁做了出气石吧?"

他握着玉笛的手收回,与此同时,夏锦灯也松了拿刀的手,脚步慌张地往后退了一步。

顾决明握住刀柄,走过去,"唰"的一声插入她的刀鞘之中,目光沉沉:"我在我们门中是大师兄,为了管好师弟师妹们,我会暗自记下每个人的习惯,观察每个人的情绪变化,在察言观色这一点上,也算得上是个高手。每次世子出现或者谈到他,你都会不自觉地凝眼、握拳,在世子妃的事情闹出来之后,这个反应就更大了。"

夏锦灯抬起脸,瞳孔微缩,两瓣浅唇微微颤抖。

顾决明笑盈盈的,继续道:"看来我猜得没错,我可以理解你的发火,但也请夏姑娘感同身受地理解理解我。咱们也算同是天涯沦落人,何必互相伤害呢?"

"你既然猜到了,那日后就离我远一些,不要做一些没意义的事情,你不知道你自己有多招人厌吗?"

"其实偶尔也有不那么招人厌的时候,对吧?"顾决明颠了颠玉笛,"至于有意义无意义,这个就不劳夏姑娘费心了。对了,生气再想打人的时候,只要不是为了世子,我随叫随到。"

顾决明终于把话说开,来时憋屈万分,走时神清气爽。

日头一点点地向西,巷子蔓延出的人影被寸寸拉长。

夏锦灯疲惫地靠在墙边,仰着头,眯眼看着天边,露出来的那截脖颈白腻修长。她站了许久,方才叹了口气。

"这世上怎么会有这种人……"

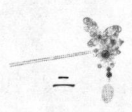

二

太阳下山前,林声声到了望城府衙。

午后守门的侍卫来传话,说夏锦灯为了弥补上一次放林声声鸽子的亏欠,邀她黄昏时分到府衙去,等散衙后再一道四处逛逛,晚饭便在天然居吃了。

林声声自然是开心的,虽说她平日也跟着宋青屿他们出去吃饭游玩,但毕竟是个姑娘家,还是想和姐妹一起,叽叽喳喳地说说话,买些胭脂水粉、香料荷包,走遍大街小巷。

她翻了一下午衣裳,一件一件地往身上比对。宋青屿鼻子不是鼻子,眼睛不是眼睛,每一套他都要无情地抨击一下。

"太花了,跟鹦鹉成精了一样。"

"红配绿,你是要搭戏台子去唱戏?"

"这腰身太宽,衬得你跟个豆油桶一样。"

"……"

林声声丢了一地衣裳,有些挫败:"那我应该穿什么?"

宋青屿出去了一会儿,再回来时,手上拿了一套青绿色的锦衣,针脚细密,布料油光水滑的,一看就是上品。只是这样式……

"这是男装吧?"

"你不是要和夏锦灯出去吗?她平素里都是穿官服,样式和男子服饰差不多,你穿这个和她正搭,多好,多和谐。"毕竟是他名义上的世子妃,抛头露面不太妥当,被人认出来麻烦是小,万一哪个男的跟他一样眼瞎,觉得她漂亮,那可就不大好了。

林声声不理解宋青屿的深意,却觉得他说得有点儿道理。

所以当她站在府衙门前,面对夏锦灯有些疑惑的表情,只能解释道:"这是为了和你身上的官服搭配一点儿,多好,多和谐。"

夏锦灯浅浅地笑了笑,带她往里走:"我还有些公事要处理,你在一边坐一会儿,喝喝茶,等散衙,咱们就出去。"

林声声点点头,挨着角落坐着,夏锦灯的案头上摆了几本卷宗,她埋首在案,眉心微拢,看得极为认真。

如今这捕头不光要身手好,脑子也要好使才行,真是个力气活。林声声暗自感慨着,有衙差端了一杯热茶,并上一碟点心过来,放在她手边:"世子妃请用。"

"多谢。"

衙差走到夏锦灯跟前，压低声音说了几句话，夏锦灯点了点头，从案几后离开，对林声声道："知府大人找我，我先过去一趟，若没什么要紧的事情，马上就会回来。"

"你忙你的，我这喝着茶，吃着好吃的点心，别提多惬意了。"

夏锦灯失笑，招呼衙差一道出去。

糕点量不大，林声声没一会儿就吃了个干净，碗里的茶也见了底，夏锦灯还没有回来。她百无聊赖地在屋里转悠，半开的窗吹进来一缕风，吹得案头上的卷宗又翻了一页。

夏锦灯专门负责的就是王玉生那件案子，那这个卷宗一定就是与这个案子相关的了……

林声声咬了咬手指，探头探脑地往窗外看了看，发现并没有什么人，便好奇心作祟地轻步走过去。如她所想，卷宗上所记载的正是王玉生这件案子。

这本翻开的卷宗上记下的是受害者的详细生平。

方潋滟，元庆九年生，望城府庆安镇人，夫家望城府杨柳庵崔玉明，婚后居于望城城内，开清流书斋。夫妻伉俪情深，待人以宽。

朱灵，元庆六年生，苍山府棉乡人，因种棉采棉与经营布料生意的钱宁相识，婚后在庆安镇开布庄，三年后辗转入望城城内，开红衣绸缎庄。育有一子，名钱菜。

李嫣嫣，元庆八年生……

林声声的指尖顿在后面那一句上，凝了凝眼，再往上看，脑中突然有一丝白光乍现，低声喃喃道："怎么会这么巧……"

这几个受害者，或多或少都跟一个地方有所关系，那就是庆安镇。

她们或是出生在庆安镇，譬如方潋滟，或是在那儿住过，譬如朱灵，抑或是曾以画师身份到庆安镇去写生的，譬如李嫣嫣。

庆安镇其实是望城中一个极其偏僻的小镇，外人很少有往那儿去的，而此案的三个受害者，竟然无一例外地都跟这座偏僻的小镇有关，实在是诡异又可疑。

林声声突然想到寻踪阁密钥的谜底就是"庆安镇"三个字，又想到之前宋青屿在青山上同她说的种种。

宋青屿扮作王玉生去和望城中的姑娘谈心是有所目标，他主动挑上的都是其母亲或者亲眷曾跟先淮王妃魏瑛有所关系的。

这件事蹊跷颇多，但有一点她可以肯定，那就是先王妃魏瑛的死肯定和庆安镇有

所关联!

想到这一点,林声声顾不上再等夏锦灯回来出去玩,她要立刻回到王府把这件事告诉宋青屿。

她一路往外跑,额间却突然发热,她也没有心思去看是谁高兴成这样,近乎飞奔地跑出府衙。

过了一会儿夏锦灯回到原处,林声声已经不见人影。

"夏捕头,我方才路过时,见世子妃貌似翻了卷宗。"有衙差低声道。

夏锦灯不喜欢有人动她的东西,尤其是卷宗一类的。衙差负责看守这个院落,若是不坦白,夏捕头许是会认为是他乱动。

"无事,世子妃就是那个好奇的性子。"夏锦灯轻轻地笑了笑,"你先出去吧,我还要再看一会儿。"

衙差暗暗松了一口气,转身出去。

夏锦灯抬手摩挲着纸张上几不可见的细细纹路,眸色瞬间幽暗下来。

因为府衙离王府不算远,林声声出来时没有坐马车,可能是来时对晚上有所期待,满心欢喜所以没太注意,等忧心忡忡地走在回来的路上,她才发现有些不大对劲儿。

望城向来平和安逸,如今街道上却处处透着一股肃杀的气息。明明是初秋天微凉,她却感觉自己到了寒冬腊月,这种冷,是杀尽百花的冷。

街口的茶棚里坐着几个老实巴交的人,扔进人群里都分不清谁是谁的那种,桌案边缘却露出一点儿刀刃。她也是江湖中人,一眼就看出那是结环大刀,专门砍人用的。

两边摆摊卖小吃的小贩们,看着个个都是笑吟吟的,和往常一样招呼她买东西,可林声声一摸额间,摸出一手冰凉。

这些人浑身的怒气把她的额间都染绿了。

种种所有,都透出一个气息——此地不宜久留。

林声声深吸一口气,施展轻功直接往淮王府的方向飞身而去。既然是飞过去的,她就直接从后门进去,落在后角院,想着从这里往她住的西苑会比较快。

后角院住着王府中的小厮下人,她一路走来居然一个人都没碰到。

"今天这是怎么了?每个地方都看着奇奇怪怪的。"

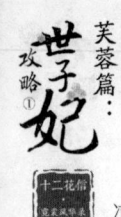

林声声快步走出后角院,是一个小花园,甫一出门,就见一群下人围在小花园的凉亭边,亭子的石桌上坐着一个小人,背对着她,后背肉乎乎的,脊背倒是挺得很直,正在奶声奶气地控诉道:"奶奶今日又去城郊天南寺了,爷爷出去跟人喝酒了,娘亲不管我们父子两个,整日总往外跑。爹爹今日难过得在屋里痛哭流涕,连床都起不来了。"

林声声的嘴角狠狠一抽,那厢"宋楠"演得更起劲儿了,声音都带了一丝哽咽:"你们说,我爹堂堂淮王世子,要相貌有相貌,要财富又财富,风趣幽默,体贴入微,娘亲到底是为了什么要抛下他……还有可爱的我,整日不着家呢?"

这话听起来实在是太耳熟了,貌似就是当初宋青屿闯进悦来客栈时对她说的那段话。

林声声蹑手蹑脚地走近凉亭,围着的几个人已经开始七嘴八舌地说起来了。

"咱家世子自然是千百样好,但有一样,小的觉得不算太好,那就是世子妃带着小公子去看病的这几年,他的风流韵事太多……"小厮甲说了一半停下,摆摆手,"小公子还小就不多说了,但凡姑娘家的,肯定希望夫君一心一意对自己,人家带着娃在外奔波看病,你这儿万花丛中过,搁我我也不干。"

"对对对,还有啊,世子妃算起来和世子成婚也有好几年了吧,这一旦成婚几年,新鲜感退去,相看两相厌是正常的。"丫鬟乙补充道。

"没错……"众人纷纷附和着。

林声声脑壳儿疼得几乎要炸开,这些人不去写书真是屈才了。

而石桌上的那位恍恍惚惚的,好像是真的听进去了,两只小短腿交叠着盘在一起,手肘抵在膝头撑着脸蛋:"这些相信爹爹是可以改善的……"

"还有,我觉着世子妃好像是有些……有些嫌弃世子。"

宋青屿"噌"地竖起耳朵,下人乙做回忆状:"世子妃刚回王府那几日,小的常听见她说世子的不好,说世子……"

"楠楠!"林声声见局势快要发展到不可控制的地步,急忙中气十足地大喝一声,引得众人纷纷扭过头来。

宋青屿阴恻恻的眼盯着她几步走到自己面前。

林声声和他对视片刻,出其不意地把他抱起来,微笑着对众人道:"大家该干吗干吗去吧,天黑夜凉,我先带小公子回去歇息。"

宋青屿如今的身量扭不开她的怀抱,就干脆没再挣扎。等回到西苑,他从林声声

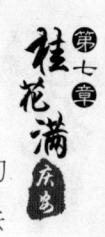

的身上滑下来，在院中踱了几步后停下，老气横秋地负着手，对她冷哼冷笑不断切换："好你个林声声，竟敢嫌弃我，你说我哪点不好？你坑我害我，我都没把你送去官府，还留你在王府好吃好喝地待你，直到如今，我都没管你要一两银子，你还有什么可嫌弃的？你之前当着'王玉生'的面一直骂世子，我还以为你是应付而已，没想到你还真是这么想的！"

"留我在王府的是王妃吧……"

"你还敢狡辩？"宋青屿气得头发都要竖起来了，小胖手指着她，"你进王府时，我们约法三章，你要交伙食费和住宿费，快拿钱来！"

林声声生性比较节俭，俗称有点儿抠门，给钱是不可能的，这辈子都不可能的。她心念一转，连忙把正经话题丢出来："我今日去府衙找夏锦灯，无意间看到了卷宗，发现那三个受害者都和庆安镇有关，再加上她们都是和先王妃亲近之人的亲眷，我怀疑，先王妃的死，极有可能和庆安镇有关。"

果然，宋青屿浑身的怒气瞬时被她这番话浇灭，眉间波浪似的皱出一个包。

林声声腹诽着，这宋青屿的脸，真的好比六月的天，说变就变。

"那日寻踪阁也有'庆安镇'三个字，可能也有关系。"

"我在第二日就去过寻踪阁，老板已经不见踪影，想要从寻踪阁入手是行不通了。"

宋青屿眯起眼："你去寻踪阁做什么？"

林声声一愣，一本正经地鬼扯道："我觉得那地方处处透着诡异，女人的直觉，总觉得那里会发生什么事，便过去了，可惜那里早就人去楼空，唉……"

"这么重要的事情，你为何不跟我说？"宋青屿的脸登时又阴沉下来，小胖手再次伸出来指着她，"快拿钱来！"

林声声无语。

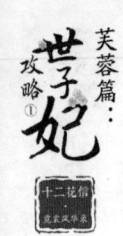

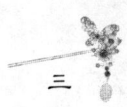

三

翌日一大早,宋青屿就出门了。

淮王妃如今不在王府,他也不敢去问淮王,又不想打草惊蛇,只能亲自出去一趟,到城门处去找每日都会在这个时辰巡视的守将尹留行。

也只有这时,宋青屿才能记起这位不是个做鱼的厨子,而是一个实打实的将军。

尹留行出身丐帮,兄弟遍地,打探消息这种事舍他其谁?

"庆安镇?"城门边的茶棚里,尹留行咬了一口炸得金黄的油饼,皱了皱眉头,"你去庆安镇做什么?我可听说这地方不大好。"

"事到如今,我也不瞒你了,我猜想我母妃的死跟庆安镇有关。"宋青屿将事情的种种简单地和尹留行说了,末了叹了口气,"我也知道这次十有八九还是做无用功,可是我已经查了这么久,好不容易查到点儿眉目,不管结果如何,这庆安镇我还是要走一趟的。"

尹留行抬手拍了拍兄弟的肩膀,略显怅然地道:"说给旁人都不会信,我们堂堂淮王府的世子,童年生活竟然如此心酸。"

宋青屿这些日子,已经过了情绪几度翻涌的时候,见尹留行肯帮忙,了却他一桩心事,自然而然地开始怼他:"我再怎么心酸悲伤,也不及尹将军万分之一,父母双亡,乞讨为生,加入丐帮,动荡漂泊……"

"闭嘴!"尹留行愤愤地又撕下一块饼,远远地,看见城门里有一道娇小的身影正飞快地往这边赶,咽了饼,冷冷地开口,"这大早上的又过来刺激我了,我怎么也算是帮了你一个大忙,宋青屿你还是不是人?"

"什么意思?"

"你后面。"

宋青屿循声往后看,清晨的阳光晃得那个人脸上的红晕格外俏丽,连额上的汗珠都折着光,他微微失了神。

林声声比他愣得还厉害,她不晓得他一大早跑出去是来找尹留行的,这下想避也避不开了。

她硬着头皮走进茶棚,宋青屿轻咳一声,厚着脸皮站起来,懒洋洋地问:"这大清早有什么事这么着急过来找我,让我清净会儿行不行啊?"

话虽这么说,但尹留行能看出来,他的嘴角都快扬到天上去了,碍眼!

林声声尴尬地摇了摇头,对尹留行点头示意:"我是来找尹将军的。"

宋青屿的脸色一下子从炎炎夏日变到凛冽寒冬，控制住想要当场掐死她的冲动，轻哼一声，然后坐了下来。

林声声从袖中拿出昨日的《望城月报》，指着上面最显眼的一则消息问："我想跟尹将军打听一下，这个消息是谁放给《望城月报》的？"

她指尖下只有一行简单的字，却能掀起轩然大波——半枚如意符被盗。

林声声起来时，常焕说世子早早就出门了。往日但凡在王府里吃早饭，都是两个人一起，冷不丁少了一个人，林声声总觉得有些食难下咽。胡乱吃了几口后，她看时辰还早，便叫人拿了份《望城月报》打发时间。

这一看惊得她差点儿跳起来，她在望城好不容易站稳脚跟，连那半枚如意符的影子都没看到，它居然就被盗了。也难怪昨晚望城中处处透着杀气，原来早就有许多人对这半枚如意符虎视眈眈了。

顾不上什么，林声声叫人备好马车，匆匆过来找《望城月报》的幕后老板尹留行，没想到这么巧，宋青屿也在。

宋青屿若是不找点儿麻烦，那就不是宋青屿了。

果然，在林声声问出这句话后，宋青屿就来了精神："本世子都不关心自家的如意符，你这么关心做什么？还有，寻常人都不知道有如意符这么个东西，你又怎么会知道？"

好在林声声是个胡说八道却丝毫不会有愧疚之心的人，她低低地道："之前有个话本子上写，如意符是开启宝藏的钥匙，我今天乍一看如意符被盗的消息，才晓得这世上真的有这个东西，要是能找回如意符，岂不是就要发财了？"

"世子妃还真是……童心未泯。"尹留行陷入回忆中，昨日黄昏时分，铺子里来了位客人，长得身材高大，披了件披风，兜帽扣下来遮住上半张脸，下半张脸还戴了个面具。

《望城月报》上刊登的各种消息，一部分来源于尹留行这个幕后老板，以及铺子里负责采集消息的人，还有一部分则来源于外头人的爆料。

如果消息属实，铺子还会付爆料人一笔银子。

但这个面具人很显然不差钱儿，他非但没有要钱，反倒给尹留行银两，说消息绝对真实，核实可以之后再做，他要立刻刊登。

尹留行没道理不做这笔买卖，就着手下人立刻办了。

"他长得什么样？"

"这谁知道？他戴着面具还披着披风，显然就是不想让人知道他的长相。不过我听他说话声线淳厚，年纪应该不小了。"

"哦……"林声声满心失望，稍稍明朗一些的线索到这里又断了。

宋青屿静静地看了她一会儿，给自己倒了杯茶，轻啜一口后说："你何必找什么宝藏多此一举？本世子本人，就是宝藏。"

林声声无语。

尹留行也无语了。

尹留行去查庆安镇一事的这两日，林声声一直在林清坊研制新药。虽然宋青屿嘴上没说，但她知道他一定会去庆安镇，多带些药丸有备无患。

长时间待在药棚里，坐得她腰酸背痛，偶尔站起来在院子里缓一缓，看见青山一角，她都会想起宋青屿。

他对自己坦诚相待，连最隐秘的事情都告诉她了，她却一直在骗他。

虽说这是隐阁之人所要遵守的门规，但她还是觉得有些对不起宋青屿。这好像还是第一次，有人让她对一直恪守的隐阁门规，产生想要违抗的心思。

林声声很迷茫，她不知道这种变化究竟是好是坏。

两日后，尹留行将详细的路线图给了宋青屿。

"这地方很偏，你若是想去，就带我一起去，也好有个照应。"

"我想秘密去查，你一个守将离开城中数日，太招人眼了。放心吧，我的身手你是知道的，而且有声声在……"宋青屿无意识地笑了笑，"她的药配上我的身手，天下无敌。"

又被虐的尹留行心脏一缩，他就不该来！

宋青屿知道这两日林声声在做什么，也隐约猜到她的想法。他没问，也没说，只在晚上缩小时来来回回地收拾行李，一通忙活。本就是小小一只，即便折腾得满脸是汗，也不开口让林声声帮忙。

林声声的心里住了一只猫，小爪子挠得她心痒痒的，见宋青屿踩在桌案上费劲儿地够一个小瓷瓶，没忍住过去帮他拿下来，状似随意地问了句："你收拾东西做什么啊？要出门？"

"是啊！"宋青屿点点头，蹦了下去，迈开小短腿又要继续跑。

林声声咬了咬牙，一把拎住他的后衣领，将他扯过来："我也要去。"

"本世子还没说去哪儿,你就要跟着去,宋林氏,你追逐夫君脚步的步伐也未免太紧了吧?"

这句"宋林氏"一出口,林声声那张圆脸立马绯红一片。她的脸热得发烫,呼吸也有些急促,磕磕巴巴了半晌,也说不出一句完整的话来。

宋青屿见她不说话,挣开她的手又要跑,林声声回过神,再次一把揪住他,把他拖了回来:"没错,我就是要跟着一起去,我可是你名义上堂堂正正的世子妃,你能怎样?"

宋青屿嘴角上翘,大概是身体回到七岁,心灵也跟着幼稚起来。

他想听什么话,就要无所不用其极地让她说出口才罢休。

世子大人听到满意的话,也就不忙活了,舒舒服服地躺到床上,指挥林声声干活:"把我那个白玉腰带拿着,还有那个紫金的抹额……母妃让我出去玩儿多带几套衣衫,说就算人在外头,也不能衣着邋遢,丢我们淮王府的脸,也让你多带几套。"

林声声沉默了一会儿,问:"你跟王妃说你出去玩儿,跟我一起?"

"不然呢?我们两个大活人一走这么多天不回来,别人该怎么想?我跟母妃说我们到翠安乡看桂花,她笑吟吟地就答应了,还说让你好好照顾我,她是不会叫人跟着我们两个的。"

敢情他一早就安排好了,那刚才的种种就是在耍着她玩儿了?

林声声溜圆的眼睛瞪着他,将手里的东西一把甩过去,咬牙切齿道:"你自己收拾吧!"

"哎哟……"宋青屿呻吟一声,然后就没有动静了。

林声声突然想起方才手里拿的是紫金抹额,那上面嵌着宝石,重得很。她脚步一顿,几步走到床边,只见宋青屿的左脸上一片红,气息还在,就是人被砸晕了。

林声声无语。

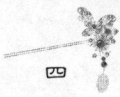

翌日晨起，宋青屿顶着一张挂彩的脸上路了。

出发前淮王妃来送行，拉着林声声的手谆谆教导道："我这个浑蛋儿子确实是欠收拾，但下回你要是动手的话别往脸上打，毕竟他就剩下这张脸能看了。"

"不是……"

"虽说靠脸活着不是什么光彩的事情，但我淮王府一贯能认清自家的优势和不足。"

"不是……"

"万一毁了脸，我们就只能把他扔出府了，想想也怪可怜的。"

林声声彻底无语，又听淮王妃絮叨了一会儿才上马车。她不由得感叹这世间的缘分，一对没有血缘关系的母子居然性情同出一辙，也是难得。

淮王妃折身回去时，淮王宋起正从东苑出来，问："送走了？"

"刚走，秋来那个地方风景如画，想来他们也能好好地玩一玩，了了心事。"她轻轻笑了笑，一如当年刚到望城的时候。岁月在她脸上没有留下痕迹，看那面庞还像少女一般。

"安陵……"

"我既然是奔着你来的望城，无论何时，我都会站在你身边。"她说着眨眨眼，笑着去挽他的手往回走，"哎呀，刚才都没怎么吃饭，饿死了饿死了。"

因为林声声的"误伤"，还有淮王妃那番言论，一路上，宋青屿看都不看她一眼。林声声干脆缩在角落里闭眼补觉，倒也乐得清闲。

她身上穿着宋青屿之前给她备的男装，一头墨发高高束起，用同色的发带绑住。此刻人靠在车壁上，长长的秀发顺着脖颈垂下，随着马车的颠簸，时不时地晃荡着。

宋青屿静静地看了半晌，像欣赏一幅泼墨山水画，未经刻意雕琢，却浓淡相宜。

他不自觉地伸出手，拈住她一缕发丝，绕了一个圈，突然意识到自己在干什么，慌忙收回手，侧目看向马车外两边倒退的风景。

那"圈"弹开，又垂回发丝中，稍稍弯曲着，贴在她的鬓角处。

眼皮下的眼珠微微动了动，随后将眼睛闭得更紧。

宋青屿跟淮王妃说来翠安乡其实早有打算，尹留行给的那份详细地图里，翠安乡看着和庆安镇相隔一座山，但有一条偏僻的小路相连，过去也就大半日的时间。

到了翠安乡，车夫将二人送到客栈安顿下来之后就走了。因为王妃说不要打扰人家小两口单独相处，等五日之后再来客栈接。

眼看着就要到宋青屿每日变小的时辰，二人先在翠安乡住了一晚，第二日一早才启程，抛下行囊，只带了银票轻装上阵，反正只要有钱，其他的就都不是问题。

翠安乡盛产桂花，若说望城城内的桂花小巧精致，那翠安乡的就是大气磅礴，一进其中，入目就是大片大片的金黄。

宋青屿比对着地图，沿着翠安乡唯一的那条小路向北走，林声声折了一枝桂花拿在手中，蹦蹦跳跳地跟在他身后。

她有些愧疚地想，此行要是能查到什么最好，查不到，就当一场秋游也不错。

"对了世子……"

"出门在外别叫世子，低调点儿，直接叫名字吧！"

"宋青屿。"

"谁家娘子连名带姓地叫夫君的？注意妇德！"

林声声红了脸，腹诽着他真是入戏越来越深，还真当他们是真的夫妻了？

不过她还是顺势喊了一声"青屿"，宋青屿随口应了一声，她才跳到他身边继续问："我一直很好奇，如今的淮王妃是怎么嫁到王府的？淮王看着不像是个薄情的人，可先王妃才过世三年，他便娶了如今的王妃……"

"安姨原是我父王的护卫，就是在我离开望城的那年进了王府的，具体怎么来的我也不清楚。她对我父王忠心耿耿，那时我父王树敌不少，安姨几次护着父王，九死一生，连我母妃也对她青眼有加。

"我母妃死之前……就好像知道自己要死了一样，跟我父王说，若是有朝一日她不在了，就让安姨陪着他走下去。所以后来父王就娶了安姨做王妃，安姨待父王一片痴心，对我也好，母妃泉下有知也能安心了。"

午后，这条羊肠小路终于走到了尽头，桂花林在此处隔断，旁边立着一块大石，上书三个字"庆安镇"。

这庆安镇从外面看有些破，进去之后更破。路上尘土飞扬，两边的铺子十家有八家是关门的，好不容易找到一家开门营业的客栈，一进门，就见店小二跷着二郎腿坐在大堂里，手里抓着一把花生，吃得遍地都是壳。

"小二，点菜！"

店小二"吧唧吧唧"地吃着，下巴往后扬了扬："想吃什么自己做，留下菜钱油钱酱料钱就行。"

宋青屿活了这么大，去哪儿不是老板点头哈腰地迎进来，再点头哈腰地送出去，几时被这么对待过？他摸出一张银票"啪"地拍在案几上，声音扬起来："把你们这儿的菜每样都给小爷上来！"

谁知那店小二抬了抬眼皮，嗤笑一声道："有钱了不起啊？在我们这里，你就是再有钱也没用，没地儿花！要吃饭自己做，不然就外头请。"

宋青屿深吸一口气，扭头看了一眼林声声："你说咱们要忍吗？"

"别忍了。"

"行。"宋青屿拔出剑，"唰唰唰唰"地挥了几下，剑花乱开之后，店小二身上那件衣衫立时四分五裂地炸开，吓得他捂住光溜溜的胸口，一张脸都白了。

"现在能做饭了吗？"

"能能能……能做！"

"还不快滚去做！"

"是是是，这就滚了，滚了。"小二撒开脚丫子往后厨跑，边跑边拉长声喊着，"大师傅，有贵客！"

"嘀，欺软怕硬。"

店虽然看着不咋样，好在地方还算干净，宋青屿挑了张桌子坐下，林声声四下打量了一圈，坐在他旁边，压低声音道："我看这镇子有点儿诡异，大白天的街上却没几个人。"

"尹留行和我说过，庆安镇从前很热闹，就是近些年冷僻下来。这地方粮食富足，山里还有野味，渐渐地，镇上的人也就不怎么在乎钱财，反而追求安逸平和的生活。"

见惯了外面的钩心斗角，这里的一草一木倒显得朴实又安静。

林声声所在的隐阁总坛就是这样一个僻静的地方，可她总觉得这两处不大一样。隐阁总坛从建立伊始就一直在深山之中，虽然安静，但到处都生机勃勃，庆安镇却一片死气沉沉，大白天都阴森森的。

只是这话没法和宋青屿讲，林声声叹了口气动筷开吃，这一路走来还真饿了。宋青屿吃不惯这里的饭菜，觉得滋味寡淡，吃了两口就放下了。

两个人吃完饭就在镇子上四处转，这地方不大，把每个角落走遍也才不到两个时辰，一路上碰到的人不超过五个，而且每个人都是沉默寡言，一脸死气，叫人想问些

什么都不知道怎么开口。

"再这么转下去也没什么用，而且，已经过去了这么多年的事情就算问人也很难问出什么。"林声声摸了摸发凉的手臂，来回打量着街道两旁，抿了抿唇，"不如直接去问一直住在镇上的人，免得麻烦。"

"那去找镇长，可镇长家也要打听一下，真让人疲惫。"宋青屿觉得自己的脑仁都要炸开，林声声知道他的脾气，连忙安抚地拍了拍他的肩膀，让他留在原地，自己去打听。

"算了，我一个大男人用不着你出头，你老实待着。"说完，宋青屿拂开她的手，走进对面那家胭脂铺。

林声声远远地看到胭脂铺里坐着一位老板娘，起初也是一脸丧气，无精打采的，待到抬头看见宋青屿，那张脸像是一下子活了过来，眉眼胜春，朱唇溢笑，笑得那叫一个花枝乱颤。

林声声越看越烦躁，恨不得捡颗石子扔过去，就扔在昨晚砸宋青屿的那个地方，打肿她的脸！

过了一会儿，宋青屿去而复返，脸上阴阴的，没比她好多少。

"走吧！"

林声声鼻翼动了动，闻到他身上的脂粉香，冷冷地哼了一声，掉头就走。宋青屿蹙了蹙眉，有些不解。

这姑娘，抽风了？

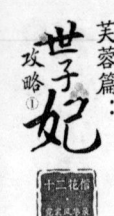

五

庆安镇的镇长姓朱，名石安，做镇长已经有二十几年了。跟镇子上的一潭死水不同，朱石安待人极是热情，一直笑眯眯的，瞧着很是憨厚。

古往今来，但凡能做官做个几十年的，不管官位大小，待人都如春风般温暖。

"两位公子这是打哪儿来啊？"

朱石安住的是一个二进的小院子，家里一儿一女，女儿嫁到远处，儿子成婚几年，生了两个孙子，也算是一家三代同堂，幸福温馨。

宋青屿和林声声被朱石安迎到正屋，朱家儿媳端了三杯热茶来，是用桂花泡的，一开盖，满屋飘香。

"我们打望城过来，是到翠安乡看桂花的，内子贪玩儿，寻到一条小路非要过去看看，我就陪着她来，不知不觉便到了贵地。"

林声声无语。

朱石安看着林声声那身男装，默了默又笑道："翠安乡的桂花远近闻名，我们这儿可就没什么看头了，也就只有这桂花茶勉强能入口。"朱石安笑吟吟地道，朱家儿媳又端来两盘小点心。

宋青屿的性子本来就急，在闲扯一事上实在算不上有耐心，林声声觉得他随时都会跳起来揪着朱镇长的衣襟质问他。朱石安也看出这位年轻的公子好像有些不自在……

"公子，可是我家的凳子坐着不舒服？"

"他那屁股比较认生，呵呵呵……"林声声忙接过话，眼神示意宋青屿冷静，拿了块糕点放嘴里，连连赞着好吃，"我看庆安镇是人杰地灵，这茶、这糕点好吃得连望城内最好的天然居都比不上，可为什么镇子会萧条至此呢？"

朱石安的笑凝结片刻，随后又乐呵呵地说："人各有志吧！有的地方的人喜欢热闹繁华，偏我们这儿的人都活得简单，能吃饱穿暖，有子孙绕膝，平安长大就好。"

林声声搓了搓手指，想到什么，笑了笑："不瞒镇长，我其实并不是随随便便就找到那条小路的，是我一个故人曾告诉我，翠安乡后面有条小路可以通到一个很繁华的小镇。在翠安乡看过桂花之后，我们便沿着那条小路来到小镇，想找个憩息之所，只是没想到，如今这镇子和我故人口中所说的不大一样了。"

朱石安抿了一口茶，问："夫人的那位故人，是什么时候来过庆安镇的？"

"元庆二十九年春日。"

"啪"的一声，朱石安手中的茶杯脱手落地，应声碎裂成四五瓣。

宋青屿的眼神瞬间锐利下来，按在桌案上的手捏得骨节泛白，正打算起身，手背覆上一只白皙小巧的手。

林声声摇了摇头，他缓了一口气，压下心头的冲动。

朱石安将碎片捡起，叹了口气："真是不服老不行，这说说话的工夫，茶杯就能滑下去，不中用了……"

林声声看了看外面的天，拉了拉宋青屿的衣袖。宋青屿会意，站起身道："今日天色不早了，就不再叨扰了。"

"二位若是不急着走，有空再到老朽这儿吃顿便饭。"

"一定。"

宋青屿跨步出门，却发现林声声没有跟上来。他回头去看，眼神凝在她的额间："你这儿变橙色了。"

林声声没有说话，拉着他飞快地跑回客栈，叫小二开了间上房。刚合上门没多久，宋青屿的身形便寸寸缩小。他这趟出来没有带缩小时穿的衣裳，林声声就一边给他挽袖子，一边和他说话："额间变橙色，是因为附近有人心中悲伤难耐，刚才那屋子里，除了你就是朱镇长。"

"不是我。"

"那就是朱镇长了。"林声声眉心皱起，"方才我临出来前听见朱镇长似是松了口气，看来元庆二十九年的春日，这镇上肯定发生了什么事情，很有可能和先王妃的死有关。只是朱镇长含糊其词，恐怕不会轻易松口。"

"他要是不说，本世子灭了他全家……喂！你打我做什么？"

宋青屿昨天被抹额砸中了左脸，林声声这一巴掌正好拍到了他的右脸，这下可算是对称了。

林声声掐了掐他的脸："小孩子家家喊打喊杀的像话吗？不好好教育教育你，长大了还不上房揭瓦？"

宋青屿拨开她的手，往床里挪了挪，小眉头倔强地拧在一起。

林声声见状，坐到床边，倒真的像一个苦口婆心教育自家孳毛儿子的娘亲："听你总说你母妃性情温柔，她一定不愿意看到你为了她的事情迁怒他人。"

宋青屿盘腿而坐，垂着头不说话，过了好久才几不可闻地说了一句："知道了。"

"真是孺子可教也。"林声声笑嘻嘻地揉了揉他粉嫩嫩的小脸,"我倒是有一个办法能让镇长说实话。"

宋青屿的眼睛一下子亮了:"什么办法?"

林声声上下打量着他:"明日一早,咱们回一趟翠安乡的客栈,把你那套要多浮夸有多浮夸的行头换上,再花钱雇几个人撑场面,然后就等我们望城上下最尊贵无双的世子大驾了。"

计划定下来,宋青屿摸了摸肚子:"我饿了。"

"你饿了方才怎么不吃?"

"不好吃。"

都这个时候了还挑食,林声声有些无语。宋青屿又说:"你既要我去奔波,若是吃不饱饭,我哪儿能奔波得动?万一半路上晕厥了可咋办?"

林声声听了想打人:"这不是在查你母妃的死因吗?怎么就成了我让你做的事情了?再说,你哪里为我奔波了?"

"我不管,反正我如今是个孩子,你要是不给我找吃的,我就跑到外面向大家控诉你虐待我,到时候……"

林声声睨了他一眼:"你就不能换个招数?这么长时间了一直用这招,你就不觉得腻?"

"招不在新,管用就行。"宋青屿高深莫测地笑了一下,但因为是张孩子脸,非但不让人觉得可怕,反而显得人小鬼大的,可爱得要命。林声声就算想打他,可一看到这张脸,就怎么都下不去手了。

"想吃什么?"

"烧鸡。"

林声声一巴掌拍在他脑袋上。

算了,孩子不教育不成才,打打更机灵。

翌日,朱石安刚吃过早饭,就有人上门来,指名要见镇长。

这么多年,来庆安镇的人一只手都能数得过来,朱石安甫一见这阵仗,很是惊奇。

领头的人一身腱子肉,长得凶神恶煞的,一说话声音都震耳朵:"你就是镇长朱石安?"

"老朽就是。"

"我是淮王世子的护卫，我们家世子今日要到庆安镇来办事儿，还请镇长多多安排。"

"淮王世子？"朱石安更加惊诧，"世子到我们这穷乡僻壤来做什么？"

"你话怎么这么多？人来了你好生接待就是。反正招呼我已经提前打了，我家世子脾气不好，若是有半分怠慢，我保管你吃不了兜着走！"

"是是是，大人且放心，老朽一定好生款待。"

这镇上只有一家客栈还开着，做的菜也不知道能不能吃。朱石安让手艺精湛的儿媳到客栈去准备饭菜，自己则集结镇上德高望重的几位叔伯一道去镇口迎接。

过了午时，羊肠小路上才过来一队人，因路窄过不了马车，那队人就抬了个肩辇，上面坐着一位公子，远远看过去，看不清长相，倒是那身衣裳看着十分扎眼，花纹都以金线密织，在太阳下金灿灿的。额上缀着的宝石更是熠熠生辉，多看一眼都刺眼睛。

待肩辇走近，朱石安连忙弓着腰身行礼："世子大驾光临，老朽庆安镇镇长朱石安携镇上几位叔伯恭迎世子。"

肩辇落下，那仿佛被金子裹着的人走下来，开声道："镇长不必多礼。"

这声音听着有些耳熟，朱石安直起身，视野里猝不及防撞见一张熟脸，惊讶道："您……您是……"

"世子奉王妃之命，到庆安镇寻一样东西。昨日我们是偷偷溜出来玩儿的，今日可是来办正事的。"从镇子里出来的林声声站到宋青屿旁边，一本正经地解释道。

朱石安重重地点头："那世子快些请吧！"

宋青屿携着林声声走在后面，以心声交流对策。

"朱石安果然把接风宴安排在了客栈，我已经做好了准备，为了不引人怀疑，待会儿你就正常地和朱石安他们吃饭喝酒就好，剩下的事情交给我。"

"我为何要吃？万一你下错药，在水里下了砒霜，想要毒死我可怎么办？你又不是第一回干这种事儿了，不然本世子也不会每天变大变小折腾来折腾去的。"

林声声瞪着一双大眼看过去，嘴巴抿得紧紧的，声音却在咆哮："不是，你还真的挺敢想的，我毒死你有什么好处啊？"

"所谓'最毒妇人心'，我是淮王独子，你又是我的世子妃，若是毒死我，这家产就是你的，你房里的那些话本子不都是这么写的吗？"

"你居然翻我的话本子！"林声声怒气上涌，这一声是直接喊出来的。

众人齐齐看过来，宋青屿吐了一口气，面色宠溺地对众人解释道："内人喜欢随时随地翻旧账，昨日吵的架，现在又想起了，让大家见笑了。"

林声声忍无可忍，狠狠踩了他一脚，差点儿没把他的脚背骨踩废。

之后的一切都很顺利，到了客栈，珍馐一道一道地上桌，宋青屿拖着一只近乎残废的脚，一改昨日的不耐烦，把平日里说书的架势拿出来，和一帮大爷喝酒谈心拉家常，甚至连老板和店小二都一起拉过来，场面诡异又温馨。

林声声借口到后院洗手，朱家儿媳还在忙活，她倒了碗茶递过去："大嫂喝点儿水吧！今日真是辛苦你了。"

朱家儿媳和善地笑了笑，接过来喝了几口放在一旁。林声声掐着时辰，暗数三声，灶台前的人身形晃了晃就要往下栽，她连忙上前扶了一把，然后将人轻轻地拖到墙边安置好。

等她从厨房再出去，大堂里已经没有一个人是清醒的，众人七倒八歪地躺了一地。

这些人中的正是她离开望城前两日研究出来的一味药——听音。

吃了听音，人会逐渐陷入昏迷，药效等同于迷药。彻底失去意识之后心智会被迷乱，药效等同于失心散。等心智乱得彻底，提问者无论问什么，他们都会顺着问题如实回答，效果就同酒后吐真言一样。

这听音就是效果三合一的奇药，中药者会在醒来之后把这个过程通通忘掉，就像睡了一觉。

林声声等了一会儿，才走到朱石安的面前，拍了拍他的脸，问："我问你话，你要如实回答，元庆二十九年春日，先淮王妃魏瑛是否来过庆安镇？"

朱石安眼皮动着，却睁不开眼，只无意识地道："是。"

"魏瑛来之后发生过什么？你又为何对元庆二十九年春日的事情避之不及？"

朱石安沉默的时间更长，长到林声声以为他睡着了才开口："淮王妃来，住在镇子上的桂香客栈。元庆二十九年三月十七日，桂香客栈突然走水，大火烧了三天三夜，客栈里的人无一生还。那时的庆安镇还很热闹，来往的人很多，客栈又是三教九流什么人都有，谁也不知道客栈里具体有多少人，只是镇上的人一共死了十几个，还都是全家都没了的。事关王妃，我不敢怠慢，当日就让人去望城报信儿。上头吩咐把消息封锁，不许让人知晓。为了保密，上边派了侍卫将镇子的出入口围住，那十几位

死者也被安上各种死因呈报上去。

"那次的风波持续了一年之久,庆安镇形同牢笼,每个人忧心忡忡,有口不能说话。后来上面撤掉守卫,可庆安镇再也恢复不到之前的模样。"

大火,年份,这些都和魏瑛传出来的死因对得上。只不过,她并非死在寺庙里,死的人也不仅仅只有她一个人。

"我在庆安镇并未看到有东西烧毁的痕迹,这又是怎么回事?"

"元庆二十九年夏日,上头拨了银两运来,在原来桂香客栈的地上种树,用了整整一年的时间翻整修理,直到再也看不出一丝大火烧过的痕迹。"

看来就是镇子西头的那片树林了。

魏瑛喜欢青色,喜欢树,在她死的地方种下一片青青树木,若她泉下有知,心中也会欢喜。

林声声心里发堵,起身走到客栈门口,对着西方的天空久久出神。

事情查到这个地步,望城上下有能力做到封众人口,又为魏瑛种下一片青树的,就只有淮王宋起一个人。

他因何目的隐瞒这种种,如今不得而知,只能等宋青屿醒来之后,回去问问了。

林声声扭过头,见宋青屿伏在桌案上睡得正熟。

她眼前晃过前几日来翠安乡的路上,马车上的情景,她并未真的睡着,所以清楚地感觉到他的欺近、他的动作。他绕了她的发在指尖,又像是怕被人窥到一样慌张地松开。

她其实也一样,慌张得眼皮直抖,幸亏他转过脸去,才没被发现。

她静静地看着他的睡姿良久,握了握拳,坚定地走过去。

这混乱的种种都在今日得以拨乱反正,她也想趁这时为自己找一个方向,不再迷茫的方向。

她坐在宋青屿旁边,没有丝毫犹豫地伸出手,拍在他的脸颊上:"我问你话,你要如实回答。你心里,有没有看中的姑娘?"

宋青屿喉头滚了滚,清晰地发出一个字:"有。"

林声声听见自己的心跳声猛地快了一拍,她拂了拂胸口,又问:"她是谁?"

没有漫长的等待,宋青屿干脆利落地回答道:"是声声。"

一锤定音。

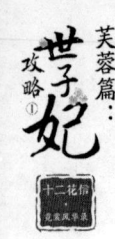

一

一大早,春生街就出了事,夏锦灯前脚刚踏入衙门,后脚就被苏大人派了出来。

之前她一直在查王玉生的去向,直到今日也没查到。

苏元也既不催促她,也没有责备她办事不力,只将这个案子交给别人,夏锦灯还和从前一样主管望城治安。

望城素日里是再平和不过的,这几日,但凡有眼睛的都能看出城中气氛不大对,还多了些生面孔。

知府衙门加派人手,日夜巡视,还是出了事。

夏锦灯赶到春生街口,两队人马已经扭打在一起,压根儿分不出谁是谁。一眼看过去,黑压压的足有二三十号人,打架也完全不在意招式,怎么方便怎么来。

一时间,锅碗瓢盆满天飞,油饼豆腐脑四处飘。夏锦灯一歪头,擦着她的脸颊而过摔在地上的,正是一只开了瓢的大窝瓜。

"都愣着做什么?还不赶紧把他们拉开!"

"哦哦哦……"捕快们面面相觑,硬着头皮往里闯,可那缠斗在一起的人群像是铁桶一样,怎么挤也挤不进去。

众人往后退开十来步,齐齐大吼着往里冲,偏偏打斗人群也往前移,这一下没刹住脚,十来个捕快一窝蜂地滚到地上,场面更加混乱。

"一群蠢货!"

"夏捕头姑娘家家的,骂人可不大好。"

夏锦灯不用回头都知道是谁,她想起上次的事情,理都没有理他,拔出腰间的佩刀,在前端一按,内里机括被启动,刀刃"唰"地飞出,末尾连着的铁链控制方向。她一个甩手,刀刃飞入清流书斋的房顶,再猛地一扯,瓦片"哗啦啦"地被扫下来一片,砸到人群里,耳边顿时响起此起彼伏的痛呼声。

这一招非常管用,两边总算不再打了。夏锦灯利落地收回刀,一扬手:"全都给我带回衙门去!"

捕快们连忙起身,凶神恶煞地冲了过去。

顾决明弯着眉眼,凑到夏锦灯的身旁拍手赞道:"夏捕头真是心思细密,身手矫健,我大楚有你这样的捕头,真是百姓之幸。"

伸手不打笑脸人,他这样,夏锦灯反倒没什么办法,只匆匆地道了句:"我要回衙门复命,恕不奉陪。"

顾决明幽幽地问:"你确定?"

夏锦灯不明所以间,那群打架的人突然又一条心,在押解过程中配合默契,齐齐脱身,像落在一棵树上的鸟雀般往四面八方乱窜,这十几个捕快根本不知道该往哪儿去抓。方才还人挤人的街口,一下子变得空荡荡的。

"夏捕头?"顾决明见她脸上的表情有些不对。

夏锦灯总算分给他一个眼神:"听你的意思,早就知道他们会来这么一出,可你又是如何知道的?该不会,你和他们是一伙儿的?"

她逼问的时候字字铿锵,真是一枝傲风胜雪的红梅。

顾决明十分配合地伸出手腕:"夏捕头真是厉害,这都能被你看穿。来吧,绑了我回去仔细审问,最好是夏捕头单独来审我,在下必定知无不言,言无不尽。"

夏锦灯仰头看着他,手中的刀猛地往他手腕上打:"有病!"

"唉……看着这一幕,本世子好生亲切,总算不是只有我一个人挨打了。"

街口停了辆马车,宋青屿撩开车窗帘,一副看戏的表情:"你们继续,夏捕头记得往脚背上踩,跟我踩个同款,做一对脚废兄弟,也算是有难同当了,哟……"他疼得面目狰狞,扭过头去低吼一声,"你掐我做什么?"

车内有女声嘟囔了一句什么,随后林声声跳下马车走了过来:"在这儿碰到你们可真是巧,我们刚从翠安乡连夜回来,还没吃早饭,一起去吃点儿什么?"

"不必了,我还要去抓人……"

"抓不到的。"顾决明揉了揉手腕,截住她的话,"你要是能抓住,方才也不会任他们跑了。"

林声声轻脚一抬,顾决明额上的青筋暴突。

这下真的是对脚废兄弟了。

四个人到了天然居,要了蟹黄包、精瘦肉粥并几个小菜,宋青屿和林声声连夜赶路,早就饿得前胸贴后背,这顿饭是放开了吃,顾决明啧啧称奇道:"夏捕头你看他们两个,像不像是逃难回来的?"

夏锦灯总觉得顾决明已经看透她的情感,再把话绕到世子身上有些不自在,便没搭腔,又吃了两口粥才停下筷子问他:"早起打架的那些人都是做什么的?"

"摆摊的,卖艺的,做什么的都有,都是大众脸,我保证你再见到他们绝对不会认出来。我之所以知道他们是做什么的,是因为我早上在一个摊子上吃早点,记住了其中两个人。所以我告诉你,你就算抓也抓不到几个,而且聚众斗殴也不是什么大事，知府大人不会同意让你全城搜查，你有这个时间操心，不如多吃一些，瞧你瘦的。"

顾决明很自然地给她碗里夹了个蟹黄包，不再跟她说话，转而去问宋青屿翠安乡的风景。

夏锦灯像盯仇人一样盯着那个蟹黄包，听顾决明和宋青屿一唱一和地说话，鬼使神差地就夹起来吃了。

算了，蟹黄包又没有错。

从天然居出来，宋青屿吩咐车夫驾着马车在望城中绕着圈儿地跑，不着急回王府。

"你看这花这草这风景，好多天不曾见过，还真是令人想念，多看看再说，可以一直看到傍晚，然后直接在外面吃了晚饭再回去。芦苇荡春波里不仅酒好喝，做的鸭子也特别好吃，干脆咱们出城去吃吧……"

"青屿，"林声声按住他的手，盯着他慌乱不堪的一张脸，"我知道你心里不好受，可你又能躲多久呢？"

在庆安镇，宋青屿一醒来，林声声就将朱石安所说之事尽数告知。宋青屿没有想象中的那样情绪波动很大，只是无所谓地道："说到底也是在火中烧死的，在寺里还是在镇子上并没什么区别。这破地方我是待不下去了，要什么没什么，咱们等戌时过后就连夜回去吧！"

话虽这么说，可林声声到厨房去拿碗筷时，瞥见水缸里的自己，额间颜色橙到发红。

宋青屿一路装作什么都没有发生的样子，甚至在天然居里跟顾决明谈笑风生。可越靠近王府，越是近乡情怯，怎么也掩饰不了。

宋青屿紧咬的牙根一松，双手捂着脸，声音异常沉闷。

"我害怕……我害怕我母妃的死另有原因……我怕我接受不了这个事实。如果她是因意外而亡，我可能只是埋怨老天爷不开眼，可她若真的死于非命，我又该如何去面对……"

猜想是一回事，猜想成真又是另一回事。

宋青屿奔波这么多年，为的就是揭开魏瑛死亡的真相，可这只是亲手撕开他心上那道虽然愈合，内里还在流脓的伤口。

林声声眼眶发潮,将他的手扯下来,掌心温热潮湿,这是他第一次在她面前落泪。

"真相不会因为你的躲避而有所改变,我会陪着你,陪你一起去。"

宋青屿没有抬头,僵硬的手指弯了弯,随后反手扣住她的手。

等回到淮王府,宋青屿除了眼睛稍微红了些,再无其他异样。

常焕接到守卫通报,从西苑欢天喜地地跑出来迎接,自家世子进门,迎头就是一问:"父王现下在哪儿?"

"王爷一大早就去了祠堂,到现在也没出来。王妃昨日去了天南寺,至今未归,也就没人敢去叫王爷。"

宋青屿低低地"嗯"了一声,携着林声声就往祠堂方向走。

"听音药丸我还剩下一颗,待会儿你找个机会给王爷端碗茶,趁机把药下在里面。不行不行,还是我来吧!你做这事儿没有经验,万一露马脚,被王爷发现,再想问什么就难了。"

宋青屿踏进院门,祠堂的门开着,远远地,他看到父王背对着他而立的身影。记忆中,那道身影高大挺拔,如参天大树一般,可这一刻,他竟在香烟袅袅中看出几分佝偻。

林声声也安静下来,捏了捏他的手臂,宋青屿回过神,抓着她的手一步步走过去。

"回来了?"

"是,回来了。"

宋起转回身,意味不明地问:"那儿的风景如何?"

"太过萧条,也没什么山水风景,更何况从前被大火吞噬过,阴森得很。"宋青屿直直地望进自家父王的眼底,一字一顿,"父王叫人种的树已经长得参天高了,那片树林是那儿唯一能看的,我在那里停留了很久。"

话已至此,不必再多说,宋起点了点头,目光顺着二人相接的手移到林声声身上:"声声啊,你一路也累了,先回去休息吧!"

"不用……"宋青屿的手攥得更紧,"我们既为夫妻,我什么事情都不会瞒她。"

林声声的心猛地一颤,略向前一步,与宋青屿并肩而立。

宋起笑了笑,连道了三声"好"。

"你这性子倒是像极了阿瑛,她看着温柔如水,实则固执坚持。你看起来吊儿郎当的，其实比谁都要长情，还真是像。"

他回过身，微抖的指尖拂着灵牌上的字——*爱妻魏瑛之位*。

"安陵同我说你去了翠安乡看桂花，我就知道你一定是奔着庆安镇去的，如今你回来的第一件事就是来找我，想必是已经知道了许多事情。不过，你比我们想象的都要优秀。你既然想知道，那我今日就把所有事情都告诉你。"

二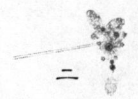

宋起和魏瑛,初遇于战场之上。

那时的大楚,外有南羌虎视眈眈,内有流寇犯上作乱。宋起少年为将,功名震天,值大楚内忧外患之时,他自然是率领大楚兵将,冲到最前方。

南羌地势诡谲,又常有瘴气,宋起在战前接到急报,说淮安流寇已经连夺十城,正往京城方向逼近,他必须速战速决,班师回去拦截,不然大楚江山危在旦夕。

情急之下,宋起吩咐大队兵马继续与南羌军队周旋,自己则只带了一队骑兵,脸上遮着布掩住口鼻,穿过瘴气肆虐的密林。南羌好武,此次南羌国主亲自出征,主帅营帐就建在密林尽头,只要能过去,便能出其不意,擒贼擒王。

只是那瘴气比想象中的更加厉害,宋起只走了一半便浑身发软,神志萎靡,浑浑噩噩之间,他好像听见有柔柔的女声靠近:"咦,怎么会有这么傻的人往这里来呢?"

那声音似清泉,潺潺流入心扉,宋起撑起眼皮,想看清来人的模样,却陷入更深的迷蒙之中。

等到他再醒来,密林依旧是瘴气重重,白茫茫的一片,但他神思清明,没有一点儿不适感。

"你醒了呀!"

竹林小屋走进来一个女子,眉眼淡淡,笑容却明净好看,在这么危险的地方俏生生地出现,宛如沼泽地开出了一枝桃花。

女子走到他跟前,将手里冒着热气的粥递过去:"给,吃吧!"

宋起想起昏迷之前的种种,声音有些急切地问:"我那些兄弟们呢?"

"丢在密林里了,那么多人我怎么能抬得动……你刚醒,做什么去?"

"我不能把他们扔着不管。"

女子按住宋起,说:"你放心,我已经给他们吃过能解瘴气的药了,密林之中无野兽,等他们醒了自然就会寻来。若是没醒,就算你找到他们也没法出去。"

宋起这才放下心来,抱拳对女子一礼:"在下宋起,多谢姑娘相救,不知姑娘芳名?"

"我不记得了,我只知道我应该姓魏。"女子解下腰间一块磨损得极其严重的木牌,上面隐隐约约能看见一个"魏"字,"我也不知道是怎么进的密林,醒来之后就在这里生活了。"

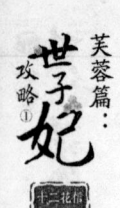

"魏……你莫不是魏老将军的孙女?"

镇南大将军魏境,一直驻守南疆,一年前,南羌偷袭,魏老将军战死沙场,城破之日,南羌军烧杀掳掠无恶不作,南疆沦为一片炼狱。魏家一门三十六口尽数被杀,可如今看来,这魏姑娘却逃了出来,进了密林,老天爷开眼,她不仅没被瘴气毒死,反而生存了下来。

此番宋起和手下的兄弟们正是被她救下,才得以存活。

宋起看着她因为救他们不小心划伤的手,眼里闪过一丝心疼,抬眼就撞上她凝视的模样。四目相对间,她匆匆别开脸,耳尖却渐渐地红了。

他心念一动,含笑道:"我有一事不明,还想请教魏姑娘。我们兄弟几十个人,姑娘为何单单把我带了回来?"

她耳朵红得更厉害,半响,才响起一个轻轻的声音,犹如蚊呐:"你……你生得好看……"

他低低地笑出声:"看来,这生得好看不仅能救命,还能讨位夫人。"

这天夜里,宋起带着苏醒过来的手下一路奔袭,直捣黄龙,斩杀南羌国主及其麾下四大亲王的首级。南羌一时群龙无首,散作一团,大楚军队趁机而入,一举击溃扰乱边境十数载的南羌。

宋起急着班师回去阻截淮安叛军,走之前又回到密林之中:"你可愿意跟我一起走?以后我会好好照顾你,不会让人欺负你。"

他对魏老将军敬重万分,这又是魏家唯一的血脉,于情于理他都该这么做。更何况……在那周遭世界彻底迷蒙之时,他听见她声音的那一刻,就注定再也无法忘记她。

"其实我带你回竹屋,就是想让你带我走,我……我不认路,怎么也走不出去。"她抿着下唇,细白的手拽了拽他的衣袖,"你给我取个名字吧,之后我就跟着你,天涯海角我都会跟着你。"

声似玉,美如缤纷落英。

"瑛……就叫魏瑛吧!"

魏瑛未曾食言,从南疆到淮安,从淮安到京城,战乱纷纷,她一直守在宋起身边。

元庆十五年,大楚内乱外患皆平,宋起作为领兵统帅,居功至伟,皇上加封其为镇国大将军,赏赐无数。

就在朝堂内外都歌颂镇国大将军功绩之时，随之而来又一道圣旨，将望城赐予镇国大将军、淮王宋起为封地，过完年后，他就要前往望城。

分封地给有爵位的王爷这本是惯例，可如今宋起刚有擎天之功，本应在京中好好重用，却被派到望城那偏僻苦寒之地，这摆明了是怕他功高震主，才心急火燎地将他赶出京城。

宋起本人倒没什么不悦，只在进宫谢恩之时求了一件事。

"臣弟与镇南大将军魏境的孙女两情相悦，臣弟想请皇上一道圣旨，将魏瑛姑娘赐给臣弟为王妃。"

皇上准他所请，在京城中大婚之后再前往封地望城，婚期就定在来年的二月初二。

那一日，镇国将军府上下喜气洋洋，热闹非凡，宋起宴待宾客，他的夫人凤冠霞帔，正坐在新房等待她的郎君。

酒过三巡，有下人匆匆来报，宋起叫长平王代他招呼，自己快步走出去，沿着回廊左拐右拐，进了平日里少有人去的蓝青阁。

阁楼门前只有大内统领韩双池守着，宋起心知这是避开人来的，怕是有什么重大之事。

"今日你大婚，朕没有别的相送，便把这个给你，把守护我大楚江山的重任，交给你。"

皇上递过来一个描得精致的锦盒，里面是半枚蝴蝶状的玉牌，宋起大惊："如意符？"

"就是如意符。"

大楚建朝之后，开国高祖皇帝将手下的一支奇兵藏匿起来，只有如意符能够调遣。不管是皇帝还是王公贵胄，手中没有如意符，奇兵便不会听命于他。这如意符被一分为二，一半由代代皇帝相传，而另一半，则被高祖皇帝交由亲信收好，至今也无人知道其下落。

有传言说，奇兵现世，天下归一，即便是只有一半的如意符也太过贵重。

"六弟，你是什么样的人，朕再清楚不过。只不过世上没有不透风的墙，就算朕再怎么避开人耳目来将这半枚如意符交由你，等到他日，也会有人窥得一二。朕将你派去望城，也是避开这京中未来可能有的杀机，你可明白？"

宋起跪在地上，将锦盒高举于头顶："臣弟明白，臣弟必不辜负皇上所托！"

如意符只传给每代皇帝，皇上开了这个先例将它给了宋起，便要断了他的荣宠才能让所有人放心。

这世上再没有一个人，比宋起更忠勇善战，更适合保管这半枚如意符。

确如皇上所料，宋起携着魏瑛从京城离开前往封地望城不过半年，半枚如意符到了淮王手中的消息便已传开。宋起小心将如意符藏好，赶走一拨又一拨心怀鬼胎来淮王府的人。

大部分人只是来看看热闹，瞧瞧这皇家至宝到底长什么样儿，毕竟相对于从前藏匿这半枚如意符的守卫森严的皇宫，进出淮王府要容易太多。

但宋起也不是吃素的，不管来往人究竟是何身份，本事多大，都难以靠近如意符半步。渐渐地，那些存着看热闹之心的人也就散去了，为着好奇心赔上一条性命，当真不值当。

时光荏苒，一晃十年。

宋起与魏瑛夫妻恩爱，感情甚笃，魏瑛为宋起生下一个儿子，名字取了她喜欢的青色，她喜欢的高山，除了给了宋青屿姓氏，宋起什么都不想再给这个臭小子。

因为他所有的温柔都给了那一个人。

魏瑛知道自家一门被灭，在这世上，宋青屿是唯一一个和她有血缘关系的人。她把所有的耐心、所有的疼爱都给了这个儿子，有时，连宋起见了都要吃醋地嘟囔几句。

只是男孩子被母亲太过疼爱终究会失了脾性，再加上宋起的一些小心思，便找了个机会将宋青屿送到外面游学。魏瑛因此跟他闹了好多天别扭，日夜都避开他，直到他生辰当日，才舍得来见他。

"青屿不过是个孩子，你竟也狠心将他送出去。"

魏瑛一开口，仍带着哭腔，宋起一颗心都要被她哭碎，忙搂过她小心地哄着："不过是去历练，身边的人我都已经安排好了，绝对不会有危险。你也该学着放手了，你只心疼他，眼里都看不到我了。"

他吃醋含酸的话惹得她红着眼瞪他，却是软下态度，依偎进他的怀里："他要是有什么事，别说眼里看不下你，我以后再也不会理你了。"

少了宋青屿这个碍眼的小子后，夫妻生活更加和顺美满。三年后的元庆二十九年初，宋起接到圣旨赴京，他想带魏瑛一起去，可外面天寒地冻的，又恐生别的事端，便犹豫了。

第八章 芦苇荡春渡

"你不必担心，我在家中等你回来。"

宋起从望城到京城，再从京城奉旨到江北巡视，时不时地会收到魏瑛的家信，大多是问他是否安好，再说一些府中发生的事情，虽然都是些琐碎的日常，却是那段时间他唯一的慰藉。

春来三月半，他收到了她最后一封信。

依旧是日常的琐碎事，信的最后却突然提及，若是日后她不在了，让安陵陪着他往前走。

此次来江北，护卫安陵也跟着来了。宋起转头看着正帮他整理床铺的安陵，一时间心里冰凉。他不知道魏瑛所言何意，却不安到了极点，夜里辗转反侧，怎么也睡不着，天还未亮，便翻身下床，骑上一匹快马就往望城的方向狂奔而去。

路刚走了一半，就撞见从淮王府出发前往江北的护卫。宋起见来人一身素白的丧服，一下子从马上摔了下去。

他所认识的魏瑛，温柔细腻，明明是北方女子，却如江南女子般乖顺听话。可她骨子里毕竟流淌着将门世家的血，坚韧固执，必要时狠厉非常。宋起从来没想过，魏瑛会做这样的事情。

虽然表面上已经很多年不曾有人到淮王府去寻那半枚如意符，实际上仍有心怀不轨之人在望城布下眼线。有的人见从淮王府难以着手，便将目标转移到魏瑛身上。

魏瑛身为王妃，又是那样的性情，人缘极好，身旁朋友姐妹众多。这些人中，便有别人派来的奸细眼线，眼看着淮王离开望城，便忙不迭地下药绑架，企图撬开魏瑛的嘴。

可魏瑛毕竟是在瘴气密林还能活下来的人，这些虽没有伤她分毫，却让她明白了一件事。

她是宋起小心捧在手上珍而重之的宝贝，却也是他的软肋。这些人无孔不入，只要她在望城一日，迟早会害了宋起。

他带她出了密林，给了她如玉似花的名字，给了她一个家。

这么多年的幸福时光都是他给予她的，她虽然眼里心里只有他一个人，却从来没有为他做过什么。

这一次，就换她来护着他。

魏瑛借口春日近末，风景如画，邀了那些对她暗中下过手的姐妹去庆安镇看灯。她早就安排妥当，桂香客栈里除了她们一行之外再没别人。她在饭菜中下了迷药，随

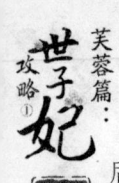

后一把火烧死了所有会威胁到宋起的人,也烧死了她自己。

"我虽然心如死灰,可既然阿瑛已经做了这么多,我就只能强撑下去,将一切做得圆满,让她没有遗憾地离开。望城中一下子死了这么多人,肯定会引起纷乱。她们之中但凡有亲眷的,我便派人连根拔除,再从庆安镇找了几户人家迁到望城,补上人口的缺数。庆安镇也被我派去的人把守着,不让人靠近,从此再不会有人能张嘴说出这件事。"宋起黝黑的大手撑在案几上,闭上眼,压住即将溢出的泪,"我写信回京,向皇上奏报此间种种,我虽是镇国将军,一朝亲王,却也派人杀了人,若他日东窗事发,难免不会连累青屿。可皇上并未怪罪,只说此事到此为止,再不要提起。若我知晓这半枚如意符会要了阿瑛的命,我宁可不做这个镇国将军,不做这个亲王,当初离开京城,就带着她回瘴气密林。"

纵是闭着眼,那一滴滴的泪还是顺着眼眶流淌,一下一下地砸在案几上,晕开了上面暗色的纹路。

宋青屿膝盖一软,"砰"的一声跪在地上,满脸是泪。

林声声见这对父子默默无言泪千行,心中虽是伤怀,还是问了一句:"王爷将如意符藏得那么深,那半枚如意符又怎么会被人盗走?"

盗走之后还专门去《望城月报》上大肆张扬,弄得全城皆知。

宋起徐缓地摇摇头,疲惫万分地倚着案几坐在地上:"如意符所在的位置只有我和阿瑛知晓,那日,我出府和一个老部下喝酒,酒醉之后做了一个梦,梦见阿瑛倚在青山的霞光里冲着我笑。我从梦中惊醒,难以安神,之后便发现如意符不见了。若不是《望城月报》的消息,我大抵会自欺欺人地说,是如意符跟着阿瑛到地下长眠去了。我们因如意符困苦一生,却仍旧掩藏不住它的消息,造化弄人,哈哈哈……"他撑起身子,踉踉跄跄地往外走,笑声凄厉,如泣如诉。

林声声叹了口气,蹲在地上,轻轻抱住宋青屿。温热的泪变得滚烫,顺着衣领滑落在她的后颈,灼得她的心抽痛着。

"声声,你陪我再去一趟庆安镇,我想去祭拜她……"

"好,我陪你,你想去哪儿,我都陪着你。"

天南地北,海阔天空,哪里都好。

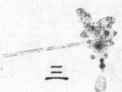

三

　　许是多年夙愿已了，再加上多日的舟车劳顿，宋青屿从庆安镇回到王府便直接病倒了，高烧了一日一夜才退，苍白的唇间呓语不断。有时候在喊他母妃，有时候喊的是"声声"。

　　林声声一直在榻边守着，安陵从天南寺赶回来，见她一双眼熬得通红，连忙让她去歇一歇。

　　"烧已经退了，你就放心去睡吧！你也不想青儿醒来的第一眼，看到的就是你这副憔悴的样子吧？快去快去，这儿有我呢！"

　　镜中的自己脸色煞白，眼下青黑，乍一看，像个女鬼。

　　被淮王妃戳中心事，林声声这才勉勉强强地回到自己屋里。这一觉睡得不安稳，梦中，宋青屿的脸和隐阁的青山绿水来回地在眼前变换，约莫也就睡了两个时辰，她就醒了。额角涨得发疼，眼前也天旋地转的。她甩了甩头，下了榻，倒了杯凉茶喝了两口，推开窗打算透透气。

　　窗户大开，秋日的凉风吹过面颊，确实精神不少。

　　忽然，一只白鸽从墙外飞来，直直落在她的窗前，她卸下鸽子腿上绑着的字条，扬手将鸽子放出去，将字条展开，只简单扫了一眼便心下大骇。

　　这是隐阁的信鸽，为了保证信鸽被人截住信的内容也不会外泄，这纸上的内容是以隐阁专有的密钥所书。阁主柳漾已经得知半枚如意符被盗的消息，让她无论如何都要抢在别人之前找到如意符。

　　还有，柳漾让她给淮王世子宋青屿下能迷惑其心智的药，控制他的一举一动。

　　林声声拿出火折子，将字条烧尽扔进香炉之中，走到窗前看树叶凋落。从暮春到深秋，不过才半年多的光景，好像胜过她从前活过的十几年。

　　她在隐阁长大，从小到大都是以隐阁的命令为准，从未想过对或者不对，而这一刻，她却在想，自己到望城来的这一趟究竟是对还是错？

　　一开始，她不知道阁主柳漾让她找那半枚如意符到底是为了什么，只是把它当成一个任务，心心念念地想要去找，甚至已经超过身为隐阁之人出来是为了保护皇家子弟这个基本行事准则。

　　如今，她已经从淮王宋起口中得知如意符的作用，就不得不对柳漾让她寻找如意符的动机产生怀疑。柳漾既然想得到如意符，必定知道其作用，所以，他想要的其实是那支奇兵。

隐阁亦和如意符能调动的那支奇兵一样，是高祖皇帝所建，隐阁上下一向以皇命为准。如今大楚四海升平，皇上怎么可能吩咐隐阁去调动那支奇兵？

那事情的可能就只剩下一种：寻找如意符，想要掌控奇兵，是柳漾私自所为。

一支现世就可以得天下的奇兵，若是掌握在除当今皇帝以外的第二个人手中，她不敢想象会发生什么事情。

再有……控制宋青屿的一举一动……

"世子妃，世子妃！"

常焕快步跑出来打断了她的思绪，因为跑得太快，一个猛摔扑到她的脚边，"哎哟"一声后，忙扑腾着站起来，眉开眼笑地道："世子醒了，正在找世子妃呢，世子妃快过去瞧瞧吧！"

林声声立刻小跑着过去，宋青屿果然醒了，正歪在床头皱着眉头，极其不配合地吃着粥。虽然面色看着仍旧苍白，眼中却神采奕奕，已经大好了。

看见她来，宋青屿连吃粥也忘了，安陵见状，连忙招呼林声声过去："哎呀，这孩子难伺候得很，我这个做后娘的是不行了，还是你这亲娘子过来伺候他喝粥吧！"

林声声脸上一红，走过去接过碗，挨着床边坐下，这下倒是她喂一勺他吃一勺，喂两口就吃两口。

安陵翻了翻白眼，嘟囔了一句："有了媳妇儿忘了后娘。"然后，就甩着手出去了。

"你可还有哪里不舒服？平日里见你练剑，还以为你挺壮实的，没想到身体这么弱，还不如我这个姑娘家。"林声声一边喂，一边忍不住嘲讽他，宋青屿没有像往日一样还嘴，安静得让她很不适应。

"你怎么了？不会是发烧烧成哑巴了吧？"

宋青屿一直微笑着看着她，直看得她脊背发凉才开口："你如今对着我倒是什么话都敢说，一点儿也不拿我当世子看。"

经他这么一提醒，林声声才发现果然如此，从前她只是被他气急了才会发飙，如今倒和他一样，说话间时不时怼上一句。

"我很喜欢你这样。"宋青屿脱口又觉得过于直白，忙补充了句，"喜欢你这样说话，毕竟我们也不是生疏的关系了，就跟留行还有顾兄一样。"

林声声盯着他衣襟上的带子，轻轻地问："在你心中，我和他们两个是一样的吗？"

"自然不是的!"宋青屿有些急切地说,手也按在她的手背上。林声声的心跳一下快过一下,抿着唇不说话,忐忑不安地等他继续说。

谁知等来等去,等到他一句:"你是女的,他俩是男的,怎么能一样?"

林声声满脸的娇羞顿时冻住,一把将他的手甩开,愤愤地哼了一声,甩手就走。

这哼来哼去的,也像极了他之前的做派。

宋青屿长叹一口气:"这人啊,想学好很难,想学坏可真容易。"

之后他就发现,这林声声学起坏来真是没边没沿了。从前他再怎么嚣张,自认眼中还是有人的,如今林声声每天在林清坊一待就是一整天,回到府中也将一张脸拉得老长,一看见他,掉头就走,即使同桌吃饭,也拿他当空气。

这样的日子已经持续了七八天,宋青屿实在忍不住了,他怒得拍桌而起……然后就去找尹留行倒苦水去了。

"你说我哪里缺了她短了她了?天天拉着一张脸给谁看?本世子长这么大,哪一个不当我是朵花,蜂拥过来围着我转?她倒好,拿我当根草,还是枯萎的那种。"

尹留行见他一杯一杯地喝着苦酒,本想坑他一把来纾解一下成日被他伤害的苦,但一想到他这些日子所经受的,便善心大发地分析道:"这女儿家的心思比男人敏感又细腻,你为着先王妃的事情痛苦多日,她又怎么会好受?既要和你一起承受过去的苦,又要独自承担你病倒的痛,一时缓不过来情绪很正常。你不好好陪人家,还跑出来喝酒,还抱怨,还是个人吗?"

这一句句话仿若无数道箭,齐刷刷地往宋青屿心里扎,他拿着酒杯的手抖三抖:"没……没这么严重吧?"

"我可见过不少因爱生恨来《望城月报》爆情郎料的姑娘,矛盾一开始都是因为一点儿小摩擦,你可别不当回事。所谓'千里堤坝,溃于蝼蚁',就是这个道理。"

见宋青屿怔住,似是听了进去,尹留行不由得暗叹自己的良善:"下次再有这种事儿就不要来找我了。"不然,他会忍不住出馊主意坑他的。

"原本我是打算去找顾兄的,可他这些天没日没夜地在府衙门口堵夏捕头,实在抓不着人。"

尹留行一杯酒差点儿没泼过去,敢情是没人了才找上他的。

宋青屿琢磨了一会儿,有了主意,起身拍了拍他的肩膀:"今日多谢你指点迷津,等我后院安定好了请你喝酒,先撤了。"

尹留行又坐了一会儿才想起来一档子事,气得五官扭曲:"他请我喝酒解惑,却

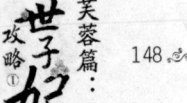

不付钱,这还是不是个人了?"

"不是人"的宋青屿在突击了林声声屋里新换的一批话本子后,迅速定下了此次的总攻方案。

于是这一日暮时,林声声刚从林清坊出来,就看到门口站了一个小人儿,身后跟着郭鲜、郭犇两兄弟,杀了她一个措手不及,想躲都没地方躲。

"宋楠"一见到她,圆溜溜的眼睛眨呀眨,晃悠着扑过来抱住她的大腿,奶声奶气地喊道:"娘亲许久不曾陪我玩儿了,今晚带我在城里转一转吧,奶奶也同意了哦!不信你问他们。"

郭家兄弟齐齐点头,林声声拧着眉想要甩开他,宋青屿像是窥透了她的心思一般先一步松开,随后一个飞扑,跳着抱住她的腰身:"你要是不想让人来围观,指指点点说你弃养儿子,那你大可不理我试试看!"

奶声威胁起人来,别有一番可爱。

林声声无奈,只能将他抱住放在地上,伸出一只手来。宋青屿得逞地笑着握住,两个人往人潮中走去。

从春生街一路往南晃悠,宋青屿真的就像一个七岁,且从小体弱多病没怎么出来的孩子,一会儿吵着要这个,一会儿又吵着要那个。郭家两兄弟四只手塞得满满的,嘴上还各自叼着一个拨浪鼓,一抬脚,就"咣当咣当"地响。

整个过程中,林声声都没怎么说话,只负责给银子,她平日里有些抠门,宋青屿见她如今连眼都不抬一下地掏银子,更加肯定了尹留行的猜测。

"娘亲,我要那个大南瓜,回去雕小人儿!"

"嗯。"林声声从荷包里摸出银子递过去,郭鲜愁眉苦脸地道:"世子妃,属下兄弟两个实在是拿不下这南瓜了。"

"拿不下,你俩就先送回去一趟呗!"

"可王妃叮嘱属下兄弟两个,一定要寸步不离地保护小公子。"

宋青屿眨了眨眼睛:"你看周围这么多人这么热闹,而且离府邸也不远,谁会伤害我一个宝宝呢?你们快去快回,不然我告诉奶奶你们欺负我。"

郭鲜无奈地应下,兄弟两个走出一条街后,郭犇才问他:"王妃为何要咱们配合小公子说完话才回府呢?"

"位高权重的人心曲折得像迷宫一样,谁能猜得着呢?"

打发走了那两个人，宋青屿又装模作样地扯着林声声闲逛了一会儿，见她一直心不在焉，就加快脚步一路往南走了很远才停下，说："我去方便一下，你在这里等我。"

林声声仍是淡淡地"嗯"了一声，站了许久，被一阵比平日更凉的风吹得一阵瑟缩，定睛一看，才发现前面是河水，而后面正是那家叫"芦苇荡春波"的酒肆。

他们竟不知不觉走到了这里。

"声声！"

身后有人喊她的名字，林声声转身的瞬间，被眼前的景致彻底惊住。

芦苇的蒲绒洁白如柳絮，在她回头的那一刻突然飘飘扬扬地四散开来，随着秋风漫天飞舞。河水中漂着一只竹筏，四角各有一支竹竿，上边悬着一盏红灯笼。

竹筏上的人身量已经恢复如常，一身青色锦袍，玉带束发，英俊非凡。他撑着竹筏停到岸边，朝她伸出手："我之前说待到秋来陪你一起看蒲绒，今夜月圆风清，正是好时候，还请世子妃务必赏个脸，随我一游。"

这些日子里，所有的挣扎和犹豫林声声都想不起来了，她只知道若她不伸手，一定会抱憾终身。

她将手放在他的掌心，任他拉着跳上竹筏。宋青屿划了一段距离便停下，任由竹筏自己漂着。

宋青屿准备充分，这竹筏上有两只水囊灌了芦苇荡春波的桃花酒，还有一个食盒，装了些果干点心。在月下水中漂荡，吃着小吃，喝着桃花酒，周遭美景在，身侧心中人在，这世上还有比这更让人舒心惬意的事吗？

林声声感觉到额间热得发烫，以他的眼为镜，她看见那红色十分艳丽，比初见时的颜色深了太多，眼前的人此刻欢喜到了骨子里。

这些天，她一直为阁主那张字条上的内容所扰，此刻觉得不过是自寻烦恼。

经历了这么多波折，她对宋青屿已经倾心，不舍得再伤害他。

她深深地吐了一口气，心头堵着的大石终于落下。她看了他良久，坐到他身边，脑袋轻轻地靠在他的肩上："我累了，借我靠一靠。"

宋青屿的唇角飞扬，一声"好"飘飘荡荡，随着蒲绒一起飞到天边。

靠多久都行，最好一辈子都这么靠下去，他都不会觉得肩膀酸。

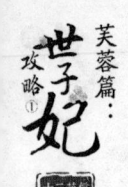

四

从芦苇荡春波回来之后，宋青屿发现林声声不再躲着他、避着他了，每日也是笑居多，就是偶尔会走神，不知道在想些什么。

他观察了两日，打算找尹留行再开导一下，还没出门就被自家母妃拦了下来。

"我是女人，这女孩家的心思我最清楚不过了，你出去转转，买些她喜欢吃的，回来后娘保证她什么异样都不会有了。"

宋青屿犹疑着问："您……是女人？"

安陵一脚把他踹出了王府。

西苑里，林声声正在挑话本子，打算找找灵感，应对以后可能出现的麻烦，听见脚步声，她忙将箱子合好，一回头，见是笑吟吟的淮王妃安陵，惊诧道："王妃怎么这么早就过来了？"

"我啊，是受人之托，终人之事。"安陵招呼她到桌边一道坐下，林声声感到不解，"受人之托？"

"受天下万民之托，望你能明辨是非，分得清孰轻孰重。"安陵敛了笑，目露锋芒，"前朝凌孝帝无子无兄弟，引得天下动乱，有此前车之鉴，高祖皇帝才建立隐阁，以保全皇家子嗣不凋零，我大楚江山代代有人。身为隐阁人的使命如是而已，其他强加的任务不过都是私心所向，你应该明白我的意思。"

林声声心下大骇，慌忙站起身："你……你也是隐阁的人？"

话一出口，不用安陵回答她就已经知道真相，难怪当初听宋起和安陵的故事她会觉得有些熟悉。安陵也是来路不明地在望城出现，做了宋起的护卫后，一心一意地守护，甚至不惜豁出性命。

这确实像是隐阁人维护皇家子嗣会做的事情。

"我见你第一眼就很喜欢你，坚持把你留在王府，是出于私心想帮助你。来路不明的人想接近要保护的对象有多难？我是过来人，比你清楚很多。话说到这个份上，我就不妨再说明白一些。你拿到的那封从隐阁来的信，我比你更早看过。如果你真的要对世子下手，不管是作为隐阁大师姐，还是作为宋青屿的母妃，我都不会再让你活下去。"

林声声失神地点点头，扶着桌案坐下，声音有些低哑："我……我一直以隐阁命令为准则，可伤害宋青屿，我……我做不到……"

安陵的心中已经有了判断，她目光放柔，握住林声声的手："你有此心，是再好不过了。"

"可是阁主的命令……"

安陵冷笑一声："什么鬼命令？不过是拿着鸡毛当令箭，柳漾是仗着隐阁有资历的一辈都已经尽数离开，骗骗你们这些涉世未深的小姑娘罢了。隐阁中人一旦离开总坛到皇家子嗣身边，那就是无论生死都跟隐阁没有关系的。不然你以为，我是怎么嫁给王爷的？"

林声声整个人都不是很好，喃喃自语道："可他是为了什么……"

"我问你，他让你到望城来，是不是来寻王爷的半枚如意符？"见林声声点头，她"啪"地一掌拍到桌案上，茶壶和茶杯都被震得"噼里啪啦"响，"还能为了什么？狼子野心，不外如是。"

"可只有半枚如意符也调动不了奇……"林声声顿了顿，脑中一阵白光乍现，"难道，另外半枚如意符在隐阁？"

隐阁和如意符藏的奇兵都是高祖皇帝所留，一个比一个隐秘，既然如意符一分为二，半枚在历代皇帝手里，那另外半枚极有可能就在隐阁，所以柳漾才让她来望城寻另外半枚。

"哟，你这丫头还算聪明。"安陵又恢复了一开始的笑意晏晏，戳了戳她柔嫩的脸颊，"隐阁那边你不必上心，他们也不能将你如何。如意符被盗，肯定不是柳漾的人下的手，也就没什么可担心的。倒是你，再这么愁下去，我那傻儿子可要心疼死了。"

林声声的脸蓦地一下红了，羞得都不敢抬眼，艰难地找了其他话题把这页揭过去。

"我之前在寻踪阁捡到一块隐阁的木牌，应该就是王妃的。"她走到榻前，从枕下摸出一块木牌递过去。

安陵左右看了看，道："这不是我的，我在隐阁是暗卫门，排行十三。"

她自脖子上解下自己的木牌："喏，这才是我的。"

"十三陵……"林声声与安陵四目相对，彼此眼中皆是震惊之色，"难道说这望城，还有其他的隐阁人？"

深秋连着几场大雨后，望城的青绿色消弭了大半，天也越来越冷。宋青屿喜热不喜冷，一直在王府里窝着，林声声觉得他很像一只猫冬的狐狸。

之前宋青屿还会在白日里跟着她去林清坊，可随着天越来越冷，他终于不去了，林声声不由得松了口气。

有他整日在边上盯着，她连药都做不好。跟他说了几次，他都是鼻孔出气，哼了哼："还没怎么样就开始嫌弃本世子了，这往后还得了？"

这回倒是老天爷帮忙了。

安陵得了两张狐皮，本来打算给她做件狐皮大氅，林声声一想起宋青屿那瑟缩的样子，就把这大氅让给他了。

安陵笑眯眯地拍着她："可真是个体贴入微的好姑娘，本来有我这么好的后娘就是我那浑蛋儿子的福气了，不承想他倒是个后福无穷的呢！"

这么夸人连带着自夸，还是让林声声红了脸。

午后，林声声去林清坊，一进门看到大堂的人，便连忙退了出去，见匾额上确实是"林清坊"三个字，才放心进去。

"真是稀奇，我这儿又不是知府衙门，顾大侠怎么有闲情逸致过来？"

顾决明喝了口热茶："衙门有案子，她被派出城抓人了，我也不好跟过去。"

有时候，她不得不承认顾决明是个神人，在府衙外一戳一整天，也不知道哪里来的定力。

"你这次出来也是有任务在身，如今完成不了……你怎么还留在望城？"林声声知道，顾决明是为她而来的，但又签了协议碰不得她，居然还留在这里，也不怕畅音门的老大怪罪他？

"我留在这儿自有我的道理。"顾决明喝完茶就走了，还扔给她几个铜板，"茶钱。"

林声声无语。

没有宋青屿看着，一整日，林声声都在专心致志地称药、配药，进展喜人。如今，她用不着再以解缩身变小丸的借口才能留在淮王府，也就不想宋青屿再整日受"变身"之罪，便想趁这两日，赶紧把解药做出来才好。

天都黑了，她才定好药方，只等明日斟酌药量，做上几颗看看效果。

"今日夜黑得厉害，小的送世子妃回去吧！"

林声声摆摆手，对何冼说："不必了，也没多远，我提着灯笼照亮就好。"

她一边往王府的方向走，一边在脑海里回想着今日的配药，看有没有哪里不妥。给宋青屿吃的，她要确保没有半分问题才行。

黄芪一钱半，熟地半钱，霜水……

她心里念叨着，拐过一个巷子口，觉得霜水的分量可以增减。手中提着的灯笼将她的身影拉得长长的，余光中细看那影子，竟好像不止一个……

林声声瞪大了眼睛，脚下一点往前一跃，只听"铮"的一声，一把长刀劈在了她方才所站的地方，撞出一片火光。

来人一身黑衣，披着斗篷，大大的兜帽罩着半张脸，刀在手腕一转再落于掌心，一言不发地又攻过来。

林声声自从和淮王妃安陵谈过心后，出入身上都备了根鞭子防身，但功夫实在一般，接了两招后自知不是对手，只好跑路了。

只是黑衣人明显知道她的套路，没等她迈开腿就出了手，林声声只觉得小腿肚子一紧，竟是被黑衣人的绳索缠住，猛地一使力，她被扯得狠狠摔在地上，摔得浑身一震。

"你是什么人？为何要置我于死地？"

黑衣人能埋伏在此，招招奔着她的性命，林声声不会傻到和他讨命。

黑衣人不说话，只是将她拖到身侧，一脚踩上她的后背，长刀举起，顿在半空，迟迟没有落下。

林声声察觉到他的犹豫，急急地问："你可是认识我？"

回答她的依旧是无言的秋风，突然，一阵萧索的笛声响起，不知是从哪条街传来的，凌厉非常，大有在沙场屠敌百万的气势。

林声声的耳朵一阵一阵地发麻，踩在她身上的桎梏却消失了。她大口大口地呼吸着，扶墙站起，那黑衣人已经把刀扔到一边，捂着耳朵在地上缩成一团。

笛声停住，林声声不再有方才那种异样的感觉了，只是地上的黑衣人看起来却比方才还要痛苦，身子不住地发抖痉挛，场景似曾相识。

有人从阴影中拐出来，幽幽地道："我也算是救了你一命，你待会儿就把协议还给我，用来报答好了。"

竟然是顾决明！

"你怎么知道有人要害我？"

顾决明掂着玉笛："我又不是算命的，岂会知晓？今夜太冷了，夏姑娘又素来畏寒，一直抓贼抓犯人来回奔波，万一病了怎么办？我琢磨着去找你做一丸能驱寒暖身的药给她，没想到会碰上这种事。"

畅音门有一个谱子，弹奏时会扰乱人的心神。只是这谱子一旦弹起，凡能听到笛

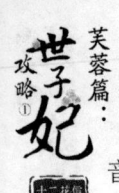

音的人都会受影响,这次若不是情况紧急,顾决明也不会用。

虽说他救了她的命,但往长远着想,林声声只能耍无赖了:"不管如何,多谢你,只是这协议是保我命的,我才不给你。"

"你……"顾决明瞪了她一眼,从她手上夺过灯笼,"罢了,隐阁人心肠歹毒,知恩不报,我堂堂畅音门大弟子何必跟你计较,让我看看,这想杀人灭口的狂徒究竟长什么样子。"

他用玉笛挑开黑衣人的兜帽,灯笼凑近,昏黄的灯火下映出一张清丽却苍白的脸。

"怎么是你?"

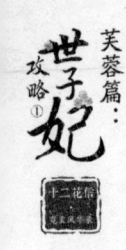

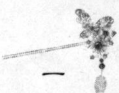

一

顾决明将灯笼扔在一边,动手脱下身上的衣衫披在那人身上,将她抱在怀里。

他一向沉稳,这么紧张关切的模样让林声声一下子就猜到这人究竟是谁。

她捡起灯笼一照,歪在顾决明怀里的女子额上冷汗密布,嘴唇咬得一丁点儿血色也没有,果然是夏锦灯。

一时间,无数个和她相处的画面在眼前飞快闪过,林声声难以置信地呢喃:"怎么会是你?怎么会是你……"

"先别说这些了,她的寒症犯了,你摸摸她身上可带了药出来?"

林声声怔怔地点头,手径直往夏锦灯的腰间探去,却被一只凉得像冰块一样的手抓住,夏锦灯艰难地张了张口:"没……没了……药,没了……"

"药没了你怎么不去买?药没了你怎么还要跑出来?"顾决明大吼着,额上青筋毕露,一使力打横将她抱起,"我带你去看大夫。"

"没……没用的……"

夏锦灯此次病发,看起来比之前的每一次都要严重,周身像是快要冻结一般,眉梢睫毛上都挂了一层白霜,说完之后,连嘴都张不开了。

林声声反握住她的手,竭力让自己冷静下来,抬眼看着顾决明:"她之前吃过一次我做的药压住了寒症,我今日身上没带,你快抱着她随我去林清坊,再晚就来不及了!"

顾决明更紧地抱住怀里的人,将轻功展示得淋漓尽致。

林声声咬着牙,竭力在后边赶着,等到了林清坊,小腿一软,差点儿没直接跪下。

"喂喂,世子妃这是怎么了?"闻声出来的何洗一把将她搀起,林声声话都来不及回,一把推开他就往后院药库里跑。

瓶瓶罐罐"噼里啪啦"地被扫了一地,整个屋子像被炸过一般她也不管,终于在西南角的架子上找到了那瓶服了之后能让人五脏发热的药。

这林清坊除了看顾的何洗之外平日没有人住,后院的几间厢房都没打扫,这么冷的夜,夏锦灯又怕冷,顾决明便找了块厚重的毯子铺在药棚的地上,在旁边点了一堆药材,以明火给她取暖。

"来了来了,快让她把这个吃了。"

林声声急急地跑出来,药丸落手,红得像火。

夏锦灯已经没了意识，只嘴角哆哆嗦嗦的，顾决明掰开她的嘴也塞不进去药，急得满头大汗："锦灯，夏锦灯你吃下去！你吃下去！你不是讨厌我吗？只要你吃了药好起来，日后我就再也不纠缠你了，我顾决明说到做到，你吃下去，你把它吃下去……"

林声声有些无语，拿着药丸去了厨房，片刻后又出来："给你。"

顾决明快要癫狂之际，一抬头，看见一碗热腾腾的鲜红色药汁，林声声看着他："拿热水化开的，直接倒嘴里就好。顾大侠，你今日脑子出走了？"

顾决明一把将碗夺过来，吹了几下就往夏锦灯的嘴里灌。有不少药汁顺着她的嘴角往下淌，好在大部分都喂进去了。

夏锦灯眼睫上的白霜渐渐化开，呼吸也急促了不少。顾决明见她牙根松开，在林声声送碗回去时，将另一丸药掰开喂她吃下。

快近子时，一直以为不在的弯弯月亮竟然挂上了树梢。只是之前乌云太黑，遮得半点儿月光都透不出。

顾决明就坐在地上，半眼也不敢错开地盯着脸色渐渐红润起来的夏锦灯，守了一会儿就忍不住焦躁，冲林声声大喊："她脸色已经恢复了，人怎么还没醒？"

林声声掐了掐发疼的太阳穴，没好气道："这位顾大侠，我就那么一会儿没看着，你就又给她喂了一丸药，这玩意儿吃下去浑身发热，脸不红才怪呢！我说你，平日看着沉稳，城府颇深，怎么今夜像个笨蛋一样？不过所谓'关心则乱'嘛，也不是不能理解。"

这回是她占着理，顾决明知道，再折腾下去恐怕又要被她抓住什么把柄，便转过头不再看她，偏偏林声声的声音传过来："顾决明，你喜欢锦灯是吗？"

旁边的篝火烧得很旺，顾决明垂首细细打量着昏睡的人。她两鬓被热汗弄得濡湿，他伸出手拨了拨，指尖顿在她的眉眼处。

第一眼，他就被这双眼吸引。

无波无澜，清清冷冷，不耐烦也好，欢喜也罢，都不透半分情绪，反倒对他的靠近，总是反应很大。他觉得自己被厌弃，却又忍不住靠近，傻了吧唧地围在她身边，像个不懂世事的毛头小子。

他欣赏她，又懂她。

喜欢吗？

顾决明收回手，清清楚楚地说了两个字："喜欢。"

"你说什么？"

林声声离得稍微有些远，没有听清楚，顾决明也懒得再跟她说话，将夏锦灯身上搭的衣衫往上盖了盖，就听见女子细微的呻吟声。

"你醒了？"

顾决明的声音透着惊喜，夏锦灯睁开有些热的眼皮，烧得迷迷蒙蒙的眼少见地有些呆滞。

林声声忙去拧了个凉帕子过来，给她擦了擦汗，又喂了她一杯凉水："你可算醒了，怎么样？除了有些'热'，还有别的不舒服吗？"

她咬着那个"热"字时还斜眼瞪了顾决明一眼，后者则有些尴尬地咳嗽一声，将夏锦灯扶着坐起来。

夏锦灯静默良久，再抬起眼，从眼皮到眼底都红得厉害。她看着林声声，唇瓣不自觉地颤抖，连带着声音也跟着微微发抖："我刺杀你，差点儿要了你的命，你为何还要救我？"

"你拿刀对着我的时候犹豫了那么一会儿，不然，我可能早就成了你的刀下亡魂了。我能感觉得到，你是不忍心杀我，但又不得不这么做，你待我肯定也不是全然假意的。我到望城来，你是第一个帮助我的人，我拿你当朋友，朋友命悬一线，我怎么会坐视不理呢？"

夏锦灯睁大眼，眼泪再也忍不住地汹涌而出，扑着抱住她啜泣出声："你怎么这么傻？你个傻声声……"

她巾帼不让须眉，没人见过她流眼泪，就以为她不会伤心难过。可她只是不轻易哭，一哭起来就像孟姜女一样，直哭得林声声觉得自己半边衣襟都湿透了。

顾决明听她哭得声音都哑了，心都要裂开，连忙将她从林声声身上扯过来："行了行了，你这才刚醒，小心一会儿又哭晕厥过去了。"

林声声将湿帕子递过去："顾决明说得没错，快别哭了。"

这一哭，像是发泄了心底所有的情绪，夏锦灯一下就清醒了。她拿着帕子擦了擦脸，扭头看着顾决明："我有些话想跟声声单独说，你先出去吧！"

"你这是不是就叫'过河拆桥'？刚好就赶人，我还没趁这个机会邀功呢，不带这样的吧！"

夏锦灯犹豫片刻，坚定地伸出手，覆在他的手上："我有些话今夜一定要跟声声说清楚，等明日我去找你时，再把事情都告诉你可好？"

　　她这么说话，还这么握着他的手，顾决明受宠若惊，一连说了三次"好"，才依依不舍地松开手，一步三回头，一小段路走得歪七扭八地才出去，看得林声声直笑："真是英雄难过美人关。"

　　一回头，见夏锦灯目光灼灼地盯着自己，再想到她方才的郑重其事，林声声顿时严肃起来。

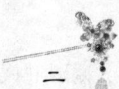

二

"你应该在寻踪阁捡到过一块刻着'七巷'字样的黑木牌吧?那块木牌……是我的。"

饶是林声声已经有所准备,还是被这真相震慑到了:"你是隐阁的人?"

"是,我在隐阁暗门排行第七。暗门跟其他门不同,不会在出山时到皇家子弟身边保护,而是专门由阁主调动,用以巩固和维护隐阁安全,不受外人侵扰。暗门在隐阁之中是最隐秘的所在,除了每代阁主外,没人知晓这一门中究竟有谁。五年前,我被新上任的阁主柳漾派到望城,伺机而动。本来,我一直不知道他让我来望城的目的,直到你出现在望城。"

"我?"

夏锦灯点点头,有火光在她眼底跳跃:"阁主要的,是在淮王手中的那半枚如意符。可他也知道,多少高手到望城来皆是无功而返,若是轻举妄动,定然会被淮王发觉,所以阁主布了一个棋局,这个棋局中,你我皆是棋子……"

林声声虽然功夫一般,但为人坚持,不轻言放弃,柳漾正是看中了这一点,才设计让她去望城接近淮王府。

夏锦灯奉命布置,先是以捕头可出入各处的便利,给方潋滟三人下夜幽散,之后嫁祸给宋青屿化名而成的"王玉生"。再请林声声去天然居吃鱼,又寻了个借口不去,将其引到那条街上新开的寻踪阁。

寻踪阁中的密钥被换成"庆安镇"三个字,让林声声和宋青屿对此留有印象。等到林声声答应赴约,到府衙去找夏锦灯时,她刻意翻开王玉生案件的卷宗,引林声声发现事情和庆安镇有关……

这一系列事情都是夏锦灯故意为之,她之所以费心做这么多事,都是听从柳漾的安排,企图将淮王世子宋青屿拖下水。

柳漾如此,是想让宋青屿发现当年魏瑛死在庆安镇的真相。宋青屿为人张扬,行事冲动,他料想,借宋青屿之手将此事查清,必定会引起血雨腥风,到时候唯一的儿子出事,宋起必定会阵脚大乱,这时,趁机摸清半枚如意符的所在地就是上上之策。

"阁主什么都算到了,却没有算到世子看着吊儿郎当,骄横跋扈,可他去了庆安镇再回来,却是半点儿异样也看不出来。阁主等不到庆安镇的事情轰动全城,却等来了那半枚如意符被盗的消息。"

夏锦灯喝了一口水,润了润干到痛痒的嗓子,继续说:"暗门的人被阁主尽数派

出，找了多日，也没能找到有关如意符去向的蛛丝马迹，便猜想如意符应该还没有出望城，于是，阁主才会让你对世子下手。他想以世子来逼淮王就范，进而控制整个淮王府，借用淮王府在望城的势力和影响，掘地三尺地在城中寻找，可你终究没能下得了手。"

林声声垂下头，神色复杂地说："淮王和王妃待我都很好，我不能恩将仇报去伤害世子，那样会天打雷劈的。"

她口是心非，夏锦灯失笑，却没有戳穿她："之后的事情你便知道了，阁主知道你已经不会听命，留之无用，还可能会泄了隐阁的底细，于是让我对你下手。他只给我三日时间，若是我得手，一切如常，如果没有……"

林声声猛地抬头，问："如果没有会如何？"

"就像方才那样。我身上的寒症，其实不是病，而是蛊。我离开隐阁前夕，阁主为了控制我，便在我体内种了蛊。每一次阁主与我联系时，便会带来一些药，来压制蛊毒发作时的痛苦。他这次没有带给我，说等我得手，药自然会送上。所以，如果我杀不了你，就会毒发而亡。"

她挨到三日期限的最后一天，为了躲开顾决明，她借口出城抓人，没有人知晓她的挣扎，也没有人知晓她为了活下来，这么多年都处在怎样的炼狱中。

每一次的蛊毒发作，冰蛊虫都会啃食肌肉，疼得她连喊的力气都没有。她好不容易撑了这么多年，她想活着。

可她终究不忍，在杀林声声的时候犹豫不决失了机会，顾决明的笛声扰乱心智，逼得她体内的冰蛊虫大动，提前引得毒性大发。可那个她差点儿错手杀了的傻声声，却再一次救了她。

"隐阁建立伊始，是为保护皇家子弟不凋零。如今柳漾的所作所为，与隐阁百年传统背道而驰。"林声声站起身，握住夏锦灯的手，她的掌纹很深，这样的人最是重情，恨与怨反倒记不得多少。

"柳漾以蛊毒控制你，以性命要挟你去杀人，这样下三烂的手段是我隐阁一贯所不齿的。他狼子野心，企图得到整块如意符，之后就是江山动荡，百姓流离失所，我们身为大楚人，就算不能与之抗衡，也绝不能和他同流合污。"

她字字铿锵，和平时的样子天差地别。

经过这一夜，夏锦灯的心里早就有了计较，看着林声声这张倔强的脸，她的眉宇间忍不住浮出一丝笑意："你这一套一套的话是跟谁学的？"

"嗯……宋青屿最近迷上了沙场的话本子，经常念这种台词。"

提起宋青屿，夏锦灯恍然发现，自己曾有的念头已经模糊到快要记不起来，大抵是出现了某个人，占了她所有的视线，让她想记都记不得了。

"既然是你给潋滟她们下的夜幽散，那你能否把解药给她们？"

"在她们吃了你做的药不再发狂后，我便偷偷地把解药换进去了。"

林声声笑了："看，你从一开始就是个好人。对了，这个给你。"她将"七巷"的那块木牌给她，"你为何要把这木牌留在寻踪阁啊？"

"不是我留的，而是我掉的。等我发现木牌不见的时候再回去找，寻踪阁的老板已经离开望城了。我踹开门进去找，但是遍寻无果，便猜可能是在你那儿，不然别人谁看见破木牌子应该都不会想着要拿。"

林声声皱起眉头："若是你掉的，怎么可能掉在墙里面？"

夏锦灯的眸子凝在远方："那就是有人故意的了，这望城真是潭浑水，素日看着平静，等一搅和起来，就是理不清的污秽。"

"夏锦灯，你说没说完？都什么时辰了？快放林声声出来跟我回家！"

门外响起宋青屿不满的喊声，林声声的脸悄悄地红了，夏锦灯推推她："你快回去吧，不然，世子该挟私找我麻烦了。"

林声声快步走过去，推开门，回头对她挥挥手。

夏锦灯看着那道她曾经无数次偷偷注意的身影在视线里渐行渐远，就好像那些本就发虚的痕迹在她的生命里被彻底抹去。

半开的门外探进来一颗脑袋，顾决明哀怨地问："这下该轮到我了吧？"

夏锦灯轻轻地笑了笑，似守候一夜，总算等到绽放的昙花。

三

话虽然已经言尽,但柳漾如今的所作所为已经没有底线,为了不打草惊蛇,夏锦灯这边不能泄了已经叛离的底。该如何做才能掩人耳目,这就是个问题了。

夏锦灯和林声声商量过后,将宋青屿、顾决明和尹留行找来,林清坊后院空出来,前面有郭鲜、郭犇两兄弟把守,后面还有何冼,确认再没外人能听得到院中的谈话,才由林声声将事情的经过详细道出。

三个男人中,宋青屿和顾决明坐着,尹留行靠在旁边的树上。言语道尽,天边一队大雁由南向北飞过,底下三人俱是沉默。

最先有所反应的是宋青屿,他上下打量着林声声,来回足足打量了十来遍,才若有所思道:"原来你处心积虑地想进王府,是因为隐阁的事情。"

接着是顾决明,他歪头看着夏锦灯,恍然大悟地长长"哦"了一声,不怀好意地笑道:"怪不得你从一开始就不待见我,原来是怕身为畅音门大弟子的我发觉你隐阁人的身份。"

剩下的尹留行四下扫了一圈,最后仰头望天:"嘀,我就是个局外人,我什么都不知道。"

孤独的姿态,令人心酸。

"如今事已至此,隐阁势力庞大,一切还要从长计议,首要的就是不能逼柳漾狗急跳墙,得安抚一下他才行。你们三个鬼主意多,帮着想想办法。"

"喂喂喂,世子,你管管你老婆,什么叫鬼主意多?会不会说话?"

宋青屿不耐烦地瞥了一眼尹留行:"要你管!"

"也对,既然世子压根儿就没有'宋楠'这个儿子,那林声声自然也不算是你的世子妃,你也管不着。"尹留行从前为着这个不存在的"大侄子"宋青屿折腾得够呛,如今总算找到了一个反击的点,差点儿没把尾巴翘到天上去。

宋青屿的不耐烦更甚:"你话怎么这么多?长得这么汉子,怎么性子这么娘们家家的?怪不得二十五六岁,身边连个姑娘的影儿都看不到。"

尹留行气得差点儿吐血:"你……"

"我想到主意了!"林声声眼睛一亮,几步走过来握住尹留行颤抖的手,"多谢你,尹将军。"

宋青屿盯着她的动作眸色一暗,站起身来很自然地走过去,随口问:"你谢他做什么?"话音刚落,就把她的手扯了下来。

"他方才说起'宋楠',一下子给了我灵感,既然柳漾让锦灯杀我,那如果我死了,他自然就不会起疑。"

宋青屿顿时攥紧她的手,勒得死紧,声音也低沉下来:"死什么死?有我在,谁敢让你死?"

林声声红着脸拍开他的手:"又不是真死,只是换个身份嘛!"

"你的意思是……"夏锦灯隐约猜到,试探着问,"也吃那个缩身变小的药丸,谎称是世子的女儿?"

"对,就是这样!缩身变小丸的解药我已经做出来了,而且在熬制解药的过程中等得无聊,就把这药丸改良了一下,这次吃下去,就会长时间维持小时候的身量,只有吃了解药,才能恢复正常。只要咱们好好地设计一下,让林声声在众目睽睽之下'死'去,我吃下缩身变小丸,再找王妃串一串口供,自然不会引人发觉。"

"这个主意好,设计的事儿就交给我,这种事我最在行了。"尹留行大包大揽,终于找到了自己存在于这个团体之中的意义。

宋青屿摩挲着手指,突然一步步走近林声声,直到把她逼到墙根才停下:"你早就做出了缩身变小丸的解药?"

"也没有很早,就是前几日的事情。"他的脸靠得有些近,旁边还有夏锦灯他们在,她有些不好意思地想要躲开他。宋青屿干脆左脚踹上墙,右手支到她的脑袋边上,把她堵得严严实实的。

"那你为何不拿给我吃?"

林声声知道躲不过,只好垂着眼不看他:"我……我忘记了。"

"哼,我才不信,你就是故意不给本世子吃,生怕我恢复原样,你没了用处之后,本世子就会把你赶走。"

他刻意扭曲,往自己脸上贴金。没想到林声声闻言脸红得更厉害,半响,竟低低地"嗯"了一声。这下可让宋青屿有些措手不及,手脚来回地换,不知道放在哪里好。

不远处的三个人嘴角抽搐地看着宋青屿,尹留行端详良久才下定论:"他这样子,像不像是自己下套自己钻?"

顾决明不厚道地笑出声:"哈哈哈哈……尹兄可真是个人才。"

夏锦灯也抿着唇笑了笑,随后想起什么似的对顾决明道:"你过来,我有话问你。"

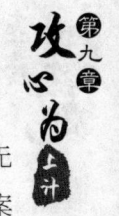

这一下，就又把尹留行一个人扔在原地了，他的脑海中不由得浮现出一张艳丽无方的脸，再想想自己的际遇，迎着风流眼泪，摇着头叹着气，转身找纸笔写设计方案了。

"想问什么这么神秘？"

"我看你方才的样子，是不是早就知道我是隐阁人？"

顾决明唇边勾着笑，眸子却讶异地睁大："我自问我一向反应精准，少有人能在我说谎时窥破，你却一下子就看出来了，你说，这是不是就叫天作之合？"

"少贫嘴。"

夏锦灯美眸睨他一眼，他立马肃着脸不再笑，听她又问："畅音门与隐阁不睦已久，你既然知道，怎么没有动作？"

"你行事隐秘，我对你的身份也只是猜测，并没有实据，再说，我怎么没有行动？"他抬起手，将她额角的一缕碎发拨到耳后，"夏姑娘难道没听过'攻心为上'四个字？"

夏锦灯一侧头，脸颊不由得蹭到他没有移开的指尖，留了幽幽清香在手："我才没有被你攻下心，你不要胡说八道。"

顾决明不置可否："当然，夏姑娘心硬如铁，自然不会被轻易感化，倒是在下生了一颗豆腐心，夏姑娘随意一瞪眼，在下那颗心就忙不迭地碎化开来。夏姑娘，想吃豆腐脑吗？"

夏锦灯脸红似火，但到底是潇洒女子，被调侃几句后便想起来回击。她扭过脸，刀出鞘一寸："自然要吃，过来，让我挖开。"

"哪用这么麻烦？"顾决明冲墙根底下的那两个人喊话，"走了，夏捕头想吃豆腐脑，我好心带你们一起去。"

夏锦灯无语，她真想把刀扎进去，看看这个人的脑子到底是什么构造。

在尹留行的安排下，当日，望城中就沸沸扬扬地传出一个八卦消息，说世子妃林声声其实给世子生的是一对龙凤胎。兄妹两个都是一出生就患了病，小公子宋楠先行回来，小小姐因为体质更弱，病得更久，再加上王府里某些人重男轻女，所以等小小姐病情大好了，才被带回来。

翌日，黄昏时分，已经许久不在城南望月茶楼说书的宋青屿再次出山。

这是宋青屿时隔数月后第一次出现，又有昨天那么大的一个八卦，是以，这一次

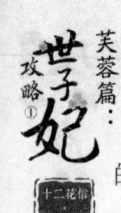

的望月茶楼不光座无虚席,连个站脚的地方都没有,房顶都趴了不少人。

"相信各位也都知道本世子的近况,在此,我也就不赘言了。承蒙各位对我的厚爱,我琢磨着,也该找个合适的时间面对面地同大家说明一下,如今犬子已经安稳,女儿也刚刚接回,正是好时候。"宋青屿走到台边,对着下边探出一只手,眉目温润,声音轻柔,"来,声声。"

林声声搭上他的手,被他拉着站在高台之上。宋青屿春风满面,朗声道:"虽然在座的各位应该都已经知晓她的身份,但我今日还是要郑重其事地为大家介绍一下。这一位,便是与我有青梅竹马情意,让我得以儿女双全的世子妃。我少时被父王送出望城游学,却不幸落于山匪手中,多亏世子妃搭救,我才能逃出生天,我们由此相识,在城隍庙中躲避时定下百年之好。"

他的声音依旧低沉悦耳,娓娓道来一段少时的至纯爱恋,台下一众曾倾慕宋青屿的姑娘皆听得眼泪汪汪的,若不是林声声知道是怎么一回事,可能还真就信了。

只是这故事,怎么有点儿像她第一次撞见"王玉生"时讲的改良版本?

思忖间,宋青屿已经侧过身面对着她,满目皆是似海情深:"这些年,你带着孩子们东奔西走求医问药,一路波折劳苦,我宋青屿对天起誓,日后会好好地护着你们,绝不会让你们受到一丝一毫的伤害,若有违誓言,就让我孤独终老,晚景凄凉。"

林声声还没反应过来,就听见底下响起一片啜泣声。她心跳如鼓,却不是被感动的,而是紧张的。

四目相对间,她望进他的眸底,他看起来真的像是一个深情地许下山盟海誓的夫君。她抿了抿唇,就着他拉着她的手上前一步:"我……"

话刚出口一个字,视线里,一道白光折进眼底。林声声瞪大眼睛慌张地望过去,手顺势将他推开,一把末端绑着铁链的长刀从房顶的气窗飞入,直直地插进林声声的腹部。

"保护世子、世子妃!"

郭鲜一声疾呼,外面的王府侍卫鱼贯而入,站在高台之上将二人团团围住。

变故发生在旦夕之间,望月茶楼有一瞬间的死寂,随后,众人才反应过来,顿时乱作一团。

"杀人了!"

"谁都不许走!"郭犇一夫当关,堵在门前,眸色锐利,"今日在望月茶楼的,

不管是在屋里还是在房顶，都有刺杀世子妃的嫌疑！"

"声声！"侍卫围住的高台之上，传来男声凄厉哀绝的痛哭，"你为何要替我挡这一刀？这么多年你从来没有过过好日子，如今总算苦尽甘来，你为何这么傻？声声，我的声声啊……"

谁都没有见过望城中千尊万贵，向来光鲜亮丽的世子如此伤心欲绝的模样。茶楼的喧闹被他泣血般的哭声压下来，半晌，侍卫们让开一条路，宋青屿面色苍白，眼中瞳孔涣散，毫无焦距，眼角却一直有清泪渗出，顺着脸颊滑落。他的怀中抱着俨然已经断了气的林声声，腹部仍插着那把长刀，鲜血汩汩而出，染红了她身上那件鹅黄色的撒花长裙。

人群自发地退到一边，侍卫在他身后相护，簇拥着这对历经坎坷，却终究天人相隔的年轻夫妻回到他们的家。

高台之上只留下一摊血渍，提醒着所有人方才发生了什么，众人面面相觑，深陷震惊，久久不能回神。

福客来客栈中，顾决明拨弄着手上的玉笛，窗外倒挂一道黑影，他起身推开窗，将人迎进来，问："怎么样了？"

夏锦灯摘下兜帽，淡淡而笑："一切顺利，这下，但凡身在望城的人都知道世子妃林声声被刺客的飞刀刺中，当场身亡了。"

顾决明不由得感叹："不想这尹留行除了做鱼之外，还有这样的部署能力，只做个守将真是屈才了。"他垂眼看着从望月茶楼一路飞奔过来的夏锦灯，半生行走江湖，第一次有了归属感。

"若是柳漾得到消息，就会拿解药给你，林声声懂这些，到时候让她看看这解药，写个方子出来，以后即便没有柳漾，你也不必担心发病。"

夏锦灯点点头。

等望城事了，我带你走吧！

顾决明张了张嘴想说什么，却终究没有说出口。

一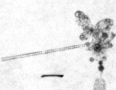

世子妃林声声死于刺客刀下的消息在望城中不胫而走,有人在王府中有亲戚,说世子抱着世子妃的尸体回去之后便昏厥过去,大夫说他这是急火攻心,刺激过度所致。

世子一病不起,世子妃的丧事便由淮王妃亲自带人操办,一切事宜从简。

还未入冬,竟一夜飘了雪花,百姓们纷纷道这是世子妃惨死惊动老天爷,才惹得十月飘雪。

一大早,王府就迎来前来悼念的人,尹留行脚步沉重,大步流星地进门,对着世子妃的灵位叩拜上香,沉默良久后,去了西苑看望仍旧昏迷不醒的世子。

他只在西苑停留了一会儿便出来了,撞上两个从东苑跑出来的小娃娃,一男一女,皆是一身素白的丧服,身后跟着神情哀痛的淮王妃安陵。

"末将见过王妃。"

安陵无力地摆摆手:"你去看过青儿了?"

"唉……瞧他那样子,末将看着真是心疼。"

"逝者已逝,他整日整夜地伤心,为了躲避现实不愿意醒来,可怜了这两个孩子……我要去前头灵堂看看,留行,你看顾一会儿他们两个吧!"

尹留行叹着气点头,一手拉着一个小娃娃往西苑走,没有进宋青屿的主屋,而是去了原来林声声住的那一间。

一进门,他那沉痛到不行的表情顿时收起,揉了揉发僵的脸颊,瘫在靠椅上:"我这一大早就来回奔波,你们两个是不是应该好好地报答我啊?"

女娃娃呵呵一笑:"报答你什么?报答你让我有幸可以参加我自己的追悼会?"

夏锦灯从气窗里飞出来的刀是伸缩的,林声声腹部的血是事先装好的血袋,在侍卫们一拥而上挡住众人视线时,宋青屿只要稍稍地做些手脚,等人群再散开,就有了林声声众目睽睽之下被刺客刺杀"身亡"的那一幕。

回到王府后,林声声和宋青屿都吃了改良版的缩身变小丸,可长时间维持七岁大小的身量。从此,王府中没了世子妃林声声,多了个小小姐"宋娣",以及因亡妻而伤心欲绝,成了行尸走肉的世子宋青屿。

"我这法子多好,多完美,昨晚隐阁已经派人把解药送到夏锦灯手里了,看来,他们已经信了这个邪了。"尹留行从怀里掏出一个小盒,放到她的面前,"顾决明说了,让你看看这解药的成分,之后,夏锦灯就不用再依靠隐阁的药了。"

林声声鼓着一张圆圆的小脸，摩挲着盒子的边缘："唉……我如今只是个孩子，怎么能让孩子做这种事情呢？"

"就是，告诉顾决明，等以后再说。"宋青屿跷着脚，捡起盒子，随手扔进箱子里，靠椅很宽敞，他就爬上去和林声声同坐一张。

明明就是两个小娃娃模样的人，可尹留行就是越看越碍眼，比他们两个是成年人的身量时更碍眼："不是我说，世子你压根儿没必要服这个药，干吗还多此一举？"

"'郎骑竹马来，绕床弄青梅'，如今能有这样的机会，我当然要珍惜，你个万年老光棍懂什么？"这也算是变相把他和林声声脚前脚后都编过的瞎话变成了现实。

青梅竹马，是这世上最纯真、最美好的关系，多少人想要都没有，如今兜兜转转，竟能有办法让时光倒流。

林声声小时候长得更加讨喜，冲着宋青屿娇娇憨憨地笑着，尹留行备受伤害，若不是还有要事商量，他真的很想立马离开这个是非之地。

"顾决明他们两个不方便一起过来，怕引人注意，便将他们的想法都跟我说了。以你们口中所说的柳漾的奸诈程度，他迟早会将事情猜透，到时候，不管是林声声还是夏锦灯，他都不会轻易放过。顾决明他们的想法是，先下手为强。"

宋青屿站起身，坐到桌案上，这个高度正好能和尹留行平视。后者嘴角一阵抽搐，就听宋青屿说："我已经和父王商议过，请他暗中调集望城兵马。柳漾图谋不轨，我父王身为大楚镇国大将军，不会放纵任何一个可能会危害我大楚江山社稷的乱臣贼子！"

"好！"尹留行拍案而起，到底是武将，一提征战便热血沸腾，"顾决明说，畅音门与隐阁势如水火数年，如今，咱们若是要攻打隐阁，畅音门一定会倾巢而动，助我们一臂之力！"

宋青屿骨子里流淌着一代战神淮王的血，虽是孩童的轮廓，眸底却锋芒毕露："有声声和夏锦灯带路，等到人马暗中集结完毕，便立刻出发偷袭隐阁总坛！"

"好！"

"好！"

按照大楚皇室风俗，淮王世子妃林声声的灵堂要设七日，随后，再下葬封地陵寝。在第五日光景，一队人自京城风尘仆仆地赶来。

西苑里，一关上门，宋青屿和林声声就立刻开启"两小无猜"的相处模式。林声声觉得幼稚,但架不住宋青屿的兴致勃勃,就只能陪着他一起爬树上房,抽陀螺,丢沙包。

"可惜这个时节没有鸟蛋,不然可以掏一掏,真是遗憾。"宋青屿一个用力,将陀螺抽飞了,林声声便拿一个新的给他摆上,"我看你这个样子,小时候应该也是调皮捣蛋什么事儿都干,怎么还没掏过鸟蛋?"

"我小时候父王脾气特别暴躁,逮到我一点儿错就是一顿打,后来我才想明白,他是看不惯我总缠着母妃才找我麻烦,我大概是他从水沟子边上捡来的。"

"你不是我从水沟子边上捡来的,是从茶馆前头捡来的,不然话怎么这么多?"

外面传来一个浑厚的男声,随后门被人从外一掌拍开,宋起蹙着眉头大踏步地走过来,宋青屿连忙往后躲:"父王,我不是那个意思……"

"得了,不是要揍你,你快吃解药变成正常身量,跟我出去一趟。"

宋青屿放下捂着脸的手,与林声声对视一眼,问:"做什么去?"

"京城来了人,马上就要到望城了。"

林声声迈着小短腿已经将解药拿了出来,宋青屿接过吞下,拍了拍她的手,低声道:"我待会儿就回来。"

宋起眉头皱得更紧,一把扯过他的衣襟往外拽。宋青屿扑腾着,吵吵嚷嚷着:"我自己能走,究竟是谁来了?"

"是冀王,宋寓。"

当今元庆帝膝下子嗣不少,大皇子宋临修是皇后所出,又是长子,一出生就被尊为太子,但这么多年,太子一直庸庸碌碌,只求保住东宫之位。当年宋起前往封地望城时,除太子之外的其余几位皇子年岁都不算大,不是资质一般,就是出身不高。

所以那时,朝野上下才有一种声音,说若是宋起这个皇弟即位,大楚江山有望。

冀王宋寓就属于出身不高的那一类,其母妃只是出身商贾之家的小户女子,多年前病故。

宋起和宋寓接触不多,只记得他温和有礼,又因为其母的位分不高,为人一直低调谦和,是位谦谦君子。

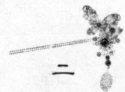

　　望城的城门口，一场提早来的雪压落了树上的最后几片枯叶。只是第三日，雪就全部消融，积雪成水，淌成一汪汪小河。一阵风吹来，宋青屿打了个寒战，将脖子往大氅里缩了缩。

　　宋起的视线定在远方："半枚如意符被盗，以及庆安镇的事情都已经被秘密传到了京城，冀王此行是来查探虚实的，只是他究竟为哪件事而来，又是为了谁而来，为父不得而知，你待会儿机灵些，说话要注意分寸。"

　　他几句话就挑明了两件事。

　　第一，望城里有京城的探子。

　　第二，京城里有望城的探子。

　　照目前看来，宋起的探子行事更快更稳妥，才让宋起在冀王到来之前就已经洞悉京城中事。

　　宋青屿低低地应了一声"是"，吐了一口白气，很多事情他都是后知后觉。如果不是宋起有所布置，望城也许不会有这么多年的平静。

　　远处传来"嘚嘚"的马蹄声，平整开阔的官道上，两匹马引路开道，后面跟着一辆马车，再后面则是一队奇兵，有四十多人。

　　宋起负手而立，那马车在城门前停下，一个人撩开车帘跳下来，论长相，倒和宋青屿有三分相似，毕竟是堂兄弟，只是笑容温润，不像宋青屿那样飞扬跋扈，令人难以忽视。

　　"多年不见淮王叔，王叔一向可好？"

　　"劳殿下挂念，本王一切都好，这是犬子宋青屿。"

　　毕竟是在淮王封地，二人只见了平辈的礼。宋寓熟络地拍了拍宋青屿的肩："我上次见你，你还是个少年模样，想不到如今已经长得这么大了。"

　　宋青屿客套地微笑着，心里腹诽着，你看起来不也和我一样大？

　　"殿下舟车劳顿，本王已经备下薄酒来给殿下接风洗尘，请。"

　　"王叔请。"

　　宋寓听说王府出了事，进去时先去灵堂上了一炷香，才跟着宋起父子入了花厅。因有白事，接风宴一切从简，宋寓简单地用了两口，便撂下筷子："淮王叔身为武将，行事干净利落，那侄儿也就不兜圈子了。"

　　宋起颔首："有什么话，还请殿下开门见山地说。"

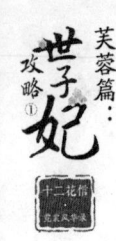

"实不相瞒,侄儿此次前来,是奉了父皇口谕。"

"口谕?"

宋寓点头,道:"放在王叔这儿的半枚如意符被盗的消息已经传到了父皇的耳朵里,此事关系我大楚江山社稷,父皇放心不下,这才派我前来,担心若是明诏下达被有心人截去会生事端,便下了口谕给我,让我到望城查明原委。"

"事关重大,青屿你先出去吧,为父要单独和冀王殿下商讨。"

宋青屿起身,对二人各行一礼,踏步出门。如今他身量恢复如初,于情于理也要到灵堂站一站。经过前五日,该祭奠的人都来得差不多了,此时的灵堂里,只有几个负责燃白烛、烧纸钱的下人。

"你们都出去吧,我要和世子妃单独待一会儿。"

下人们放下手中的活计,鱼贯而出。宋青屿脱了身上的白狐大氅搭在腕间,坐在棺材前的垫子上,将大氅叠了几折抵在额头和案台之间,闭目养神。

他已经从"整日整夜地伤心导致昏睡不愿醒"的状态里出来,不可能大大咧咧地继续回去睡。可这几日,他和林声声两个人玩疯了,如今总算有个没人打扰的地方,先补补觉再说。

过了一会儿,宋起和宋寓说完话从花厅中出来,往宋起的书房走,路过灵堂时,看见里面的宋青屿头靠在棺材旁边,一语不发。

"世子和世子妃的感情真是要好,只可惜天不垂怜,造化弄人。"宋寓低声喟叹,又道,"我在京城听闻世子已经儿女双全,我膝下至今还未有一儿半女,真是让我羡慕,王叔能否带我去瞧瞧侄儿侄女?"

宋起不动声色地道:"这两个孩子保得不容易,之前多亏了他们娘亲东奔西走求医问药,本就身体不好,如今骤然失了母亲,两个孩子弱症又犯,需要静静地养着,等过几日好些了,再领他们来见殿下吧!"

宋寓温和地笑了笑:"这样也好。"

白日睡得多了,夜里宋青屿就不困了。冀王带来的人都住进了王府,他只要一出西苑走几步,就能碰上一个,非常不自在。本来想溜出去找尹留行问问冀王的底细,这下看来,倒是很难脱身。

他在花园转了一圈就回到西苑,有些气闷地跌在榻上:"怎么在自己家里还跟坐牢一样?出入都要受限。"

林声声正睡得迷迷糊糊的,被他一只胳膊一甩,压得直哼哼。宋青屿听在耳朵

里，一个激灵坐起来，她如今那么小，他是真的没注意到榻上睡着个人。

"你怎么跑到这儿来了？"宋青屿见她坐起来，揉了揉眼睛，一派天真无邪的样子，心思一转，"你是不是在这里等我呢？"

被戳中心事，林声声有些不好意思，往里面挪了挪，让他上来些："你刚才说什么出入受限，是怎么回事？"

"冀王带来的那队人一直在外面晃悠，我怎么看怎么像是监视人的。冀王这一趟，来者不善哪！"

"那王爷呢？王爷怎么就任由冀王的人马进府？"

宋青屿靠在墙边，努了努嘴："我也不知道他们在花厅都说了些什么，只知道那之后，冀王的人就进府了。我是想问父王，但他一直陪着冀王，我没机会靠近。不过不必担心，他们能监视我们，淮王府的护卫自然也会监视他们的一举一动。冀王就算是领了皇命来，但人手有限，要是真的想做什么，不用父王调动城中的将士，只咱们王府的人就能制服他们。"

林声声眨了眨眼看他："那你干吗把眉头皱得死紧？你照镜子瞧瞧你自己，五官都要拧到一起去了。"

"智者自有万千事情要愁，岂是你一个小女子能够窥见的？"宋青屿恢复了张牙舞爪的样子，起身抱了床被子，夹了个枕头就往外走，走了两步又折回来将床幔放下，"今日我心情好，就允许你鸠占鹊巢吧！"

这几日，林声声都是睡在西厢房的，今天轮到宋青屿了，他胡乱往榻上一滚，鼻尖萦绕着几缕淡淡的芙蓉花香。

他母妃生前喜欢用芙蓉花做香囊，身上就总带着这香气。后来遇到林声声，她身上的芙蓉花香很淡很轻，不是香囊的味道，是她身体里带的天然的香气。林声声说过，她从前误食过木芙蓉花蕊入的药才会如此，只不过，不是谁都能察觉得到的。

宋青屿每次闻到，都会觉得心情平和，他深深地嗅了一下，侧过身，唇角弯弯，一夜好眠。

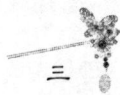

三

停灵第七日,天不亮,淮王府的扶灵车便出了城门。父不送子,按照规矩,淮王夫妇只送出王府便回去了,由宋青屿一身素服亲自去送行,一对儿女因弱症又犯,没能同他一起去。

封地望城的陵寝在青山以东二十里处,依山傍水,是个绝佳的地方。

队伍刚走到青山脚下就飘起了雪花,之前的积水未干,雪覆在上面很快就结了一层冰,扶灵车行得小心翼翼的,一路到了陵寝,宋青屿眼看着棺材被抬进陵寝,身形晃了晃,常焕眼疾手快地扶了一把,已是泪眼婆娑:"世子,您可要节哀顺变,王府里的小公子和小小姐可还指望着世子呢!"

宋青屿紧闭了闭眼,再睁开时竭力忍住情绪,这才跟着一道下去。

陵寝封闭许久,里面有一股闷了许久的味道,宋青屿微微蹙了蹙眉,突然长眸凝住,鼻翼动着,又仔细地闻了闻,竟是一股若有似无的芙蓉花香,是他再熟悉不过的味道。

宋青屿的手移到腰间的荷包上,里面装着几颗林声声让他随身携带的药丸,以备不时之需。

借由宽大的袖子掩住动作,他摸出那颗吃过好几次的药,趁人不注意放进嘴里。这药一落胃就会发作,宋青屿气沉丹田,咬紧牙关:"声声!林声声!"

林声声说过,这个药只有在双方都服用的情况下才能互相沟通,若事情如他所想,那她一定会事先吃一丸。

他喊了两声没有回应,暗道自己真是想太多。就在这时,一道声音突然响起:"宋青屿,我在这儿,我在棺材里。"

果然!

宋青屿声音拔高:"你在那里做什么?万一我没发现,你岂不是要被锁在棺材里闷死?"

林声声还有心思笑:"我知道你一定会发现的,不然我才不会钻到棺材里,我可没那么傻。待会儿你支开所有人先走,然后再把我放出来。"

"好。"

下人们在陵寝里进进出出,宋青屿则一脸心如死灰地站在一侧,目光灼灼地盯着棺材。半晌,一切都归置妥当,常焕凑到他的身边:"世子,咱们回去吧!"

"常焕,本世子怕冷。"

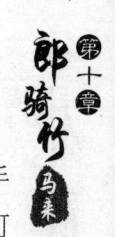

他兀自说了这么一句话，常焕不知是何意，正揣摩着，宋青屿已经迈开步子，手覆在棺材板上，唇色苍白地笑了："在声声身边，我才不觉得那么冷。又下雪了，可真冷。你让他们先回去，我想在这里多待一会儿，暖暖身子。"

常焕偷偷地抹了抹泪，招呼所有人出去，给饱受丧妻之痛的世子一点儿时间。郭鲜和郭犇两兄弟在陵寝外守着，其他人打道回王府。

宋青屿等外面没有动静了才动手，用郭鲜的刀将棺材撬开。他想，这郭家两兄弟既然能被他母妃派来跟着变小时候的他，肯定是靠得住的人。

棺材甫一打开，尚是女娃娃模样的林声声立刻狂咳着，宋青屿双臂穿过她的腋下将她抱出来，拍着她的后背帮她顺气："是谁把你放在棺材里的……我母妃？"

林声声点点头："早上王妃到西苑来看她名义上犯了弱症的孙女，穿了王爷的大氅过来的，那大氅过于宽大，藏一个瘦弱的孩子不是什么难事。早起灵堂又忙得人仰马翻，王妃趁机将我放进棺材里，又给了我一封信。"

"信？什么信？"

"送到京城的信。"林声声握住宋青屿的手，郑重其事道，"王爷猜冀王此行目的不良，为保万全，要到京城去搬救兵。我已经带了缩身变小丸的解药，恢复正常身量后就上路。"

"让你去？这天寒地冻的让你一个姑娘家去京城？我不同意！你不许去！"

"冀王同王爷说话句句客气，却仗着带着皇命而来，逼王爷放他随行的兵将进入王府。王爷若是不听他的，便是违抗皇命，他身为皇上特使，若是先斩后奏，谁又能将他如何？他们处处监视，整个王府就只有已经死了的我去京城，才不会被冀王发觉。"

宋青屿铁青着一张脸，扬手甩开她，声音厉下来："死什么死？你明明好端端地活着！我不管，我就是不同意，有我在，你休想去冒险！"

"宋青屿！"林声声柳眉倒竖，一巴掌甩在他脸上，虽是孩子模样，气力很小，却足以将他打醒。

"我知道你担心我，可淮王与王妃待我如亲生女儿，如今他们有危难，我怎么能怕冒险就弃他们于不顾？王妃耗费心神地送我出来，必定是走投无路了，青屿，若你和我的位置倒换，我劝你不去京城，你会答应吗？"

"不一样，我们怎么会一样？"

林声声双手捧着他的脸，眼底泛了红意："留在望城，所面临的危险不会比去京

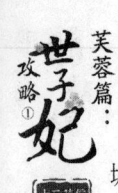

城的少,甚至更多。你答应我,要努力撑下去,撑到我回来,你答应我。"

宋青屿无力地垂着头,额头抵在她的额上,她一直比自己想象的还要执拗。半晌,他开口:"好,我答应你。你也要答应我,一定要平安回来。"

她直起腰身,他听她重重地"嗯"了一声。随即,有温热的东西贴在他的额间,软如云絮,一触即放。他心潮紊乱,扣住她的身体,紧紧地抱住她。

一定要回来,要平安地回来。

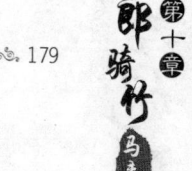

四

等天黑之后林声声离开，宋青屿才带着郭家兄弟回到望城。

王府一切如旧，守门的护卫却换成了冀王的人。宋青屿一迈进门就觉得不对劲儿，却没露半分异样，脚下坚定地向前。

他如往常一般走到西苑，从暗处走出来一个冀王的侍卫："我们殿下请世子到淮王的书房议事。"

宋青屿让郭鲜、郭犇二人留下："等会儿回来跟你们喝酒。"

书房里灯火通明，宋青屿一进门，就察觉到了屋里剑拔弩张的氛围。他父王被绳索捆住，强压着跪在地上，神情冷厉。宋寓坐在上首，不慌不忙地饮了一口茶才看向宋青屿："世子可回来晚了，错过了方才的好戏。"

自记事开始，宋青屿还从没见过自家父王被如此对待，冷冷地道："望城乃我父淮王封地，冀王殿下如此行径，也太过放肆了！"

"淮王叔草菅人命，隐瞒不报，如此行径才是放肆。怎么，世子还不明白？庆安镇的事情传到了京城，皇上听闻龙颜大怒，本王前来并不是为了那半枚如意符的事情，而是为了庆安镇之事而来。"宋寓站起身，茶杯被狠狠地摔在地上，碎声刺耳，"淮王叔欺君罔上，实有忤逆之心，已被本王拿下，择日就要押解进京。世子爷，你身为淮王之子，有共谋嫌疑。但倘若你能将功折罪，本王可以在奏折中言明，淮王之事与你无干。"

"父王明明……"

"青屿！不要和他多言，欲加之罪，何患无辞？"宋起几不可见地摇摇头，宋青屿会意，吞了话头问："不知道冀王殿下所说的将功折罪，指的是什么？"

宋寓指着宋起，平日里伪善的温和面具尽碎，眸底阴鸷非常："世人皆知，淮王拥兵自重，其手下将士无不以他马首是瞻，这样的人身处囹圄之中若是振臂一呼，难免那些将士不为他舍命劫囚。若是世子能让淮王交出望城的兵权信物，便是大功一件。"

"我父王是皇上亲封的镇国大将军，只有皇上才有权收回父王的兵权。我敢问冀王殿下，您奉皇上口谕到望城查庆安镇一案，那皇上口谕可否言明，要你收缴淮王兵权？若是没有，我看谁敢妄动！"

传闻中宋青屿不务正业，自甘堕落地到茶楼说书，乃是一等一的纨绔子弟。可他如今这番话，却是字字铿锵，掷地有声，让宋寓不由得心神一震。

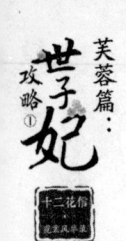

若非传闻有误，就是虎父无犬子。

宋寓负手在屋中踱步，想到什么似的低声笑了，再看向宋青屿的目光，阴狠得仿若毒蛇："既然世子如此不配合，那就不要怪本王不顾兄弟情分了。来人，世子宋青屿与淮王同谋，亦有不臣之心，给我拿下！"

宋青屿先一步抢过身边侍卫的刀，勉强挡着。宋寓带来的这队人马皆是百里挑一的高手，本就难缠，他又是孤身一人，双拳到底难敌四手，撑了十来个回合，他就渐渐地撑不住了。他身形一晃，露了破绽，左臂被砍了一刀，侍卫一拥而上，将他押在地上。

宋寓接过手下人递上的刀，轻笑着道："我打小就听说过淮王叔的事迹，说您带着手下被困于长岭时，为了活命，做出了很大的牺牲。本王敬佩王叔是条铁骨铮铮的硬汉，知道王叔自然是不怕疼、不惧伤，可你这儿子就不一样了。"

他脚下的宋青屿虽紧咬着下唇，可仍抵不住痛苦的呻吟声破口而出。

宋起总算慌了神："你要做什么？你有什么就冲本王来，不要牵扯到他！"

"会不会牵扯到他，不在我，而在淮王叔你。"宋寓的刀尖抵在宋青屿渗血的左臂上，轻轻地一路往下滑，定在手心，"若是淮王叔肯交出望城的兵权信物，我宋寓可立誓，绝不会伤害世子一根手指。可若是王叔不配合……"

他手上使力，锋利的刀尖扎进宋青屿的掌心，那削肉锥骨的痛激得宋青屿整个大脑都是麻木的。他竭力压抑着痛苦，竟在此人间炼狱的夜里苦中作乐地想，幸亏他听了声声的话放了她走，否则他的声声也要遭受这份痛苦。

她看着倔强，但到底是个娇弱的小姑娘，又怎么能受得住？

这么想着，宋青屿觉得这疼痛竟减了七分。

宋寓猛地将刀拔出，疼得他身体一阵痉挛，带血的刀尖又往上移了一寸，宋起大吼着："等一下！"

"父王，我没事，你不能听他的……"

"你闭嘴！"宋寓狠狠地一脚踹在他的脊背上，咬着牙问，"王叔，你可考虑好了？"

宋起看着枕着一摊血迹，额上已是冷汗如浆的宋青屿，睁着凝泪的眼，浑声道："东西我可以给你，但你要记住你说的话，不能伤害他分毫，否则，我就算死也不会放过你！"

"本王言而有信，王叔放心。"宋寓收了脚，扔了刀，走到宋起面前，神色急切,"信物呢,在哪儿?"

"兵权信物关系重大,我将其分为三部分,分别放在我手下三个最得力的副将手中。他们三个驻扎在望城外三个不同的镇子,只有我亲自过去,他们才会交出你要的东西,明日我会一个一个去找他们。"

"王叔一个人便可长驱直入南羌腹地,夺主帅首级。侄儿可不敢让王叔去找你的副将们,否则这次丢的,就是本王的首级了。"

"有青屿在,我不会轻举妄动的。你若是信就如此,不信,本王也没有其他办法。"

宋寓眯着眼,若吐着芯子的毒蛇:"信,怎么不信?那就请王叔休息一晚,明日一早便启程吧!"

月上中梢,这一夜,子时的月色比平日黯淡许多。

宋青屿的伤已经包扎好了,人也回到了西苑,在宋寓没拿到兵权信物之前,他们父子应该都是安全的。他猜父王的话是缓兵之计,为的是多争取些时间,等声声从京城回来。

他坐在窗边,气沉丹田,调整好自己的情绪才发声:"你到哪儿了?"

"刚出燕飞关,这个时辰你怎么还没睡?可是王府中发生了什么事儿?"

"没有,我只是睡不着。"宋青屿摸了摸手臂上的纱布,低低地道,"毕竟身边少了个人,有些不习惯。喂,你别误会,小时候我家丢了只大花猫,我也是好多天没睡着。"

"青屿,"那边的声音有些颤抖,他仿佛听到燕飞关的疾风,就在他耳畔吹过;他听见她说,"我也不习惯。"

没你在身边吵吵闹闹,说话斗嘴,连这燕飞关的风声都听得这么清楚,连这仿佛触手可及的月亮都看着那么孤独。

宋青屿轻轻地笑道:"现在知道我的好了吧?我可是望城至宝,认识我算是你三生有幸。"

燕飞关外,林声声挑了一条最曲折难行,却能最快到达京城的路走。疾驰的马蹄声踩碎这片苍茫大地的宁静,洁白的大氅被风刮得飞扬。

她仿佛不知道疲倦,勒紧缰绳,用力夹着马腹越过前方的一道小断崖,安稳落地后,她才松了口气,装作若无其事地回道:"嗯,三生有幸。"

一

望城地势靠北，两场雪下来，这一方天地比别处提早进入冬天。

相比往日的热闹，这几日城中冷清不少，接连几天都是阴云密布，有人说，不出三日就会有暴雪降临。

天色已晚，淮王府的书房中灯火通明，宋寓负手而立，视线一寸寸地扫过屋中陈设，书架顶上有一个桃木匣子："荀朝，把那个匣子给本王拿下来。"

名唤"荀朝"的侍卫上前，将东西取下，里面装着这些年来皇上与淮王来往的密函。距离最近的密函是半个月前从京城来的，宋寓认得，这是元庆帝亲笔。

如意符被盗非尔之责，皇弟无须愧疚，只尽力寻找便是。

宋寓念到这句，眉头紧锁。

"淮王在如意符丢了之后就写了密函呈告父皇，所以从一开始，他就知道我并不是为了半枚如意符被盗的事情来的，那他又怎么如此沉得住气？不对，不对劲儿……"

本以为稳操胜券的事情突然间起了波澜，虽然不大，却让他难以忽视。

就好像一个青瓷酒杯，在人没注意到的杯底裂开一条细小的缝隙，早晚有一日，会让整个杯子碎裂开来，其间盛的热酒还有可能会烫伤人的肌肤。

他眸子微眯，长指敲了敲桌案，忽而侧头，厉声喊道："谁在外面？"

荀朝反应过来，迅速拔出长刀守在门前，有东西破开门上糊的明纸，"啪"地一下打在荀朝的右肩上，他只觉得浑身一麻，随后就没了知觉，软软地倒在地上。

宋寓错开眼，冷声道："雪天寒冷，柳兄舟车劳顿，既到了，就进来喝杯热茶暖一暖吧！"

"哈哈哈……"

一串轻笑声由远及近，门被掌风拂开，一个人踏进屋来，抖去身上落雪，摘下斗笠，露出一张略显苍白的脸，细长的眼，薄薄的唇，比女子还要娇弱三分。

来人正是隐阁阁主柳漾。

"冀王殿下，多年不见，别来无恙啊！"

"有柳兄一直相助，本王自然无恙，此行可还顺利？"

柳漾倚坐在椅子上，身形消瘦，端的上一派弱柳扶风之态，倒挺符合他的名字。

"托殿下的福，一切顺利，隐阁中身手不错的弟子已经尽数集结，此刻就在青山脚下。望城中已经等了一年有余的暗门弟子也已经准备妥当，只等我一声令下，

便可行动。"

"好!"

宋寓自桌案取出宋起出望城后拿回来的可调动望城的兵权信物,三块拼凑成一头跃起的麒麟,他的指尖摩挲着雕刻细密的纹路,却迟迟没有下文。

柳漾嗤笑一声:"殿下可是不敢了?也是,一旦动手,除非屠了整个望城,否则不过十日,京城就会得到消息。到时候,殿下的所作所为便会被皇上知晓,这犯上作乱的罪名寻常人可承担不起。"

"本王怎会不敢?"明火在他眸底跳跃,红得就像熊熊烧起的仇恨,随着时间越烧越旺,烧得他理智全无,"从我母妃死的那一刻起,我就发誓要毁了这一切来给她陪葬。"

宋寓的生母刘氏不过是一个出身商贾之家的小户女子,即便入宫生了皇子,也才是个嫔位。刘嫔因病亡故,起初只是风寒,但太医院都是拜高踩低的人,一看刘嫔不得宠就不为她上心医治,结果小小的风寒越拖越严重,直到后来咳了血。

宋寓从小虽不受重视,却聪颖好学,淳厚温良。

那是一个大雪将至的晚上,尚是少年的他从母妃宫中跑出去求见父皇,掌事太监却说皇上已经安寝,叫他明日再来。

那时年纪太小,很多话他已经不记得了,只记得自己好像说刘嫔病重快要死了,掌事太监却道:"'死'这个字是宫中大忌,因这么晦气的事儿扰得圣上安寝更是忌讳,六皇子一贯懂事,可不要为难奴才。"

忌讳。

就因为这两个字,他眼睁睁地看着自己的母妃躺在病榻上,没了最后一口气。

她死得痛苦不堪,临断气前,紧紧地抓着他的手,眼泪不断地往下淌,一边咳血一边对他说:"寓儿,母妃对不起你,没能给你挣一个好前程……做我的儿子你受……受苦了……我的儿子一点儿也不比别人的孩子差,我多想看着你长大,看着你娶上一个贤惠温婉的妻子,再……再生个白白胖胖的孩子……"

她没能看见他长大,也没能看见他娶妻生子。

刘嫔出葬,宫中没几个人过来吊唁,宋寓一身丧服跪在灵堂,看着上面的灵位写着"皇嫔刘氏之位"。

他惨死的母妃,不过就是这深宫之中一个不受宠的,死后连名字也无人记得的人。

就因为她不受皇上宠爱，无权无势，便落得这么一个下场，那是人命，是一条活生生的人命！

而他，亲眼看着自己的母妃惨死在这座深宫中。

仇恨的种子一旦种下，不过短短时日就会抽枝发芽，长成参天大树。

宋寓仇恨这座皇宫，厌恶皇家的每一个人，甚至他自己。他要让所有人都付出代价，他要以这江山为祭，给他枉死的母妃陪葬。

数年后，宋寓无意间知道江湖中有一个帮派叫隐阁，势力庞大，行事却隐秘。而这个隐阁，竟然由高祖皇帝所建。

大楚皇室中许多人都知晓，高祖皇帝留下了一支奇兵，得之可掌天下大权。调动这支奇兵的令牌，是一块如意符。

如意符一分为二，一半由大楚皇帝代代相传，另一半的去向却无人知晓。

宋寓一下子把这两件事情联系起来，既然隐阁是高祖皇帝所建，行事又如此小心，那很有可能另一半如意符就藏在隐阁之中。

他盘算良久，决定亲自去隐阁走一趟。只是隐阁总坛藏在深山之中，寻常人根本找不到。

就在他一筹莫展之际，有人却主动找上了他，这个人，就是当时初上位的隐阁阁主——柳漾。

"我在京城已经住了许久，这几位皇子中，也就只有六殿下你值得我合作。"

这个看着病弱的美男抱着双臂，眼波流转间，瞳仁竟是微微泛着金色，不仔细看，倒是看不出来。

"你是南羌人？"

柳漾低低地笑："六殿下可不要胡说，南羌早在十几年前就被灭了，我可是大楚人。"

宋寓面无表情地侧过身："你为何找上我？我又为何要答应你？"

"我谋算了这么多年才进入隐阁，坐上阁主之位，我能主动来找六殿下，自然是有万全的把握。殿下生母惨死，当真让人心寒。六殿下这么多年能独善其身，又时时刻刻都戴着这张不露破绽的面具，试问当今的皇室之中，还有哪一位皇子能比得上你十分之一？"

顿了顿，柳漾又继续说道："你我出发点不同，目的也不尽相同，可只有我们合作，大事才可成。"

宋寓要那支奇兵是为了让大楚江山动荡，天下大乱。而柳漾，则是想覆灭大楚，李代桃僵。

虽有些许不同，但到底是殊途同归。

宋寓没再犹豫，答应柳漾与他合作。

柳漾在隐阁培养心腹，蛰伏多年，终于找到藏在阁中的那半枚如意符，之后，他们便互相勾结，谋划着将淮王宋起手上的另外半枚如意符也夺过来。

只不过千算万算还是算不过天，如今不仅计划暴露，宋起手中的半枚如意符更是不翼而飞。

柳漾的意思是从长计议，让夏锦灯杀掉不听话的林声声后，再想办法接近宋青屿，以此来要挟宋起就范，以望城的兵力大肆寻找如意符的踪迹。

宋寓却是耐性耗尽，他等了这么多年，实在不想再等下去了。

他挑选人手亲自来到望城，假传皇上口谕控制住宋起，夺其兵权，等柳漾将隐阁的人手带来，之后与望城兵马里应外合，不愁找不到半枚小小的如意符。

宋寓想到这里，眸中寒芒大放："我怀疑宋起早有准备，他明明看穿了我是假传父皇的口谕，不仅没有拆穿，反而万事遵照我说的做。如今事情已经到了这个地步，被发现是迟早的事，我也从来没怕过。只要有如意符在，就算大楚数十万兵马能奈我何？我只是不想咱们多年筹谋，最后败于一个不起眼的人身上。"

柳漾单手撑着下巴，懒懒地道："六殿下虽是文弱书生模样，可这么多年，我看着杀伐决断的姿态不比那沙场战将差，怎么这会儿居然妇人之仁起来了？"

"你是说……"宋寓眸色微滞，似有犹豫。

柳漾哼笑道："你既然不放心宋起，怕他还有后手，那杀了他不就能安心了？再有，这望城中的人都以淮王马首是瞻，就算他将兵权交给你，可到时候他振臂一呼，又有几个人会真的听命于你？到时候一切谋划都付之东流，你找恐怕连性命都难保。"

宋寓仰脸看他，那张皮囊是一等一的好，可即便在烈光之下，他还是看不透这个人。

"既然要杀，就干脆全都杀了，将望城之中和这件事有关的，或是知道这件事的全都灭口。这样，消息传到京城也会慢上许多，我们就多了几重把握。"

短短一瞬，宋寓就又找回那颗狠戾之心，他推开门，冷风呼啸着，吹得他面颊一阵生疼。

"你快到青山将你带来的人迎进城中，我会着我的人带着兵权信物到城门前给你们放行。就要下雪了，今夜了结此事，明日雪落望城，能覆盖血的痕迹。"

柳漾缓缓而笑："我这就去。"

　　淮王府东苑，沿着墙根种了一排梅花树，那是宋起刚到望城时魏瑛亲手种下的。子夜刚至，他站在树前看着刚打的花骨朵，料想这夜大雪之后，梅花便会次第开了。

　　"王爷，天这么冷，小心身体，你现在可不比年轻的时候了。"安陵展开大氅披在他身上，又绕到他跟前去系大氅的带子。

　　宋起垂眼看她，长叹一口气："是啊，我已经老了，可你还如我第一次见到的那样，这么多年了，没有改变分毫。"

　　安陵眨眨眼："老牛吃嫩草可是便宜你了。"

　　宋起捏了捏她的肩，视线又移到未开的梅花上。安陵看着他胸前衣衫绣着的那只雀鸟，轻声说："我还在隐阁时，就常听人说起我大楚的战神是如何英雄气概，义薄云天，我当初可是使了不少手段，才击败我那些师兄弟到了望城。我仰慕你，又有幸能伴你身边这么多年，我这辈子没什么可遗憾的。"

　　"你说这些做什么？"

　　她靠在他的胸前，听他有力的心跳声，喃喃而语："我怕过了今夜，就再也没有机会说出口了。"

　　冀王将他们囚禁在东苑之内，又以软筋散压住了宋起的功力，他假传圣旨，要么就是破罐子破摔就此与朝廷为敌，要么，就是杀人灭口，除去所有知道内情的人。

　　宋寓还没有拿到想要的东西，不会甘心就此沦为整个大楚的敌人，第二条路才是他当下可以选择的。

　　"我知道当初你娶我，是因为王妃的遗言，可我不在乎，这么多年，我尽到一个妻子、一个母亲的责任了，他日泉下相见，我也能跟王妃有个交代。"

　　"说什么傻话？"宋起沉声低语，大手拍着她消瘦单薄的背，"相信我，咱们都会好好地度过这个夜晚。明日雪停，我带你去天南寺住几日，赏雪看梅花。"

　　安陵在他怀里重重地点头，蹭得他心口一阵发热。恰在此时，耳力极好的宋起听到一阵杂乱的脚步声，他松开安陵，负手而立，等着门外即将到来的一切。

　　"砰"的一声，门被猛地打开，两队人执着火把冲进来分列两旁。宋寓沉着脚步踏进来，隔着一段距离与宋起相望："王叔这么晚还没睡，可是在等侄儿？"

　　"本王是镇国将军，若是死，也不能死在无名之辈手中。宋寓，你既然想要我的性命就过来自己动手，也算是尽我们叔侄的情分。"

　　宋寓"哈哈哈"地朗声大笑："王叔还当我是三岁的孩子，这么容易上你的当？

"王叔该不会是怕路上寂寞吧?你不必害怕,等你死后,侄儿会送王妃和世子,还有世子的那对儿女去陪你……说起来,本王至今还未见过他们,不过等一会儿就能见到了,弓箭手!"

两队护卫弯弓落箭,齐刷刷地指向宋起和安陵的方向。

宋起握住安陵的手,上前一步将她护在身后,安陵却挣开他,站到他身侧:"我暗卫门十三陵,护卫淮王安危十二年,就算是死,也要和你死在一起。"

"王妃竟也是隐阁中人,实在是让本王意外。"宋寓后退一步,目光自冰冷的箭尖上游走,"淮王夫妻伉俪情深,本王实在不愿意拆散你们,今夜本王就成全你们,放箭!"

弓弦拉满,将放未放之际,墙外突然跃进来数道身影,手执刀剑,守在宋起和安陵的面前,剑花挽起,一时间,万箭"噼里啪啦"地被击飞斩断。

变故发生在一瞬之间,宋寓大惊,高喝道:"再放!不管是谁,一律射杀!"

"世子,你快带王爷出去,这里有我们顶着!"尹留行手执一柄弯月长刀,边说边上前掩住他的半边身体。

宋青屿咬着牙退到他身后,大喊:"你万事当心!"

"快走!"

宋起中了软筋散浑身无力,幸好宋寓没猜到安陵会武功,才让她逃过一劫,不然宋青屿一个人带两个实在是带不动。

三个人从东苑后门出去,安陵在前方开路,目光坚定,路上遇到几个冀王的人,面无表情地砍杀。宋青屿则在后面,呈御敌状态,两人一前一后地将宋起夹在中间。

宋寓忌惮宋起的能力,不敢掉以轻心,王府中人大部分被他调到东苑。

这一路虽有小波折,但走得还算顺利,安陵打开王府后门,一辆疾驰的马车驶来,猛地停在三人面前,顾决明拉住缰绳,急声道:"快上来!"

宋青屿扶着宋起和安陵上了马车,自己却握紧长剑立着不动。顾决明心急如焚:"你等什么呢?快上车,不然冀王的人追出来,到时候想跑都跑不了!"

"留行还在里面,他豁出性命来王府,我不能丢下他不管。"

"你……"

"我要和他并肩作战,你放心,我一定会撑到声声回来之前。"宋青屿态度坚决,不再多看一眼转头就走。

顾决明深吸一口气,撩开车帘:"王妃应该会驾车吧?您驾车往府衙去,夏捕头

在那儿等着。"

说罢，跳下马车，加快脚步去追宋青屿："我也不会丢下你不管，今日，就让我们'望城三杰'并肩作战，我有玉笛在手，不会有性命之危，只是这笛子吹出来的曲子不分敌我都会损伤，我怕弄倒了王府里的人，若那时再来外敌，咱们的人无力反抗，可就惨了。"

这虽是一座偏僻孤城，今时今日却有了父王口中所说的军营沙场的豪情之态。宋青屿眼眶微红地点头："我明白，不到必要时不用，但若是顾兄有危险，你就不要再顾及其他，你已经尽力了。"

顾决明抽出玉笛，按下机括，逼出前端刀刃，宋青屿握着剑柄的手捏得骨节泛白。

第一片雪花自天边飞下，二人一剑一笛，并肩而立，从后门一跃而起，融入门后的暗夜之中。

安陵明白，他们此举，一是为了尹留行，二来，也是为了隔断反应过来，从后门追来的冀王的人。她咬了咬牙，按住宋起的肩头就要起身去驾马，反被他顺势拉住向后，换他向前。

那钳制她手腕的力道有些重，一点儿也不像中了软筋散的样子。

"你……"

"区区软筋散对我来说一点儿作用也没有。"

"那你是故意装出这个样子的？你也知道尹留行一定会来？"

宋起弯腰出去，握住缰绳驾起马车，他的声音飘进狂风里，听不真切："尹留行是望城守将，无论什么风吹草动他都是第一个知道的。别人或许还会认兵符信物，以此为尊，但尹留行不会。一旦冀王派人携带兵符信物出城，尹留行察觉不对，便会第一时间赶来。"

尹留行劝不动别人，可他手底下还是有一部分愿意一心跟随他的兄弟们，他又素来真心待宋青屿，这王府中的小路他都知晓得一清二楚，一旦进来，一定会先去找宋青屿，再加上仍在望城中的顾决明和夏锦灯，倒也不可小觑。

隔着车帘，安陵看不到宋起，却能想象出他此刻的模样，身姿如松，目光沉毅。

他是运筹帷幄的一代战神，是大楚镇国大将军，他从不会输。

马车没有像顾决明所说的那样驶向望城府衙，而是掉转方向直直地奔着城门而去。

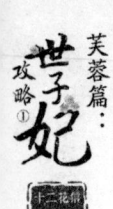

城门的守卫已经被尹留行带走大半,剩下的都是些贪生怕死之辈,即便有冀王之命,一看是淮王本尊,谁都不敢阻拦。

雪夜中,宋起驾马飞奔,在十里外与带着隐阁弟子准备助冀王一臂之力的柳漾相遇。

"这位便是淮王吧?今夜得以见到大楚战神,在下真是荣幸之至。"柳漾虽然看着病弱,可在这落雪的冬日里,他仍是一身单薄的衣衫,衬得他身形更加单薄。

安陵从马车上下来,打量了一圈隐阁弟子,心上已是失望至极:"我隐阁听从皇命,专门护卫皇家子弟,而今你们跟着这个人到望城来,为了名利,帮冀王坑害我大楚的镇国大将军,残杀高祖皇帝的子孙,真是让人心寒!"

"隐阁弟子世代隐居深山总坛,为了所谓的护卫皇家子弟抛却所有,豁出性命,毫无自我,这哪是人活一世的模样?这分明连狗都不如!我既为隐阁阁主,自然要为门下弟子着想。你如此兢兢业业地守着隐阁的破规矩,到如今不还是落得这样的下场?"

安陵朗声大笑,笑得眉眼张扬:"我暗卫十三陵无愧隐阁弟子的身份,倒是你们这些人,食君之禄却叛国谋逆,他日下地狱后,还有何脸面去见高祖皇帝?"

身侧人渐有骚动,柳漾的唇边溢出三分笑意,在漫天落雪间仿若红狐,冷眼看着世人嬉闹。

宋起抬眼,目光如炬:"违抗皇命,自然是要付出代价的。"

话音刚落,自连绵青山外传来"嘚嘚"的马蹄声,震得土地都是一阵颤动。隐阁门人面面相觑,围成一圈,护着柳漾在最中央。

旌旗飘扬,由远及近,上面绘着一条盘旋的巨蟒,大楚上下皇帝配龙,太子着蟒服,前来的不是别人,正是太子宋临修的卫队。

百人开道,翻身下马将所有人团团围住,宋临修一身戎装,骑在高头大马之上,居高临下,气势飞扬:"本宫乃东宫太子,听闻有人假传圣旨,意欲谋害淮王叔,犯上作乱,特奉父皇之命日夜兼程赶来。隐阁众人,还不弃暗投明?"

宋临修从怀中奉出一物,月色下金光闪闪,乃是皇上亲赐的金牌令箭。

隐阁人听从皇命是天职,金牌令箭一出,大半隐阁弟子立刻扔下兵器,跪倒在地,只剩下少部分柳漾培养的心腹还护在他身前,负隅顽抗。

柳漾自始至终都看不到一丝异样,仿佛这一切跟他毫无关系。他漫不经心地打量着所有人,视线最后落在宋起身上,薄薄的唇轻启,唱着一曲关外边境的歌谣。

"春日初，春日落，草地多辽阔。"

"夏日深，夏日末，淇水遇娇娥。"

"秋不在，冬绵长，樟林迷心魔。"

"……"

宋起眸色微动，猛地出手，自宋临修马上劈手拿下弓箭，拉满长弓放出。箭身旋着飞出，穿透一位隐阁人的肩膀，直直地钉入他身后的柳漾的心口，鲜血溅出，染红了刚落地一层的雪。

柳漾倒在地上，仰头看着天上纷纷扬扬飘落的雪花，扬唇而笑："樟林迷心魔，哈哈哈，樟林迷心魔……迷……心魔……"

最后一个字轻轻落下，他随即闭上眼，再无生气。

宋临修下马："王叔，我来晚了。"

宋起把视线从柳漾的尸身上移开，沉声道："不晚，太子殿下，送信的呢？"

"王叔说的是那个小姑娘吧？她说知道一条小路，能走得更快，这会儿人应该已经进城了。"

"太子殿下身份尊贵，不能冒险，就在城外等着吧！我带着人进去。"

宋临修正色道："本宫既为太子，又是宋寓的兄长，他犯了错，本宫于情于理都该亲手拿下他，为父皇分忧。"

"那太子殿下，请吧！"

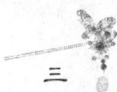

三

　　林声声实在担心宋青屿，虽然她能和他交流，但他每次都说没有什么事情发生。他越是这么说，她就越担心，这明显就是报喜不报忧……和她一样！

　　她知道太子的队伍行得慢，路上可能还会遇上麻烦，她实在等不及了，辞过太子后，便驾马到了青山河的分支，估算了一下方位，一头扎下。

　　冬日的河水冰冷刺骨，她下水前先吃了一丸发热的丹药，游了一炷香的时间上岸，正是城南那家酒肆，芦苇荡春波的前面。

　　艳娘本在屋中睡觉，她素来浅眠，听到动静出来，就见水中钻出一位姑娘，浑身湿透，狼狈不堪，细看之下，这才想起是那日来找世子的林声声。

　　可淮王世子宋青屿的那位世子妃，明明已经在望月茶楼当着众人的面死于刺客的刀下了，又怎么会出现在这里呢？

　　她虽不解，却也没有多问，径直找了身干净的衣裙。林声声换上衣服匆匆道谢，急忙往王府方向而去，艳娘这时才喊了一声："世子妃。"

　　林声声顿足，艳娘问："尹将军可还安好？"

　　尹留行身为望城守将，这时不是在和冀王争斗，便是被冀王控制，无论是哪种情况，都不可能会安好如初。

　　林声声眸光一闪，点点头："姑娘放心，尹将军一切安好。"

　　这望城内外提心吊胆的人已经够多了，她不想再多一个可怜人。

　　林声声说完，转身奔入茫茫黑夜中。

　　她拿着淮王的亲笔信件到了京城，去了太子宋临修平日常去的春风阁，宋临修见到信，二话不说立刻进宫面圣，皇上龙颜大怒，本想派关安侯带兵去望城，却被宋临修拦下来。

　　"六弟纵然犯错，但到底是父皇的儿子，是儿臣的弟弟，关安侯虽骁勇善战，但到底是外姓人，儿臣愿意亲自领兵到望城，将宋寓带回来给父皇认错。"

　　皇上思忖片刻，准他所请。

　　宋临修这么多年来一直碌碌无为，底下的几个弟弟中又以宋寓的名声最好，这一次，他若是带兵前往，不仅能有所功绩，还能亲手铲除这个隐患，卖淮王叔一个人情，可谓是一举三得。

　　太子的算盘打得噼啪作响，动作十分迅速，林声声看在眼里倒也欢喜，毕竟她要的就是兵贵神速。

　　林声声甫一到城中央,就依稀听见一阵笛音,虽然听不真切,但她觉得手脚微麻,很是熟悉。她猛地想起,上次夏锦灯奉柳漾之命来杀她时,顾决明吹的那首能扰人神志的曲子就是这个曲调。

　　她连忙捂住耳朵,腾空而起,可越靠近王府,这笛声越是掩不住地往她耳朵里钻。她咬牙死撑着,艰难地攀上墙头往里一看,东苑的地上已经瘫倒了一片。

　　顾决明仍旧十年如一日的一身玄色衣衫,是唯一一个还能站得住的,但他额上冷汗如浆,看样子不过是强撑着,只是那身玄色太有欺诈性,什么血色都看不出来。

　　再看他身旁的人,一个头发散乱,脸上全是污血,要不是那身将军服,她都认不出是尹留行。而另一个,上好绸缎所裁的月白长袍被刀剑剐得一道一道的,握着剑的右手虎口已经裂开,血顺着剑柄蜿蜒而下,少见地狼狈不堪,又少见地杀气十足。

　　这就是你说的没发生什么事儿吗?

　　林声声吐了一口气,护着头往下一栽,只听"扑通"一声,顾决明被吓得分了神,笛音走调一瞬,又被他努力地拉了回来。

　　宋青屿原本神志混沌,被这一声震得微微有些清醒,他努力地睁开眼,眼前却像是蒙了一层水雾,白茫茫地只能看到个大概。那个他心心念念的人的轮廓出现在视线里,嘴巴一张一合的,像是在说什么,可他完全听不到。

　　"宋青屿,宋青屿……"

　　林声声喊了两声没反应,她自己也没力气了,瘫在他旁边。太子的人马上就要过来了,顾决明应该能坚持到那时候,林声声松了口气,头歪着抵在宋青屿的胸口。

　　畅音门的这支曲子虽然很厉害,却是以吹奏者的内力为虚耗,顾决明只觉得浑身快要脱力,他单膝跪在地上,发抖的手指尽力按下去。

　　方才他同宋青屿赶回来时,尹留行快要撑不住了,他们加入战局,与冀王的人缠斗在一起,但双拳难敌四手,对方又是冀王挑选出来的高手,如此硬撑下去不过是去送死。

　　宋青屿退后一步,哑声道:"声声方才说已经带了太子的人马往望城方向赶,只要撑过这一阵就好了。顾兄,拜托你了。"

　　能活着撑到那一刻,就只有一个办法,用畅音门的那支曲子。

　　顾决明收回玉笛前端的刀刃,横在唇边,袅袅笛音骤出,正在奋力厮杀的众人动作皆是一顿,随后东摇西晃地一个接着一个倒在地上。

　　只要撑过去……

他唇角溢出血，沿着玉笛游走，突然外面一阵火光，几乎照亮了半个望城。未避免伤到来人，笛音停在这一刻，顾决明捂住胸口吐出一摊血。依稀里，他看见那个姑娘第一个破门而入，朝他飞奔而来，跪着抱住他的脖颈，也阻止了他无力下滑的身体。

"你怎么来了……"

"我在府衙等不到你们就出来了，刚好看见太子的人过来。"

笛音散去，四下躺着的人神志渐渐清醒过来。大批人马闯入王府，将地上的冀王一行人全都制住。刀尖移到宋寓的脖颈前，他猛地睁开眼，一把攥住刀刃，不顾切肉之痛一把推开，顺势跑进离他最近的厢房中。

"给我把屋子围住，不能让他跑了！"太子自人群中走出，扬声吩咐道。

宋青屿神志恢复，低头就撞进一双黑白分明的大眼中，她在对他笑，只是笑中带泪，他仿佛在这一刻才周身血液重流，魂魄归位。扔开剑，他将她扶起来，去看那个人最后的结局。

有红衣女子从大开的门外跑了进来，左顾右盼着，看到血肉模糊的那个人，一下子扑了过来。

尹留行身上的伤不少，但他是刀口舔血也能活下来的泥腿子，这伤要不了他的命。可看到艳娘那张满是泪痕的脸，他还是装模作样地痛苦呻吟一声。

艳娘抖着唇将他扶起来，她虽然听进去了林声声的话，可还是放心不下，便悄悄跟了过来。

"你不能有事。"

尹留行佯装虚弱，一句话非要匀好几口气才说："若是我死了，你就埋了我。要是我大难不死，你就跟了我吧。你不知道世子和顾决明那两个没眼色的家伙，整日拿这个挤对我，我又不肯把你卖了，只能任他们言语攻击……"

艳娘垂着眼，柔软的手捂住他的嘴："伤这么重，你快别说话了。"

"柳漾已死，望城内外的隐阁众人都已悉数归降，宋寓，你不要再痴心妄想了，这里已经被围成铁桶，就算你插翅也难逃！还不快乖乖认命！他日在父皇跟前，本宫也好替你求情，留你一具全尸！"宋临修一字一顿，是大胜的姿态，说来可笑，多年来他这个东宫太子，竟是第一次这般扬眉吐气。

"哈哈哈哈……"宋寓凄厉的笑从厢房传出，"我从没想逃，我又未曾做错什么，为什么要逃？如今功败垂成是天不佑我，我这一生所作所为，无怨无悔。"

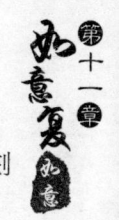

火光渐渐地从窗里透出,他的声音狠戾,到最后一刻还在与时运斗争,将偏执刻入骨血。

"全尸如何,尸骨无存又如何?人死如灯灭,谁还管身后事?既然天不佑我,那我命自然由我不由天!"

酒水洒在星星之火上,蹿起一片红。宋寓直到死前都没有发出任何痛苦之声,他一直在笑,笑得整个院子里的人不寒而栗。

宋青屿抬手遮住身侧人的眼,这样的火他从前没有见过,也不想她看见。

一场熊熊大火烧起,像极了元庆二十九年春庆安镇的那场火,只是一场是开端,一场是短暂的结束。

青山外的雪地上,一双闭上的眼又睁开,瞳孔漾出淡淡的金色,眼睫扫去一片雪花。

元庆三十五年十一月初,冀王宋寓勾结隐阁阁主柳漾假传圣谕,构陷淮王,夺望城兵权,因事情败露,自焚于淮王府。皇上下令,跟随冀王参与此事的人一律斩首,凡是与冀王有所往来的朝臣皆被贬官赶出京城。太子宋临修率兵平叛有功,钦赐赏银无数。

这一年的冬日比往年都要冷,漫长的风雪期,望城内外的眼线都被宋起一个一个地拔除。等到一切大定,已是来年春日,望城的雪化得差不多,路也终于可以走人,夏锦灯和顾决明回了一趟隐阁总坛。

城南的芦苇荡春波,林声声终于喝上了心心念念的桃花酒。其实,艳娘酿得最好的是和酒肆同名的"芦苇荡春波",但她几次三番奔着桃花酒而来却没喝到,吊得她抓心挠肝的。

所谓求而不得最是挂念,就是这个道理。

只是艳娘刚端来一壶温好的桃花酒,就被一只修长的手盖住:"小姑娘家家的喝得醉醺醺的像什么样子?"

"你的'世子妃'已经死了,如今我们可没什么关系,我想喝多少就喝多少。"林声声一把拍开宋青屿的手,一副有恃无恐的模样。

桃花酒入口,甘甜香醇,确实不错,但可能是来时期望太过,她反倒觉得没有想象中那么好喝,略微有些失望,还是叫艳娘再上一壶"芦苇荡春波"。

宋青屿见她完全不听自己的,愤懑之余又觉得她说得好有道理,自己无法反驳,遂又加了一壶酒,一杯接一杯地闷头喝。

谁能想到之前八竿子打不着的时候,他们是名义上的夫妻,如今经历生死,甘苦与共过,一切好不容易撑过去了,自己和她又成了没什么关系的两个人呢?

真是世事无常。

他抬眼看着她,叹了口气,差点儿生死不见,还跟她计较什么?且让她得意一段时间吧!

视线定在她的额间,那里泛着红色,宋青屿拿着杯子的手放下,指着那里:"红色不该是旁边的人高兴才会出现吗?我如今不但不高兴,甚至有点儿难过,你这里为什么会是红色的?"

林声声一愣,跑到河边对着水面照了照,额间果然是红色的,只是仔细一看,发现是橙色深到极点的红,并不是大红色。也不知道从什么时候开始,她额间的这个颜色变得深了很多。

尾声

到底是从什么时候开始的呢……

"吁……"岸边有马停下，林声声循声看过去，是尹留行和夏锦灯。

"你们怎么这么快就回来了？"还是神色焦急、风尘仆仆的模样。林声声话一出口，就觉得不太对劲儿。

夏锦灯喘了一口气，道："我找遍了隐阁上下，都没有找到拔除我身上蛊毒的解药，就连平日里压制的药都没有找到一颗。"

"什么？居然没有？"林声声脑中白光闪现，摸了摸额间，她虽然想不起这颜色是从什么时候开始变深的，却记起这异样是从什么时候开始的。

好像就是从柳漾做了阁主之后。

"那我身上应该也被种下了蛊毒，如今毒性越来越重，我额上的颜色才会越来越深。柳漾是为了控制我们，那我们这一批下山的师兄师弟身上应该都被下了蛊毒。"林声声心底升起一片寒意。

宋青屿又急又怒："当初让柳漾那么轻易地就死了真是便宜他了！"

"柳漾一向自负，他不会觉得此行会败，所以我敢肯定，我们的解药是被其他人从隐阁里拿走的。"夏锦灯咬了咬牙，又说，"我们到隐阁的时候恰好碰到皇上的亲卫过来，找藏在阁中的半枚如意符，但把隐阁翻了个底朝天也没有找到。那个拿走解药的人，很有可能把这半枚如意符也拿走了。柳漾和宋寓处心积虑地做了这么多事，又白白地赔上性命，竟不知是为何人做了嫁衣！"

"如今不是说这个的时候。"宋青屿肃着一张脸，视线在林声声和夏锦灯身上一转，"怎么解你们两个身上的蛊毒才是最主要的。"

"我想我身上的蛊毒迟迟没有发作，大概是因为我吃过许多效果奇奇怪怪的药，一时半刻不会毒发。锦灯身上的冰蛊毒我可以用药暂时压制，维持一两年不成问题，我现在最担心的是跟我一同下山的那三位师兄。他们没有药，恐怕凶多吉少……"

夏锦灯深以为然："而且，既然那个人是拿了所有的解药才走的，一定不只是单单针对我们两个，若是去找其他的师兄弟，可能会顺藤摸瓜找到那个幕后之人。声声，你知道你那三位师兄现下在何处吗？"

"最近的应该是在雀南奔着齐王宋云琅去的五师兄，那我们各自回去收拾一下，即刻就启程去雀南城吧！"

四个人只有两匹马，宋青屿很自然地跨上其中一匹，将手递给林声声："本世子平时不喜欢和人共乘一骑，但这回事出紧急，没有办法，本世子就只好将就将就了。"

林声声的嘴角狠狠一抽，不忍心拆穿他，将手搭了上去，被他一拽，安置在身前。

　　宋青屿将双臂穿过她的腋下拽住缰绳，转过头，眉头一挑："顾兄，咱们比谁先到王府，输的人请喝一年的酒。"

　　顾决明拍了拍自身后绕在他腰腹上的手，一马当先，声音飘飘扬扬："那你就等着我把王府喝败吧！"

　　"不过，谁让你跟我一起去雀南城了？我说的'我们'是指我和锦灯，你凑什么热闹？"

　　"可我是你夫君啊！"

　　"已经不是了，实际上不是，如今名义上也不是。"

　　"未来夫君也是夫君，小姑娘家家的这么较真儿干吗？"

　　既然她已经没什么借口留在他身边，那就让他毫无理由地留在她身边好了，反正他脸皮厚。

　　又是一年春，冰雪消融，山青草绿。

　　林声声无声地笑了，她怎么就遇到了宋青屿这个奇葩呢？

　　可她多庆幸，能遇上他。

　　在最好的年华里一起喝过桃花酒，踏过青山崖，见桂花满枝，灿灿开遍。

　　顾决明从畅音门离开已久，要先回去复命，再去雀南城与他们会合。尹留行之前在王府大战时腿骨受伤，这伤筋动骨一百天需要静养，他又身有军职不能轻易离开望城，是以，这次的雀南城之行，他注定要缺席了。

　　出发那日，尹留行拄着拐杖一瘸一拐的，带着艳娘给四人送行。

　　还是城门口的那个小小茶棚，只是桃花还未开，友人就要远走，这一分别，不知道什么时候才能再次凑齐。

　　尹留行有些伤感，举起一个海碗："我就以茶代酒敬你们了，前路遥远，多加保重。他日望城再会，我们可还欠着世子一顿饭呢！"

　　那日寻踪阁的密钥答案是宋青屿所破，赌注是一顿饭，只是后面发生了那么多事，这顿饭竟耽搁至今也没能吃上。

　　"你们一个人请一顿，谁都别想跑，不然天涯海角本世子也要追你们回来。"宋青屿举起碗，撞上尹留行手中的，随即又凑上来四只碗，撞得声音清脆作响。

尹留行被艳娘扶着回城,另外四人在望城城门分别,往两个方向而行。夏锦灯策马回身,恰好顾决明也勒住缰绳转头看她,她的手覆在胸前,触到里面的书册,轻轻一笑。

顾决明将《临溪赋》的曲谱送给了她。

他朝花时好,总会再相逢。

庆安镇这一年的春看着和往年没什么不同。

城西的那片树林已经抽枝发芽,再过几天就会是郁郁葱葱的一片青绿色,是魏瑛最喜欢的。

"见过王爷。"

宋起转过身,来人生得异域模样,一脸大胡子,见了礼后,他的手摸到脸颊边缘,动手将那"大胡子"撕了下来,现出原本的一张脸。

"江湖上赫赫有名的空空妙手的神偷纪帧乙,整日扮成这副模样,真是委屈你了。"

纪帧乙拱手又是一揖:"小的为王爷效力,不觉得委屈。"

夏锦灯嘱咐他在自己所开的寻踪阁里留下庆安镇的线索,他也趁机在夏锦灯身上拿了一样东西。之后离开望城躲风头,直到现在城中没人找他才又回来。

"你先回望城吧!"

"是。"纪帧乙走了两步,垂头看着自己一双手,笑了笑,大步离开。

又剩下他一个人……

宋起站在树林前,喃喃低语:"早起我看见镜子里的自己两鬓已经斑白,我真的已经老了,不知道还能操心到什么时候。阿陵总说我战无不胜,从没有输的时候,可我输给了你,早就输得一败涂地。"

水雾弥漫的眼前,他仿佛看到了七年前的那个春日。

那个温柔如水的姑娘引了那些毒蛇般的人奔赴火海。她一直在笑,笑得如花初绽,嘴里还唱着那首歌谣。

他误入瘴气林中,她衣不解带地照顾他时唱过的那首歌谣。

他又看见后来的自己,双鬓还没有染白的自己,站在这里生了一把火。火舌吞吐着的是半只蝴蝶,它会化为灰烬,追寻着芙蓉花的香气,去地下追上他的阿瑛。

她豁出性命护着的东西,当然要跟她葬在一起。

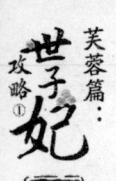

从那一刻起,这世上就再也没有那半枚如意符。

他戴上面具,遮上兜帽,去《望城月报》放出如意符被盗的消息,引出了这次的惊天奇案。

她没想到的人,没来得及除掉的人,就由他来吧!

青山在水边,她在他心里。

"阿瑛……"

——本季完——